ノスタルジア・ワールド・オンライン 3
Nostalgia world online
首狩り姫の突撃
とつげき
JN067726
あなたを晩ご飯！
著 naginagi
画 夜ノみつき
TOブックス

CHARACTERS
アリス
主人公。幼馴染のリンとショーゴに誘われて、NWO を始める。食べるのが大好きで、もっぱら色気より食い気。本人は朗らかで穏やかな性格なのだが、目を光らせて動物やモンスターを追い回す姿に「首狩り姫」として恐れられている。武器は打刀「紅椿」。

《リン》

アリスとショーゴの幼馴染。お淑やかな外見とはうらはらにお姉さん気質。アリスとは基本、別行動をしているがイベントによっては一緒に行動することも。魔法杖を装備していて、風魔法が得意。

《ショーゴ》

アリスとリンの幼馴染。人当たりの良いイケメン。アリスとは別にパーティを組んでいる。武器はロングソード。

Nostalgia world online

《ルカ》

旅先でアリスと出会った少女。意気投合し、アリスと行動を共にする。外見や性格こそ幼いが、実はアリスより歳上。武器は弓。

《海花》

第二陣でNWOを始めたネットアイドル。アリスに決闘を申し込んだことをきっかけにパーティを組む。機械人形を使役して戦う。

KUBIKARI HIME no Totugeki!

《リーネ》

防具屋さんの主人で猫耳娘。語尾はもちろん「にゃー」。腕はたしかだが、少々お金にがめつい。アリスの防具作成の依頼を受ける。

CONTENTS

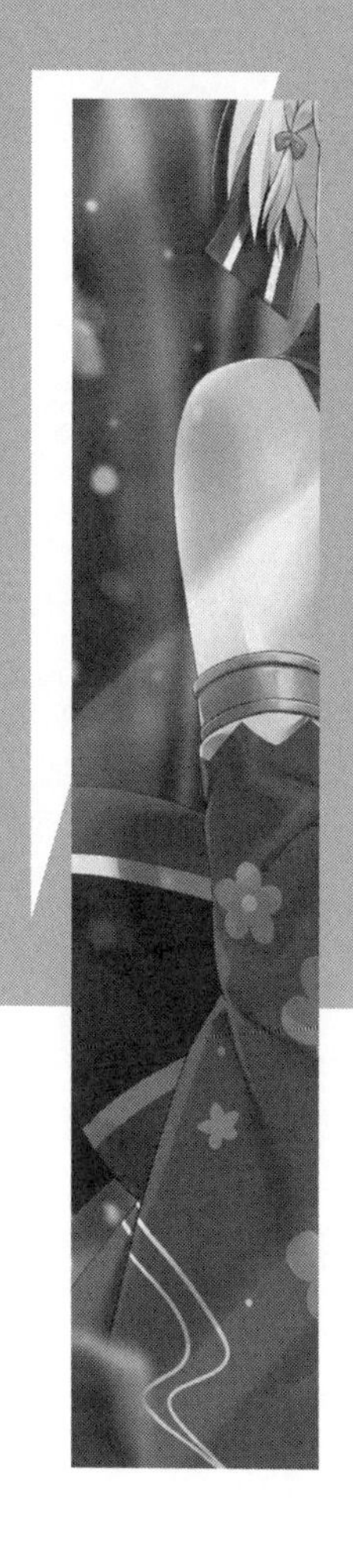

《 Nostalgia world online 》

KUBIKARI HIME no Totugeki! Anata wo

BAN

Illustration : 夜ノみつき
Design : AFTERGLOW

第三章

季節は梅雨に移り、雨でじめじめとした日が続き気持ちも重くなる人が多いと思うが、私は雨は嫌いじゃない。

名前に雨があるからということではないが、雨が降っている様子を見たり雨に打たれて濡れていると何故か気分が落ち着くのだ。

まぁ中学の頃に1度雨に打たれ続けて風邪を引いて寝込んだことがあったけどね。

でも……あの時はなんでずっと雨に打たれてたんだっけ……？　あんまり覚えてない……。

現実では梅雨だが、ＮＷＯではもう夏も終わって秋に入っている。

なので季節的にはお芋とかが美味しい季節なのだ。

食欲の秋なんで一杯食べたいところである。

「ということで2人は何食べたい？」

「リアはご主人様が作ってくれる物なら何でも食べたいです！」

「リアが美味しく食べれるなら何でもいい」

「何でもいいが一番困るんだけどね……」

とは言ったものの、先程収穫したリンゴを使った料理でもしようかなと思う。

調味料はまだ自作できていないので購入しているが、いずれはどの調味料も自作できるようにしたい。

でもそのためにはお金が何十万必要なのかなぁ……。

少なくともそういう器具は家の借金を返済してからだよね。

ということで今日のご飯はリンゴ尽しにした。

リンゴジュースにリンゴとその他野菜のサラダ、そして磨り下ろしたリンゴを加えた豚肉のソテーだ。

この収穫したレイクアップルはそのまま磨り下ろしたりするだけだと甘さの方が少し強いのだが、少し熱を加えると酸味が強まり良い感じのバランスになるのだ。

なのでジュースやサラダ、そしてそのまま食べる場合には甘くて美味しくて、アップルパイなど火を加えた料理の場合には酸味も強まりいい塩梅となる。

いやぁ良いリンゴを手に入れたと思うよホントに。

サイとリアの2人も私が作った料理を美味しそうに食べてくれている。

もちろんレヴィやネウラたちの分も作ってあるので今は5人で食事をしている。

すると外から声が掛かる。

「アリスー店開いてるかー?」

「今ご飯中ー」

「マジかよ……」

そりゃあ今GT12：00を過ぎてるんだからお昼ご飯の時間だよ。

食事は大事だよ。

「ショーゴー、あと10分位待っててー」

「わかったー」

まったくせわしないったら。

でも露店をやめてお店にしたんだから仕方ないけどね。

とはいえ、まだお店として完全に改造したわけではなく、家の出窓の1つを煙草屋みたいに小さな販売店のようなのに改造してもらっているだけだ。

一応シャッターのようなものは付いてるので今は閉じてるのだが、私がついそこを開けるのを忘れてしまうのでお客はお店が開いているかどうかを確認するところから始まる。

食事が終わったので私は販売の準備をし、リアはレッドポーションが作れるようになったのでその作製で、レヴィはリアの補助――という名の使用する水の補給係。サイとネウラは畑仕事のために外に出る。

ちなみにお店は現在のところ現実で1日置きに開いている。

私がログインできている時はいいんだけど、いない時はリアが常に作製している形で1日に大体100本ぐらいの生産量となっている。

それにリアはレッドポーション作製だけではなく、家事や掃除、更には私が不在の時のお店番などもしているためあまり無茶をさせたくないということでGT17：00にはレッドポーションの作製を止めるように言っている。

リアはもっと出来るとは言うんだけど、無理して倒れられても困るのできちんと休むようにはしてもらっている。

これについてはサイも同様で、畑仕事を1人でしてもらっているようなものなので畑仕事が終わったら休んでもらいたいんだけど、いつ覚えたのかわからないが私が狩りに行って解体しないままハウスボックスに入れた獲物の解体や、リアの調合の手伝いもやってしまうのだ。

しかもタチの悪い事に私がいない時だけやっていたという。

何故この事がバレたかというと、たまたまお店に来たお客さんからサイが畑仕事だけじゃなくて他にも色々してて偉いねーっという事を聞いたからだ。

それを聞いた私は驚いた。

いつの間にそのようなスキルを覚えたのかという疑問よりも、畑仕事が終わったにも拘わらずそれ以外でも働いていた事についてだ。

詳しく話を聞いてみると、時間が空いた時に解体場のおじさんやナンサさんにやり方を教わっていたらしい。しかも私には内緒にするように言ってまで。

普通のゲームだったら働いてくれてるじゃんラッキーとかになるかもしれないけど、NWOでは彼らは生きて生活しているのでそういった無理はしてほしくないのが本音だ。

その事を話して無理はしないように言うが、2人は頑なにそれを拒んだ。

しかもその理由が私の役に立ちたいからだというから、私もそれ以上何も言えなくなってしまった。

なので妥協案として、契約内容の追加を司祭様にしてもらった。

内容としては、身体に何か違和感を感じたら仕事を中断して休む。というものだ。

これならば無理はできないので、2人も仕事に支障を来したくないため休んでくれるはずだ。

とまぁ、このようなやり取りもあったため今では2人とも過度な仕事はしていない。

さて、私もお仕事だ。

閉じていたお店の窓を開いてCLOSEとなっていた立札をOPENに入れ替える。

すると一番前に並んでいたショーゴたち5人が私に声を掛ける。

「まったく今日も客が多いなー」

「まぁ販売者が可愛いから仕方ないけどね～」

「可愛いは正義です！」

「それに回復量も多いしな」

「アリスちゃん今日も可愛いね！」

「はいはい、それで今日は1人何個？　分かってると思うけど1人10個までだからね」

「1人10個の5人分で50個よろしくー」

「じゃあ２１０Ｇの50個で1万５００Ｇね」

「はいよっ」

ショーゴが代表者として1万５００Ｇを振り込み、私は値段を確認してからレッドポーションを50個移動させる。

移動させた後にもう一度値段と個数を確認してからＯＫボタンを押す。

たまに桁を間違えてしまうお客さんもいるのでそういうのを防ぐためだ。

とはいえそうそういないので2回行っているだけだが、どうしても少し時間が掛かってしまうのは承知してもらっている。

「そうそう。今度のイベントでＰＴ組めるならまた俺らんところに来るか？」

「んー……。迷惑にならないならお願いしようかな」

「あいよ。じゃあまた告知来たらそん時に話そうぜ」

「うん、わかった」

そう言ってショーゴたち5人は去って行った。

そろそろイベントかーっと考えるが、まだまだお客さんはいるのでその対応を行う。

私のお店に並ぶのはレッドポーション目当てということはわかっているが、如何せん人が多い。

まぁ1日置き……といってもこちらでは実質5日程なので作り置きはできているため今のところ売り切れとかには陥っていないが、これがもっと増えたら売り切れる事態になるんだろうなぁ……。

しかし人が増えればその分収益も増すので嬉しいが、レッドポーションを作製するリアへの精神的負担が増しそうなのでそこが問題だ。

でもいざとなったら臨時休業としてお店を閉めればいいだけだもんね。

お客さんよりサイやリアたちの方が優先だしねっ！

まぁ接客限定だが、ある程度は人見知りも少しずつ良くなってきたと思う。

この調子で普通に喋れたらいいんだけどなぁ……。

っと、そういう事考える前に今日の売り上げを計算しないと。

えーっと、大体30人ちょっとだったから……7万G前後かな？

これがイベント直前になるともっと増えるだろうし、レッドポーションたくさん作り置きしないと……。

翌日ログインすると運営からの通知が1件来ていた。

やはりというか予想通りということだが、イベント開催の告知だった。

開始は次の週の土曜日で、集合場所はいつも通りにエアストであった。

運営から告知が来たということは、それに合わせてアイテム補充に来るお客さんが増えるということとだ。

とはいえ、私のお店で今取り扱っている物はポーションとレッドポーションだけだ。

材料としては他の物を作ろうと思えば作れるんだけど、今はどれぐらい売れるかわからない物よりも確実に売れる物を作っておきたい。

とりあえず借金がなくなるまでは他の調合で作れる物は保留だね……。

さて、私はイベントまでどうしようかな？

一応私が使用する分を確保できるぐらいのレッドポーションは作ってある。

でもそのせいで最近まったく戦闘系のスキルレベルが上がってない……。

少なくとも【火魔法】と【水魔法】を派生にしておきたい。

ということで。

「今日の夜ご飯は熊肉か羊肉か兎肉のどれがいい？」

「ご主人様は俺らが選んだやつをどうするんだ？」

「1狩り……いや10狩りぐらいしてこようかなって」

「そんな軽く行けるもんなのかっていうのが異邦人ってところだよなぁ……」

うーん……。

この世界の住人であるサイにそう言われてしまうと、プレイヤーである私たちがどれだけ違うのかを理解させられる。

でもこれぐらい出来なきゃいざという時に街の人たちを守れないし、力があって困ることはないしね。

まぁでも羊肉の方が良さそうだよね。

ということで行ってきます。

久々にエアストの北の街道に来たけど、あんまり人は見かけないね。

とはいえ時期も時期だし、スキル上げならもう少し強いところの敵の方がいいもんね。

とりあえず子羊【ラム肉】が見つかるまで見つかったモンスターを魔法で倒してよう。

【火魔法】を使うと素材が回収できないのは……この際スキルのためだ、仕方ない。

「ハートの女王、タルトつくった♪ 夏の日、1日中かけて♪ ハートのジャック、タルト盗んだ♪

タルトを全部もってった♪ Off with his head(この者の首を刎ねろ)♪ Off with his head(この者の首を刎ねろ)♪」

つい暇で歌ってしまったが、仕方ないよね。モンスターが見つからないんだから。

でもこれ程見つからないものなのだろうか?

うーん……他のプレイヤーが狩りつくしてしまったのだろうかな?

でもそうすると森に入って熊狩りしないといけないしなぁ…。

早く見つかってほしいものだ。

街道から外れて北東へ向かい少し走って1時間後、ようやくモンスターをぽつぽつと見つけることができた。

やっぱり街道から外れるとあまり狩られてはいないようだね。

それに周りに他のプレイヤーも見られないためスキルを好きに使えそうだ。

ということで……ヒャッハー! 久々の狩りじゃー!

私は意気揚々とモンスターの群れに飛び込んで狩りを始めた。

日も暮れ始めたのでそろそろ切り上げようと考え、死体が五体無事でなおかつ損傷が少ない物を回収する。

さすがにヒャッハーしすぎたと少し反省。

辺りは血の池状態となっており、切断された四肢や首がそこら中に散らばってしまった。

というか、久々の狩りということでネウラとその護衛にレヴィも出した結果が更に凄惨な風景を生み出してしまった。

ネウラが【植物魔法】で兎を絞め殺し、レヴィが巨大化して子羊以外を絞め殺したりなどと色々としてしまったのだ。

私とレヴィは久々の狩りでついテンションが上がってしまったこともあるが、まさかネウラまでとは予想していなかった。

ペットは飼い主に似るというやつなのだろうか？

とまぁ、それぐらいはっちゃけた甲斐もあって【火魔法】と【水魔法】のスキルレベルが30Lvになったのでスキルを派生させる。

―INFO―

【紅蓮魔法】【紺碧魔法】スキルを取得したため【霧魔法】スキルが取得可能になりました。

【紅蓮魔法】【大地魔法】スキルを取得したため【溶魔法】スキルが取得可能になりました。

【紺碧魔法】【大地魔法】スキルを取得したため【植物魔法】スキルが取得可能になりました。

おっおぅ……。

一気に取得可能になった……。

とりあえず【霧魔法】と【植物魔法】はいいとして、【溶魔法】って……言葉の意味から考えると溶岩とか溶かす系の魔法だよね……？

まぁ火と土だからたぶん溶岩なんだろうけど……。

また森にとって危ない魔法が取得可能になってしまったけど、どうせSP余ってるし取ってしまおう。


―ＩＮＦＯ―

【漆黒魔法】【霧魔法】スキルを取得したため【幻魔法】スキルが取得可能になりました。


……。

どうしてこうなった。

同時に４つも新しい魔法が手に入るって何の嫌がらせ？

どうスキルレベルを上げろと？

でも幻って幻覚だよね？

漫画とかだと幻覚を使う人ってイメージが大事って言うけどさ、ＮＷＯだとどうなんだろう？　今度試してみよう。

っと、早く帰らないとサイとリアが心配するから急がないと。

私はレヴィとネウラを召喚石に戻して家に向かった。

「ただいまー」

「お帰りなさいご主人様ー！」

「お帰り、ご主人様」

「2人ともお留守番どうだった？」

「えっと！　今日の売り上げはレッドポーション210個でした！」

まぁ平日だからそこまで客は多くないよね。

「在庫はどれぐらい？」

「今日と同じぐらいの売れ行きならあと4日程は平気です！」

「じゃあ明日も無理しない程度に追加の作製お願いね」

「はいっ！」

「サイの方はどうだった？」

「明日には追加の薬草が収穫できるし、野菜もそろそろ収穫できるのがあるぐらい」

「そっか。いつもありがとね、サイ」

私は2人の頭を撫でてあげる。

リアは撫でられて嬉しそうにするが、サイはやっぱりまだ照れくさそうに頬を赤く染めている。

とまぁ2人もお腹を空かせているだろうしさっさと準備をしてしまおう。

イベントが始まる迄の1週間もあっという間に過ぎていき、私は鈍くなっていた感覚を少しでも戻すために結構派手な戦闘をし続けた。

おかげでイベント前日には勘を取り戻せた。

やっぱりある程度は戦闘しないとダメだなぁとは思ったので、今後は注意するつもりだ。

まぁ派手な戦闘と言ってもモンスターだけではない。

私がお願いして銀翼の人たちに模擬戦をお願いしたのだ。

さすがに新しく手に入れたばかりの魔法は悪手に繋がると思ったので、今までのスキルで戦った。

しかし、流石のトップギルドというべきか。

勘を取り戻せていなかった私は初日から2日ほどはボコボコにされていた。

やはり戦闘というものは武術と一緒みたいなもので、やり続けていないとどうしても鈍ってしまうものなのだろう。

でも銀翼の人と模擬戦が出来たのは幸いだった。

おかげで勘だけじゃなくて、戦闘に対する少し緩んでた気持ちも引き締めることができた。

ということで今私はショーゴたちとPTを組んで、イベント会場に転送されるのを待っている。

さて、今回はどんなイベントかな?

時間になったのか前回と同様にアナウンスが鳴り、地面が光り始めた。

そして光りが強くなり、ポータルを使った時のふわっとした感覚が私を襲った。

ポータルで転移された感覚から解放され、目を開くと周りが石造りの壁で囲まれた十字路となっている少し広い球状の広場に私はいた。

周りを見てみると結構な人数がいたが、集合地点にいた人数よりも結構少ないように感じた。

「おいアリス、離れるなって」

「あっショーゴ」

「なんか人数少ないように感じるな」

「お姉さんもそう感じたわ〜」

「バラバラの位置にスポーンとかなんでしょうかね？」

「てかイベント開始の案内とかないしなんだろうな？」

確かにシュウの言うとおりだ。

以前ならすぐ説明が始まっていたのに未だにモニターや運営が出てこない。

すると何かが転移するような音がしたので上を向くと褐色肌の少年が宙に浮かんでいた。

「こんにちはイベント参加者の皆様。黄道十二星座のおうし座を司るタウロスです。今回、私が管理する迷宮へようこそ」

「タウロス君っ！」

私は名前を呼ぶが、タウロス君はこちらを一瞬だけちらっと見てすぐさま説明に戻った。

「今回は、参加者の人数から5つのグループに分けました。そして、イベント報酬として迷宮脱出報酬と貢献度報酬という風に分けています。

迷宮脱出報酬はそのままの意味で、この迷宮から脱出する事が出来れば報酬を受け取る事が出来ます。そして貢献度報酬はイベント中の貢献度に応じて報酬が変わります。そして今回のイベントも7日間で行い、更にこのフィールドでは時間も加速しているため戻っても1時間ほどしか経っておりません」

ということは今回のイベントは脱出ゲームってことかな？

でも脱出ゲームで貢献度ってどういうことなんだろ？

てか近くでさっさと始めろと喚いているプレイヤーもいるが、せめて話は最後まで聞こうよとは思うんだけど……。

「あぁ、そうですね1つ言い忘れていました。この迷宮を脱出するにはボスを倒す必要があります」

そう言うとタウロス君は身の丈程もある大きな両刃斧を実体化させた。

そしてタウロス君は冷たい笑みを浮かべ広場に集まったプレイヤーたちを見下ろしていた。

「タウロス……君……？」

「さて、何人脱出できるのでしょうかね？　それと私はこれから1日の間はここから動きませんのでご安心を」

タウロス君の言葉に舐められていると頭に来たのか、何人かのプレイヤーがタウロス君に襲い掛かった。

その時私は初めてタウロス君に会った時の事を思い出した。

『へぇ～……ってことはタウロス君って結構強いの？』

『そうですね……十二星座の序列で言えば私は戦闘型なので上位に入るとは思いますが、我々で競った事はないので細かい序列はわかりませんね』

私は自分でもどうしてかわからないけど、咄嗟に声を上げて叫んだ。

「タウロス君に近づいちゃだめ！　彼は十二星座の中で戦闘型なの！」

「はっ？」

タウロス君に襲い掛かったプレイヤーの中で私の声に反応した人は何を言っているんだという顔をするが、その表情はすぐさま青ざめることとなった。

タウロス君が持っていた両刃斧がどんどん大きくなり、既に大きさが3mを超えていたのだ。

「全員後ろの通路に後退しろっ！」

この声は団長さんの声!?

私は固まっていたクルルの手を引っ張って後ろに後退した。

ショーゴたちも団長さんの声に反応して後退を始めていた。

クルルの手を引っ張りながらぱっと後ろを振り向くが、襲い掛かったプレイヤーたちはあまりに彼に近づきすぎたせいか、方向転換して逃げようとするがどんどん大きくなっていく両刃斧の射程から逃れられていない。

「このイベントでは狩る者と狩られる者はすぐ入れ替わるのですよ」

タウロス君はそう呟き、巨大化した両刃斧を振り回すと、タウロス君へと襲い掛かっていた射程内のおよそ10人程のプレイヤーたちがその両刃斧の餌食となった。

「一撃……だと……!?」

誰が言ったかわからないが、土煙が消えてタウロス君のいる場所を見ると先程襲い掛かったプレイヤーたちの姿は見えなかった。

おそらくあの斧の一撃でやられたのだろう。

「あんなのありかよ……」

通路に退避したプレイヤーたちは何人も青ざめた顔をしてタウロス君がいる場所を見つめている。

タウロス君は先程の宣言通りにあそこから動くつもりはないようだ。

今はその事だけが救いだ。

「くそっ！　あんな化け物がボスとか運営舐めてんのか！」

「あんなのに勝てるわけねえだろ！」

確かに愚痴を叫びたくなる気持ちはわかる。

でも運営が攻略不可能になるようなイベントをするだろうか？

ならば何かしらの方法でタウロス君を弱体化できる方法があるのではないだろうか。

私と同じ考えに至ったのか、周りで声が上がる。

「この迷宮内にあのボスを弱体化できる手段があるかもしれないぞ！　それを探すぞ！」

「しかもあいつは1日は動かないって言ってんだ！　今の内に探すぞ！」

そう叫ぶと皆一斉に動き出して移動し始めた。

私は移動する前にタウロス君をもう一度見つめる。

私が見つめていることに気付いたのか、彼は少し微笑んだ。

それが何を意味するのかは私にはわからないが、少なくとも彼は悪意で私たちを攻撃しているのではないと感じた。

立ち止まっているそんな私を、ショーゴは手を掴んで通路の奥へと引っ張って行った。

通路はいつまで経っても風景が全く変わらずに石造りの壁が続いた。

そのため自分たちがどこにいるのかが全くわからない。

幸い自分たちが動いた場所はマッピングされるようになっているため、最初の地点からどれぐらい動いているかはわかる。

でも私は今でもタウロス君と戦いたくないと思っている。

他の人からしたら何を馬鹿な事を言っていると罵られそうだけど……。

気持ちが落ち込んでいる私の頭をリンが優しく撫でてくれた。

「アリス、そんなに落ち込まないの～」

「うん……」

移動している途中に銀翼と会った私たちは、状況把握のため合流する事にした。リンから聞いたところによると、銀翼はバラバラではなくギルド単位で同じグループに分けられたと言うのだ。

「それにしても十二星座がボスのイベントとはなぁ……」

「確かおうし座と言ったな。それに君はあのおうし座の事を良く知っているように見えたが、知ってる事があれば教えてもらえないか？」

「はい……」

私は最初に彼と会った時に教えてもらった事を銀翼を含む皆に話した。

「なるほど……。だからおうし座が戦闘型ということを知っていたのか」

「はい……。それにグループって言っていたのでおそらくタウロス君は分体だと思います」

「何故そう思うのだ？」

「彼は【分体】【多重並列意識】【高機能情報処理】のスキルを持っているので、本体でなくても同等の力を発揮できるため本体が出てくる必要はないからです。それに今回のようにボスを倒すイベントの場合ですと本体は出てこないかなと……。あくまで推測ですが……」

私は冷静に考えてタウロス君があの時少し微笑んだのは、本体ではなく分体だから気にする必要はないというメッセージだったのではないかと考えた。

私が躊躇すると思ったための措置だったのだろうか……。

「それにしてもおうし座で迷宮か……」

「ショーゴ何か気になるの？」

「いや、おうし座で迷宮と言えばクレタ島と思ってな」

「クレタ島？」

「クレタ島って言うとあのクノッソス迷宮ですか？」

ショーゴの言葉にエクレールさんが反応する。

「あぁ、それに名前がタウロスだしまぁ間違いないだろ」

「ミノ『タウロス』ということですか？」

「まぁそういうことだろ。となると弱体化させる方法は何か関連してるはずだけど、覚えてるのは短剣を使ったぐらいなんだよなぁ……」

「短剣が弱点ということですかねぇ……？」

私はそこら辺には詳しくないので口を挟めないが、どうやらそういう話が関係あるらしい。

私もそういう神話系をもう少し調べておいた方がいいかもね。

でも短剣を突き刺すとしても、タウロス君に近づくのは容易ではないと思う。

とりあえず安全地帯を探すため通路を進んでいると、道中にモンスターが湧き始めたのでそれらを倒しながら進んでいる。

モンスターはミノタウロスやスケルトンといったのが出てきて、倒すと素材の他にキャンプイベントと同じように食材や調理器具などもドロップした。

そのため私が手を出すとドロップしなくなってしまうため、手を出さないでいた。

他にも通路の端っこに採取や採掘ポイントが点在しており、ランダムで薬草などの素材を採る事が出来た。

ということは安全地帯もあるということなので、私たちはそのまま通路を進んで探した。

すると最初の地点よりは小さいが100人程度が拠点にできそうな広めの広場に出た。

そこには先に到着していたであろうプレイヤーたちが、ドロップで手に入れたものを使って拠点を作っていた。

私たちも同様に拠点を作って今後どうするかを相談する事にした。

私たちは全員でショーゴPT6人と銀翼41人の合計47人であり、その中で3PTを未だ開拓していない方角の探索、3PTをモンスターを倒してドロップアイテム集めというふうに半々に分けて活動を行うことにした。

まだ確実な情報がないため、タウロス君が動きだす前に少しでもマップ開拓を行うために機動力と戦闘力が高いPTになるように編成を行った。

私もマップ開拓のPTに行くはずだったが、採取持ちが私ともう1人しかいなかったため無くなりやすい回復アイテムを補充する意味で私もそちらに回った。

まぁおかげでリンと同じPTを組む形になったんだけどね。

「アリスと一緒のPTなんて久しぶりだわ〜」

「そうだねー」

「お姉さんもアリスちゃんと同じPTがよかったわ〜」

「それは私もですよっ！」

「君たちまで同じにしてしまうと魔法使いの割合が大きくなってしまうのでね……すまんが分かって

くれ……」

まぁ【狩人】スキル持ちの私がいる時点で戦闘できるメンバーが1人減るため、そこにリンが入ったのはわかる。

でも他にも魔法使いを多くしてしまうと魔法無効とかのスキルを持ったモンスターが出てきた場合対処しづらくなってしまうため、最高でも2人という形にしてある。

と言っても私はエクレールさんに言われるがままにPT編成されたんだけどね。

でも2人で47人分の回復アイテムかぁ……。

一杯採らないといけないね……。


「よいしょっと。これで10ヶ所目完了かな?」

私は採取ポイントで可能な限り採取を行い素材を回収している。

最初はてっきり1回の採取に1素材と思っていたのが、どうやら開封式のようで出てくる数もランダムのようだ。

なので欲しい素材が狙った数手に入るかがわからないため、出来る限り採取ポイントで回収しておきたい。

まぁ手に入れた素材はたぶん私が調合する羽目になるんだろうけどね……。

拠点に戻った後の憂鬱な展開を考えていると、リンが嬉しそうにこちらに近づいて来た。

「アリス~良い物手に入れたわよ~」

「良い物？」

リンはそう言うと私にトレードを飛ばしてきた。

何かなと思ってトレード画面を見るとそこには牛肉の2文字があった。

「ふぉおお！」

「ミノタウロス倒したらドロップしたのよ～」

「リン！　もっとミノタウロス倒してきて！」

「わかってるわ～」

うへへ～牛肉だ～。

今日のご飯は鍋にしようかな？　それとも焼肉？　うーむ迷うー。

まぁそこは皆と相談すればいいか。

それにしてもホントに石ばっかりの通路だなぁ。

マップがなかったら絶対迷ってるよ。

でもここが迷宮だとしたら普通は迷わせるためにマップは用意しないけど、そこはイベントとして特例なのかな？

それともマップにも何か意味があるのかな？

私は今まで通ったことで埋まったマップを見てみるが、特に何かヒントになりそうなものは見つけられなかった。

「まぁそんな簡単にわかるはずないよね」

しばらく歩いていると、小部屋につながる小さな通路がポツンとあった。

一緒に行動している人たちが、罠を発見するスキルなどを使って安全を確保してから部屋の中にゆっくり入る。

小部屋の中には特にトラップやモンスターはおらず、本当にただの小部屋で埃だらけだった。

とはいえ、何かの手掛かりがあるかもしれないので部屋を探索する。

「なんだこの文字は？」

一緒に行動している人が何かを見つけたので皆彼の方に向かう。

私も近寄ってその文字を見てみたが、何と書いてあるかが全くわからない。

「誰か【解読】スキル持ってないか？」

【解読】スキルかぁ……。

取ってもいいんだけど今はSPが少ないからなぁ……。

派生にしないで済むようなスキルとかあればいいんだけどなぁ……。

今いるメンバーの中では誰も持っていなかったため、スクリーンショットだけ撮って部屋を出ることにした。

もしかしたら他のメンバーに【解読】持ちがいるかもしれないからだ。

しかし、あの文字は何か重要なヒントのような気がした私は、【解読】スキルを取っておけばよかったなと後悔した。

今後もこういった解読しないといけないようなイベントがあるかもしれないしね。

タウロス君が動かないと言っていた1日が開始時間からとするならば、既に半日経ってしまったが少なくとも2、3日は食べ物を採りに行かなくてもいい量は集まった。

しかし、回復アイテムに至ってはまだまだ足りない。

採取ポイントから回収した物を開封してみたが、精々1人10個分が関の山だった。

やはり人数が多い分そういったアイテムの補充は大変だ。

そして目下の問題はタウロス君の存在だ。

あの両刃斧の攻撃を食らえばひとたまりもないため、皆弱体化の方法を探っている。

しかし弱体化と言っても見てわかるような変化があるのだろうか。

だが問題はそれだけではない。

風景の変わらないこの迷宮は、ある意味常に同じ場所にいるようなものだ。

そして見つけられるかわからない弱体化の方法。

精神的にもかなりやられるはずだ。

まだ始まったばかりなので大きな変化はないが、これが数日経ったらきっとフラストレーションが溜まって爆発する人もいるんじゃないだろうか。

そしてそういったのを防ぐための焦りから注意力の散漫や思考の停止などに陥ることも考えられる。

ホント、運営はいい性格してるよね。

それにしても同じグループにいなさそうだったルカや海花、それにアルトさんたちは大丈夫かなぁ
……。

試しにメッセージを送ろうとしたがエラーが起こって送れなかった。

リンには送れたので、グループが違うと遮断されるということだろう。

さてと、私以外の皆は再度アイテム回収に行ったし、私は今のうちに作れる分だけでも回復アイテ

ムを作っとこう。

こういう時のために【集中】スキル持っててよかった……。

気が滅入る環境で更に同じ作業とかやってたら発狂しちゃうところだよ。

さてさて発動っと。

「ん～ふっふふ～♪」

あーやばい楽しくなってきちゃったー。

って言っても回復アイテムの素材はもうなくなっちゃいそうだし、他の素材使って何か作ってよーっと。

えーっと毒草に麻痺草とかの状態異常系かー。

よーっし、ねるねるねーっと混ぜてっとー。

はい、毒薬の完成っとー。

うっわーすっごい淀んだ紫っぽい濁った色ー。

これ刀に塗ったら毒状態にできるのかなー？

うへへー他のも作ろーっと。

あと何作れるかなー？

麻痺に眠りに混乱は作れそうかなー？

余ったら全部混ぜて何か作れるかなー？

何か理科の実験みたいで面白ーいアハハハハー♪

この後帰ってきたリンたちが驚いてアリスを止めたため、アリスもハイテンションになっていたことに気付き【集中】スキルを止めた。

そしてリンから今後1人では使わず、最低でもレヴィやネウラがいる時に発動するようにと注意された。

以前森で使った時は短時間だったからそこまでテンションが上がらなかったということをすっかり忘れていたため、こうなってしまったのだと再度反省することとなった。

「それで結局どうだったの？」

「回れるだけ回ったが、やっぱり最初の広場から広がるように展開されているようだったな。最外周には到達できなかったから出口が本当にあるのかもわからなかったわ」

「ってことはタウロス君の言葉が偽りという可能性もあるってこと？」

「さっきリンから聞いたが【解読】スキルが必要な言語があったし、何かあんだろきっと」

ふーむ……。

となるとまずは出口が最外周にあるかどうかを調べたほうがいいんだよね？

でもそろそろ1日目が終わってしまう時間だからタウロス君が動き出してしまうってことか。

そこで団長さんが今後の予定として私も考えていたことを言う。

「ともかくおうし座の動向を探らないとどうにもならんな。幸い我々がいる広場のような場所にはモンスターが入ってこれないようだ。危険と感じたらすぐ逃げてくれ。そしてメンバーの選出なんだが……」

動向を探るということは、敵を視認しなくてはいけない。

そして何より相手に気付かれない事が要求され、見つかった際には逃げ切れるだけの実力が必要だ。

となると……。

「やっぱり……私ですかね……？」

私が手を挙げて立候補するが、団長さんは少し苦い顔をする。

「確かに君ならば適任かもしれないが……」

「でも他に隠密系のスキル持ってて足が速い人って限られますよね……？」

「まぁそうなんだが……。だがあまり君にばかり負担を掛けさせるのは……。それに回復アイテムの補充も助かっているしそこまで無理はしなくても……」

確かに今回のイベントでは、【狩人】スキル持ちの私がモンスターを倒してもドロップが手に入らない。

そのためボス以外では私の役目としては斥候やアイテム生産が主となってしまう。

しかし、いくらドロップするからと言っても全てが調合に使えるわけではない。

素材がなければ作れない。単純な事だ。

だったら私が斥候としてタウロス君を見張っていた方が探索の効率的にはいいと思う。

そのため立候補したのだ。

団長さんとしても、ギルドメンバーでもない人にあまり頼りすぎるのもどうかと思って悩んでいたそうだ。

私の考えを団長さんに伝えると、渋々ながら納得してくれた。

しかし、絶対に無理はしないようにと念は押されたけどね。

まぁリンやショーゴたちにも念押しされたけど、そんなに危ない事するわけないのにまったく。

とはいえ、まだ1日経つまで時間はあるのでご飯を作った後に私は1度仮眠を取らせてもらった。


さてと、マップからしてちょうどタウロス君がいる広間に続く十字路の近くまで来ることができた。

時間はあと数分で1日経過だからどう動くかを見ないとね。

とりあえず壁から少し顔を出して様子を見よう。

てかこれ以上遠くなると流石に見えなくなるから十字路の入り口？　に当たる部分がギリギリだ。

んー……。とりあえず広場の中央にじっと座って精神統一をしているのかな？　動き出す様子はない。

って、まだ1日経ってないからか。

なら少しだけ近づいて……。

そう思って私は十字路の入り口を越えて覗こうと足を前に出した。

その瞬間、タウロス君は目を見開いて立ち上がった。

私はびっくりして床に置こうとした足を引っ込めてぱっと壁に隠れた。

1分位じっとしていても【感知】に反応がないため再度広場を覗きこむと、タウロス君は再度じっと座っていた。

危険かと思ったが、もう一度十字路の入り口を越えて足を伸ばしてすぐさま隠れて様子を窺うと、やはりタウロス君は反応して立ち上がっている。

ということはこの十字路の入り口までが今のタウロス君の感知範囲ってことかな？

……いやいや、100m以上は余裕であるけどそんなに広いの？

普通に近づかれたらセーフティーエリアに入るまで逃げられないよ？

これ斥候とかやる以前に遠視系のスキル持ってないとまともにできないと思うんだけど。

てか遠視できてもこの曲がりくねった道になっている迷宮の中じゃあってないようなものだしなぁ
……。

そんな事を考えている内に1日目が過ぎていたのか、タウロス君は立ち上がって周りをキョロキョロとしている。

するとと私がいる方角の十字路ではなく、私から見て左側の通路に向かって行った。

さて問題はここからどうするかだ。

とりあえず中央から離れたってことは少し入口を越えても大丈夫でしょう。

そう思って私は再度入口を乗り越えて進もうとした。

すると違う道に行ったはずのタウロス君が広場の中央に戻ってきた。

隠れようとしてぱっと横を見た瞬間、タウロス君が私がいる通路に駆けてきた。

ここにいては見つかると思った私は先程来た道を辿って走る。

誤算だったのはタウロス君が私並みにＡＧＩが高いという点だった。

ギリギリ曲がり角を曲がって隠れられたが、緊張で呼吸が乱れがちだ。

しかし【感知】スキルはいつまで経っても距離が変わるような反応を示さない。

立ち止まっているのかと思って息を整えた私はこっそりと通路を覗きこむ。

「ふむ……誰かが通っただけですか……。それにしても3回も反応があるとは……。当分誰も近づかないと思ったのですが予想が外れましたね」

なんとか聞こえたタウロス君の声は止み、【感知】スキルの反応も次第に遠ざかっていく反応に変わっていった。

どうやら見つかりはしなかったようだ。

しかし、おかしな点は見つかった。

あの100m以上もある距離を感知できたにも拘わらず、今私が隠れている曲がり角は少なくとも100mはない。

ということは私は見つかっていてもおかしくはないということだ。

なのにタウロス君は私を追い掛けてこずにそのまま広場に戻っていった。

ではタウロス君の感知範囲はどうなっているのだということになる。

考えとしては2つある。

1つはあの広場にいる時限定であの感知範囲を持っている。

もう1つはあの広場を含む十字路に入るとタウロス君の感知範囲に引っかかる。

どちらにせよあの広場に関係があるということなのだが、何故なのかがさっぱりわからない。

ボスの部屋としてあの広場があるから誰かが近づいたら戻るためなのかな？

ともかくこの情報を持ち帰ろう。

私は音が止んだのを確認してから拠点へと戻った。

「ということがあったんだけど何かわかる？」

「無茶すんなって言ったばっかりだろ!?」

「そうよアリス！」

「うっ……」

帰って報告して早々にリンとショーゴに説教を食らった。

「私も無茶はするなとは言ったがさっそくやるとはな……」

「あぅ……」

「ただ、おうし座の感知範囲について良い情報が手に入ったことは僥倖だったな」

「団長っ！」

「リン、そうあまり責めても可哀想だろう。実際無事に帰ってきてくれたのだからそこは褒めてやらねばな」

「そうですけど！」

「少なくともおうし座は自分で感知系のスキルは持っていないようなのか？」

「正確にはわかりませんが、少なくとも100mは感知できないはずです」

もう一回戻って正確な距離を測ってきてもいいんだけど、動き回り始めたタウロス君と鉢合わせしそうだし、さすがに今度はリンとショーゴに本気で止められるだろう。

なので後は何mまでが感知範囲かを鉢合わせた人や見つけた人の報告待ちってところかな？

「しかしイマイチ感知範囲がわかんねえなぁ」

「そうですね。ボスだからあの部屋にプレイヤーが近づいたら戻らないといけないと言えばそこまでですしね。何か他に理由があるのかもしれませんね」

「確かにボスを釣ろうとして一定距離を動くと元の場所に戻ったりするやつもいますしね。そういう類で片付けるのは簡単ですからねぇ」

「考えるのも冒険、ということかしらね～」

「知恵と勇気でテーセウスは脱出したって感じだから同じようなことってことか？」

「私はそこまで神話に詳しくないからわからないわよ～」

知恵かぁ……。

色々謎はあるからそれを解くのが知恵っていうならば、勇気って何が当てはまるのだろう……？

「1日経ったが各グループの損害はどれぐらいだ？」

管理室のようなモニター画面が並んでいる部屋の中には男性が二人程おり、その内のスーツを着た中年男性は部下の青年に声を掛けた。

「えーっと、Aグループが0・7％。Bグループが1・2％。Cグループが0・8％。Dグループが1・1％。Eグループが……ってなんじゃこりゃ⁉」

「どうかしたか？」

「いえ……Eグループだけ何故か損害が3％超えてて3・2％なんですけど……」

「Eグループのログを調べろ」

「了解です」

そう言ってスーツを着た青年は指示通りにログを調べ、その内容を報告した。

「どうやら最初の時にギルド単位で突撃したそうですね……。それのせいで他のPTも便乗した結果がさっきの損害率です」

「まさかギルド単位でやるとは思わなかったな……。今後はこういうイベントの時の開始時は非戦闘エリアにしとくか……」

「それが無難ですね。それにしても私たちまでゲームの中で7日間いさせられるとは思いませんでしたよ」

「仕方ないだろう。今回に至っては参加者をグループに分ける特殊なイベントなんだ。そして分けられた結果、どう変化するかを調べるのも仕事だ」

「まったく、課長は真面目ですね。それで課長はどこのグループが一番乗りしそうって考えてます？」

「まだ何とも言えないが、Aグループはタウロスの感知範囲について何か気付いたそうだな」

「えっ⁉　まだ1日目ですよ⁉　それに絶対最初に彼に飛び込んで餌食になるプレイヤーがいるのに、そんなことがあってなお彼に近づこうとしたんですか⁉」

「だが事実だ。さて、今後はどう動くのか私は少し楽しみだよ」

「ひーまー……」

「アリスさん少し休みましょうよ……」

「だってさっきも寝たばっかりだし……イベント中だしそんな寝てる気分になれないしー……」

「ですが交代制ですし、休める時には休まないと……」

うーん……クルルの言うことも一理あるから大人しく休むとしよう。

ということで寝ようとすると、クルルが膝を貸してくれたのでそこで寝させてもらった。

それにしても他のプレイヤーは何か情報手に入れたのかな？

でも【解読】スキルなんてあまり取らないようなスキル持っている人なんているのかな？

だけど持っていないことを前提にしているとしたら、きっと読める手段が存在してるはずなんだよね。

となると、そういった解読効果を持ったアイテムがドロップや宝箱とかにあるのかな？

少なくとも私は宝箱は見かけてないので、ドロップが濃厚かなって思う。

あとはドロップ条件があったらで変わってくるのかな？

例えば、あの読めない文字を見る事とか？

まぁそういうアイテムが手に入れば話題にはなるでしょ。

私がうーんと唸っていると、クルルが首を傾げて尋ねてきた。

どうやら気にさせてしまったようだ。

特に隠すようなことでもないので、クルルに今考えた事を説明した。

説明したついでにクルルの考えも聞かせてもらう。

こういう時は多方向からの考え方っていうのも大事だからね。

「そうですねー……。概ねアリスさんの考えはその通りなのかもしれないですね。ただ、ドロップ条件が少し気になって……」

「どんなところが？」

「全く別物のゲームになるので関係ないのですが、ドロップ条件にはその場所に行く、その素材や物を直に見るの他に一定時間経過が必要な物もあります。なので、ただモンスターを狩っていても一定時間——ここで言えば日数が経たないとドロップしないということも考えられます」

「つまり早いうちに謎を解かれると困るっていう事もあるの？」

「困るというよりも、時間稼ぎをしないといけない物もあります。例えば後7日で復活する邪神を倒すというイベントがあったとして、それを復活前に儀式が止められてしまったらクエストとしてはクリアですが、イベントとしてはまずいです。何故ならイベントの目的が復活した邪神を倒す事だとしたら、それはイベントとしては成り立ちませんからね」

「その復活に合わせる様に時間稼ぎをすることもあるってこと？」

「その通りです」

なるほど、そういう条件もあるのか。

うーん、ゲームってやっぱり難しい。

でももし時間経過でドロップして謎を解くとして、その理由は何があるんだろう？

すると探索から戻ってきたショーゴたちとリンが私たちのところに来てアイテムを渡す。

人が解読効果アイテムドロップについてクルルと真剣に話していたのに、まさかの解読効果アイテムの眼鏡をさっそく取ってきたのだ。

私はそのアイテムを見て固まり、クルルは少し苦笑いしている。

「なんだよ良いもんドロップしたからやったのによ」

「それにしても全体で5個はドロップしたわよね～。まぁ100匹は狩ってたから単純に20に対して1って割合かしらね～？」

「……」

「あはは……」

「ん？　アリスどうした？」

「クルル……膝貸して……」

「アリスさん、そんなに落ち込まないでも……」

「むぅー……」

私は再度クルルに膝枕をしてもらって、そのままクルルのお腹に顔を隠すように体勢を丸くした。

「私たち……何かしたかしら……？」

「いや……悪いがまったくわからねぇぞ……？」

「女は難しいから仕方ないな」

「いじけたアリスちゃんもかわっごふっ!?」

「はーい～。シュウはそういう事は言わないの～。お姉さん怒っちゃうわよ～？」

「ずっずみません……」

音からしてきっとシュウがレオーネに杖で殴られたかなんかされたのだろう。

でもせっかく考えたことが台無しになったら誰でも落ち込むと思うんだ。

だから私が今ここで落ち込んだのも仕方ないこと。

でも解読可能アイテムの眼鏡かぁ……。

これで前に読めなかった文字も読めるようになるからヒントとかあるのかな？

問題はここで解読の更に解読というめんどくさい事にならないことを祈るだけだ……。

とにもかくにもリンから渡してもらった眼鏡を試しに掛けてみる。

見た目は普通にある黒縁眼鏡だ。

特に度は入っていなかったので、視界がぐにゃぁっとなったりはしないのが幸いだった。

ふっふっふ。これで少しはインテリっぽく見えるかな？

そう思ってドヤ顔をして装着した姿を皆に見せる。

「お、おう……」

「アリス似合ってるわよ～」

「別に眼鏡を掛けたからといって知的に見えるというわけではないけどな」

「ガウル、そういう事は思ってても言わない方がいいんですよ？」

「女心はちゃんと察しないとダメよ～？」

「そうそう、女の子は難しいんだ。ってことでアリスちゃん可愛い！」

シュウは相変わらずとして、リン以外あまり褒めてくれてる気がしないんだけど。

そこまで似合ってないかな？

とりあえずレヴィとネウラを呼んで聞いてみた。

「レヴィ、ネウラ。どう？　似合ってる？」

「キュゥ！」

「うーぁー！」

ほら！　２人は似合ってるって言ってるし！

再度ドヤ顔で振り向くと、リン以外のメンバーは苦笑いをする。

「盛り上がっているところ悪いが、解読可能になったということで再度読めなかった文字があった部屋に行くわけだが……」

団長さんが話を切って説明するが、少し言い淀む。

すると団長さんの横にエクレールさんが立ち、説明を続ける。

「問題はおうし座との遭遇です。１日目では動かないということもあって自由に探索できましたが、２日目以降からは動き出した事によりこちらに動きの制限が掛かっています」

確かに見つかったらアウトだもんね。

ＡＧＩはともかく攻撃力が一撃必殺レベル。

最初の時に盾持ちも1撃で倒されてたから、おそらく防御も意味をなさない文字通りの一撃必殺。

タウロス君のＡＴＫが∞か、あの両刃斧が即死効果を持っているのかはわからないけど、突破口が分からない今の状態で接触するのは絶対に避けたい。

とはいえ……。

「タウロス君がどこにいるか、ってことですよね？」

「はい。特設掲示板によると移動速度としては普通に人が歩く速度と同じですが、プレイヤーを見つけるとアリスさんの報告通りにかなり速い速度で追ってきます」

「命がけの鬼ごっこって感じだなぁ……」

「発見報告からして、幸いおうし座の現在位置は目的地の部屋から離れており、十分解読して戻ってこれるぐらいの時間はあると思われます」

「でももし道中に誰か見つかったやつがいて、こっちの方角にトレインしてきたら……」

「はい。解読する時間も戻って来られる時間も足りるかわかりません」

タウロス君が動くようになって私たちに行動の制限を掛けるとともに、セーフティーエリアから動けなくさせるっていう算段かな？

これが見晴らしのいい場所だったら特に問題はないんだけど、場所は曲がり角も多い迷宮。

いつまでもタウロス君の正確な位置なんて掴めるわけでもない。

故にどうしても動きを読めなくなる時は必ずある。

「とはいえあまり悩んでいる時間はありません。できるだけ急いで解読して戻ってきてください」

解読に行くのはＡＧＩが高い私を含めた四人で、それぞれ探索中に見つけた文字の場所まで行って解読後、すぐさま拠点に戻ってくることだ。

その中でも特に私はＡＧＩが高く、スキル構成的にタウロス君から逃げ切れる可能性が一番高いため一番遠くの私たちが見つけた部屋の解読を行うこととなった。

迷宮内に出現するモンスターはそこまで強くはないので、それも含めて選出はされているのでそこについては問題ない。

とはいえ時間との勝負なのでさっそく出発する。

私はレヴィとネウラを召喚石にしまって全速力で目的の部屋まで向かった。

5分毎に定時連絡を行い、何か異常があればすぐさま残ったメンバーが報告するといった方法を採る。

こうすることである程度は安全を確保しつつ、戻る時のルートを変えたりすることもできる。

しかし、絶対ではないので私も連絡を聞き逃さないように気を付ける。

全速力で移動したため、30分も経たずに目的地まで辿り着けた。

部屋の中に入り、初日に見つけた文字を解読効果を持った眼鏡を掛けて読む。

「えーっと……『この迷宮から脱出したければ迷宮の主を撃破せよ』……？」

最初にタウロス君が言った言葉と何か違うのかな？

とりあえず解読内容を送って……っと。

さて、戻るとしよう。

私は眼鏡を外してから部屋を出て拠点へと向かった。

定時報告によると、他の3人はもうそろそろ拠点に着くそうだ。

まぁ距離的に私が一番遠いから仕方ないね。

拠点に向かって移動中、曲がり角を曲がると2mを超す大きさのミノタウロスが1匹いて道を塞いでいた。

ここで道を変えて戻ってもいいが、地味に大回りになってしまいそうなのでさくっと片付ければ問題ないだろうと考えて脇差を抜く。

ミノタウロスはその手に背丈ほどはある大きい斧を持って私に向かってくる。

私はミノタウロスから振り下ろされた斧を脇差を斜めに構え受け流し、勢いをつけミノタウロスの首を狙う。

しかし、身長差があったためうまく切断ポイントをなぞる事ができなかった。

「おしいっ！」

つい呟いたが、そこまで広くない通路で飛び回るのは難しいため少し攻撃の手を変える。

『付加――【火魔法】！』

【付加】スキルで脇差を火魔法で纏い、再度ミノタウロスに攻撃を仕掛ける。

「ブモォォォォ！」

何度か身体を切り裂くとミノタウロスは鳴き声を上げて膝を崩した。

私は膝を崩したことにより、首に届くようになったのでそのまま脇差を振り首を切断した。

「少し時間掛かっちゃったな」

さて、早く戻らないと。

そう思って地面を蹴ろうとした瞬間、後方で視線を感じた。

その視線を感じると同時に重々しい威圧感が周りを包み込み、私は冷や汗をかく。

そして戦闘時には気づかなかった緊急の連絡が何回も来ていることに今更ながら気付いた。

「アリスさん、見つけましたよ」

私に声を掛けた存在は、足音が立たない事からその場から動いていないことはわかった。

私は冷や汗を流しながらゆっくりと身体を後ろに向けると、数十m後方にタウロス君が両刃斧を持って立っている姿があった。

「できれば見つかりたくなかったかな……」

私はこの迷宮で今絶対に出会ってはいけない存在と接触してしまった。

「『グラビティゾーン』……」

私はタウロス君に気付かれないように小さく呟いて魔法を唱える。

少し距離があったため気付かれはしなかったのか、タウロス君はその場に立ち尽くしたまま私に声を掛ける。

「逃げないんですか？　他の方たちは私の姿を見た途端逃げ出していましたが」

「むしろタウロス君から目を離した方が危ないと思ったから動いてないだけだよ」

口ではそう強がるが、今すぐにでも全速力で走って逃げたい衝動に襲われるのをなんとか抑える。

下手に背中を無防備に晒した途端、あの両刃斧で真っ二つにされる場合もある。

だったらまだ相手の動きを見ててそれに対応した方がマシだろう。

タウロス君も私もお互い動かないこの場で、何分――いや何秒経っただろう。

私はともかく、彼が動かないのが気になった。

情報ではプレイヤーを見つけると襲い掛かってくるという話だ。

だが今はプレイヤーの１人である私を目の前に立ち止まっている。

だけど今はそんなどうでもいい事を考えている余裕なんてない。

私がタウロス君から逃げ切るために出来る事は……。

重苦しい空間で私は少しずつ呼吸が乱れ始める。

だけど彼から意識は絶対に逸らさない。

逸らした瞬間きっと彼は襲い掛かってくるだろう。

だからこそ私は覚悟を決めて脇差を構えた。

「どうやら考えが纏まったそうですね。では……参ります！」

「っ！　『チェンジグラビティ！』」

タウロス君が地面を蹴って近づいてきたので、私も半身で彼を見ながら後方へ走る。

そして彼が10ｍの範囲に近づいてきたので、私は今まで自分に掛けていた重力を彼と入れ替える。

これで少しでも動きが鈍くなってくれればと思ったが、彼の動きは特に変わった様子は見られなかった。

「いつの間に……というのも野暮ですね。良い手ですが残念ながら私には効きません。もちろん魔法無効化ということではなく、重力を掛けられても動ける程度のＳＴＲがあるだけですよ」

あんな巨大化する斧持ておいて動ける程度とか冗談きついって！

なら次の手だ！

私はアイテムボックスから植物の種を後ろに投げる。

そして彼が種に接触する前にスキルを使う。

「【急激成長！】」

「なっ⁉」

私がスキルを発動させると、通路を塞ぐように植物の蔓が広がる。

更にその蔓はタウロス君が触れると千切れずにゴムのように伸びた。

彼は勢いを殺せぬまま伸びきった蔓に巻き込まれ、来た道に吹き飛ばされていった。

「これで少しは時間が稼げるはず」

今の内に距離を稼がないと！

そう思って急いで走るが、数秒後に後ろから何か破壊音が聞こえてぱっと後ろを向く。

そして何かが来る予感がしたため、咄嗟に通路の端っこに転がると同時に何かが私とすれ違った。

「おっとっと、少し飛びすぎましたね」

「嘘……でしょ……」

何かと思って顔を上げた私の正面には、曲がり角の壁に衝突したのか埃を叩いているタウロス君の姿があった。

「いやはや驚きましたよ。まさかあのような手で私を吹き飛ばすとは」

「一体どうやって……」

「簡単な話ですよ。吹き飛ばされた勢いでそのまま壁を蹴って飛んできただけですよ」

「あの勢いで壁なんて蹴ったら足にダメージが……っ！」

実際、私も木を蹴って勢いをつける事はやっている。

だけどあれはあまりに勢いが強すぎると自身にダメージが来るといった欠点もある。

物理でいうところの作用・反作用の影響が起こっているのだろうと考えていた。

そしてそういった欠点はＳＴＲを上げる事で少なからず低減できる。

しかし、タウロス君並みのＳＴＲがあればほとんど影響はないだろう。

「さて、もう打つ手はないですか？」

「あ……あ……」

勝てない。

逃げられない……。

こんなの……勝てるわけがない……。

圧倒的なＳＴＲにＡＴＫに、その攻撃力で全く動きが鈍くなくむしろ素早い。

正に純粋な近接戦闘のスタイル。

故に小細工をする必要はなくただ正面から打倒するだけ。

彼が私と出会って動かなかったのは小細工する必要がなかっただけで、私がどう動くのかを見たかったただけなんだと今気づいた。

彼は怖気づいている私を見下ろし、私に問いかける。

「さぁアリスさん、貴女はこの状況からどうしますか？」

どうするも何も……。

もう……打つ手は……。

私は下を向き俯いた姿勢になる。

私が項垂れていると彼は小さくため息をついて呟く。

「……残念です。貴女もすぐ諦めてしまうのですね。倒すべき敵が目の前にいるというのに」

敵……？

倒す……敵……。

敵……敵……敵……て……き……。

てきは……たおさなきゃ……。

じゃないとふたりが……。

ふたり……が……。

「──い……」

「何か言いましたか？」

「絶対……許さない……」

「っ⁉」

私は脇差で地面に置いていた左手の甲を刺す。

そして刺した場所からは血が流れ、次第に左手を赤く染める。

「一体何を⁉」

「……えっ……？」

私は刺した痛みで意識を取り戻してぱっと顔を上げると、いつの間にか自分で自分の左手の甲を刺していることに気付いて慌てて脇差を引き抜いた。

「何で私自分の手を……」

なんかいつの間にか意識が飛んでいたようだ。

でも自分の手を刺した痛みのおかげで落ち込みかけていた気持ちが吹き飛んだ。

こんなことでへこんでたらダメだ。

勝てなくても最後まで抗う！

私は立ち上がって再度脇差を構える。

タウロス君は何故か唖然としているが、我に返り両刃斧を構えた。

あと私に残っている手は……。

「アリスっ！」

私がどうするか考えていると見知った声が私の名を呼んだ。

「り、リン⁉ 何でここに⁉」

「待っててアリス！ 今助け……」

って……あれ？

何やらリンの様子が……。

「ねぇアリス……その傷……タウロス君がやったの……？」

「えっ？ 傷……？」

もしかしていつの間にか自分で刺してできた傷の事を言っているのかな？

でもどう説明すればいいやら……。

「えーっとこの傷は……」

「そう、タウロス君がやったのね」

「えっいや違」

「いいわ、今度は私が相手になるわ。来なさい」

あ、ダメだこれ。

リンの様子と言動を見るにキレてるわ。

正直私はリンが怒った時が一番怖い。

リンは怒ると冷静に淡々となるんだもん……。

「あの傷は私ではないのですが……まぁいいでしょう」

タウロス君は対象を正面の私から背後のリンへと移して背中を向ける。

リンは杖を構えタウロス君を睨みつける。

「行きますよ！」

タウロス君は両刃斧を構えリンに突撃する。

「リンっ！」

「『シュトゥルム』！」

リンが近付いてくるタウロス君を飛ばそうと嵐魔法を展開するが、タウロス君にはあまり効いていないようだ。

「申し訳ありませんが私のＳＴＲではそれはあまり効きませんよ」

リンが『シュトゥルム』を展開し続けるが吹き飛ばされず、ゆっくりと歩を進めるタウロス君。

そしてリンの正面まで行き両刃斧を上段に構える。

「これで貴女も終わりです！」

「……【疾風・嵐複合魔法】『テンペストウェイブ』」

「なっ⁉」

リンが『シュトゥルム』を解除すると同時に別の魔法を唱えると、タウロス君の両刃斧は軌道を変えリンの横へと弾かれた。

そしてそのまま杖をタウロス君に当てたと同時にタウロス君が吹き飛ばされていった。

「くっ！」

タウロス君が吹き飛ばされたと同時にリンが走り私の方へ向かってきた。

「アリス、無事ね」

「えっ⁉　リン今一体何を⁉」

「説明は後でね。でも、これで巻き込まずに済むわね」

リンは私の前に立ち再び構える。

「まさか私が吹き飛ばされるとは思いませんでしたよ」

「むしろあれを直撃してその程度しか飛ばなかった事に驚きね」

「まさかその杖の先端周辺だけに竜巻のような障壁を張るとは思いませんでしたよ」

障壁？

もしかしてさっきの魔法がその障壁を張るやつだったんだ。

「なるほど。範囲をあえて狭めることで威力を上げたのですね。そうでなければ私の1撃を弾けないでしょうからね」

「そう言う割には一番最初に見せた1撃よりも威力がだいぶ低いわね」

「っ……」

タウロス君が少し苦い顔をする。

確かにタウロス君のSTRは高い。

だが、武器を使った攻撃に関してはSTRよりもATKの方が重視される。

つまり……。

「タウロス君というよりもその両刃斧の威力の方が強いって事？」

「恐らくあの両刃斧は巨大化すればするほど威力が増すタイプの武器ってことね。つまりそこまで大きくないこの通路なら直撃さえ受けなければ生き残る可能性はあるってことよ」

なるほど。

さっきから両刃斧を大きくしないのは通路だとできないからなのか。

最初のあの1撃は私たちに出会ったらおしまいだと印象付けるための演出でもあったんだ。

「素晴らしい洞察力です。ですが先程の障壁も私が全力で振るえば突破できるはずです。それでもまだやれるとお思いで？」

「そう思うなら試してみるといいわ」

「ではそうさせていただきましょうか！」

タウロス君は呼吸を整え、両刃斧を上段に構え一気にリンへと接近し勢いよく振り下ろす。

だがその軌道が単純となる1撃をリンは待っていたのだった。

両刃斧が振り下ろされる瞬間、リンは頬を掠めるぐらいギリギリで避け無防備となったタウロス君の横っ腹に杖の先端を当てる。

「【疾風・嵐複合魔法】『テンペストファング！』」

リンが魔法名を唱えた瞬間、杖の先端から竜巻が発生しタウロス君を飲み込み壁へと押しやる。

「ぐっ！　身体がっ⁉」

「竜巻と真空２つの攻撃に背後の破壊不能オブジェクトの壁による拘束！　逃げられるものなら逃げてみなさい！」

リンの大技によって身動きが取れずどうすることもできないタウロス君。

でもこんな大技使ったらリンのＭＰが持たないんじゃ⁉

「くっ……ぐあああああ！」

タウロス君が大声で叫ぶとともに徐々に身体が光を帯びていく。

そして僅かだがリンの拘束から抜け出そうとしていた。

「くっ！　はぁぁぁぁぁっ！」

「はぁぁぁぁぁ！」

それに負けじとリンも出力を全開にして対抗する。

だがリンの努力もむなしくリンの魔法は弾き飛ばされてしまった。

「リンっ！」

完全にＭＰを使い果たしたリンはその場に崩れ落ちるように膝をつく。

「はぁ……はぁ……はぁ……」

「さすがに驚きましたね。まさかこの状態を引き出されるとは思いませんでした」

タウロス君は身体を金色に光らせてこちらを見下ろす。

「そんな隠し球があったなんて……」

「元々使うつもりはなかったのですがね。さすがにあの状態だと使わざるをえませんでしたね」

それほどまでにリンはタウロス君を追い詰めたということだ。

だけどそのリンも今や疲弊しきっている。

なら今度は……。

「おや、今度は貴女ですか」

「リンが頑張ってくれたんだ。今度は私が頑張る番」

リンを庇って前に立ち武器を構える。

そしてお互い地面を蹴って踏み込もうとした瞬間、タウロス君が何かに反応したように別の方角を見る。

「このタイミングでですか……」

彼は私と別の方角を何度か見直し、ため息を吐きながら私たちの前から去って行った。

何が起こったかわからない私たちは、数秒して今の内に拠点に戻らないといけないと考え、リンを支えて急いで拠点へ向かった。

てか後で左手治療しないと……。


私はイベント参加者の方がラインを越えた反応がしたので、アリスさんたちと対峙している最中でしたが急遽戻る羽目になりました。

私と出会うとほとんどの方が逃げてしまっていたので、アリスさんのように逃げずに対峙してくれる方がいて、嬉しくてつい時間を掛けてしまったのは失敗でしたね。

というかリンさんには本当に驚かされました。

まさか複合魔法をあんなに所持していたとは……。

それにしても先程のアリスさんの様子は一体……。

「少し追い詰めすぎてしまいましたかね……」

あの方だけではありませんが、異邦人の方々にも様々な事情を持った方がいると聞いていましたし、私の発言が逆鱗か何かに触れてしまったのでしょうかね。

でも一瞬とはいえ、逆鱗に触れたとしてもあんな殺気を普通の少女が出せるものなのでしょうか？

邂逅の時はその辺りにいるただの心優しい少女かと思っていましたが……。

確かに闘技イベントの時に少し恐怖は覚えましたが、先程一瞬見せた殺気はそうそう出せるものではないですよ？

彼女に一体何があったのでしょうかね……。

っと、今は現場に急ぐことが優先ですね。

さてと次はどんな方が見つかりますかね。


「今戻りました」

「アリス！　リン！　大丈夫か⁉」

「えぇ……なんとかね……」

拠点に戻ったと同時にショーゴに凄く心配されてしまった。

そして左手が血だらけなことに気付かれて更に騒がれてしまった。

出血だけだからポーションを使えば治るんだよね。

ダメージもそんなに受けてなかったからただのポーションで事足りたのは幸いだった。

再度治療が終わった後、連絡が取れなかった理由を聞かれたため何があったかを説明した。

そして不安になったリンが私を捜しに来たということだった。

「それにしても2人ともよく生きて帰ってこれたな」

「リンが来てくれたのと、なんか急にどこか行っちゃったからそのおかげかな？」

「しかし見つかったとしても急に襲い掛かってくるわけではないのだな」

「そこについては憶測でしか言えませんけど、逃げる事しか考えていないと襲われるという感じだと思います。私が襲われなかったのは逃げずに立ち向かおうとしたからなのかも……」

「今まで不明だったおうし座のステータスの一部がわかったのはいいですが、アリスさんとリンさんはもう少し危機感を持ってください。特に飛び出していったリンさん」

「「はい……」」

エクレールさんに怒られてしまったが、ステータス以外にも分かったことと武器である両刃斧を通路では巨大化させなかったことも伝えた。

「なるほどな。あの最初の1撃に印象を付けられたが素の威力としては何とかいけるのか」

「えぇ、何とか私で抑えることができたから通常状態なら平気よ。あの光った状態は無理だったけど……」

「いやそれどう考えても奥の手だったやつだろ。何やらかしたんだよリン……」

ショーゴもやっぱりそう思うよね。

タウロス君も使うつもりはなかったって言ってたし。

「そういえばアリスの手の怪我って結局アリスが自分の手を刺したってことなの？　何があったの？」

「んー……。あの時意識無くしてたから何が起こったのかわからないんだよね……。でも気づいたらタウロス君が少し驚いて……んー……あれは驚いてたのかな？　なんか意識無くなる時より少し遠くにいたように見えたけど……」

「普通に考えればいきなり自分の手に刀を刺すような者に対して驚かないとは思わないがな」

「まぁ団長さんの言うとおりですよね」

あぅ……。なんかちょっと恥ずかしい……。

って、リンとショーゴ？　なんか深刻な顔してるけどどうかしたのかな？

「ともかく君とリンは一度休息を取りたまえ。他に解読した内容は後で教えよう」

「はーい」

「わかったわ～」

じゃあお言葉に甘えてお休みさせてもらいますか。

するとリンが膝を貸してくれたので膝枕で少し仮眠しよっと。

お休みなさーい。

「……アリスは寝たか？」

「えぇ…。なんだかんだで疲れてたようね」

「お前も疲れていると思うけど本題に入るぞ」

「わかってるわ。私が到着する前の事でしょ？」

「あぁ……」

「もしかしたらと思ったけど、タウロス君が下がっていたとすると……」

「意識がないから起こった事なのかは定かじゃないがおそらく……」

「記憶にないって言ってるから間違いないとは思うけど……」

「まぁ相手がタウロスだったからもうイベント中には起こらないと思うが、少なくともタウロスには何かあるって気づかれただろう」

リンは自身の膝で寝ているアリスの髪を掻き分けるように優しく撫でながら少し悲しそうな表情をしている。

「少し……油断していたのかしらね……」

「ＰＫギルドも活動してるという話もあるし、絶対に接触させるわけにはいかねえからな……」

「タウロス君の時のように、何がきっかけになるかわからないしいつまでも見守ってるなんて無理な話よ？」

「それはわかってるが……」

ついため息をついちまうが、これについてはどうしようもない。

どうしようか困って、リンとアリスを交互に見て話を続ける。

「まぁトリガーがわかってるのが幸いってところか……」

「そうね……。でもタウロス君に関しては何故起こったのかがわからないのよ。彼が悪意を以って私たちの事を言うとは思えないし」

「あくまで憶測だが、追い詰められたことによる恐怖でボーダーラインが下がっちまったんじゃねぇか？　だったら多少は説明が付くが……」

そう。

それだったら多少は説明が付くんだ。

追い詰められたことによる恐怖で、悪意ではないが何かしらの言葉がトリガーになったから起こったことと。

それだったらアリスの性格上そうそう起こることではないからあまり気にせずにいられるんだ。

だが、もしそれすら関係なくボーダーラインが下がっているとしたら……。

「ショーゴ……」

「あぁすまん。まぁあんまり暗い顔してててもアリスが気になっちまうし、そろそろやめとくか」

「えぇ……そうね……」

そんなこと言われてもリンは気にしちまうだろうし、早めに切り上げといて気持ちを切り替えてもらうしかねぇな。

はぁ……。ホント嫌になるぜ。

もちろん自分に対してだ。

アリスがあんなことになった原因は俺が大半の理由だ。

俺が2人を守ってやれなかったから……。

だから今度こそ俺があいつを助けてやるんだ……。


ふぁーぁ……。

良く寝たぁ……。

少し身体を動かして上を見上げると、リンの顔があった。

そっか。私リンに膝枕してもらって寝てたんだった。

私が動いたことに気付いてリンが下を向いた。

「アリス、おはよ～」

「おはよー。どれぐらい寝てた？」

「大体4時間ぐらいかしらね～」

あら、結構寝てたようだ。

そういえば私以外の解読に向かった人の内容を聞いてなかったのでリンから教えてもらった。

私は『この迷宮から脱出したければ迷宮の主を撃破せよ』だった。

他の人は『また7人の生贄が送られてきた……』、『扉が開かない……』、『私と一緒に連れてこられた仲間が1人化け物に殺された……。6人しかいなくなってしまった……』だった。

なんか普通に内容が重いんだけど……。

だけど3人は通路で解読したのに対して、私は部屋で解読した。

そして内容からすると、通路のは日記のような内容で部屋はヒントのように感じた。

ということは他にもヒントが隠されている部屋があるってことなんだと思う。

でも他に部屋を探すにもタウロス君が徘徊する迷宮で探さないといけない。

んー……何か突破口を探さないといけないなぁ……。

「アリスは解読した内容で何か気になったことある～?」

「んー……しいて言えば扉が開かないっていうやつかな」

「そうね～。それは皆も気になってたわ～」

扉が開かないっていうことはどこかにそういう扉があって鍵とかが必要なんだろう。

でも鍵を探す前にまずはその扉がどこにあるかを探さないといけない。

わざわざ解読させてまで読ませたからにはきっと意味があるのだろう。

掲示板とかに他に情報ないかなぁ?

ショーゴ曰く掲示板は各グループごとに分けられてるため、他のプレイヤーの状況を知ることはできないらしい。

そのため、他のグループが謎を解いたとしても他のグループにそれを教えたりすることはできないのだ。

「まるで競争だね……」

「アリス?」

「あっ、なんでもないよー」

つい口に出してしまった。

しかし、報酬でも迷宮脱出報酬と貢献度報酬ってあるし、わざと競争を煽ってるように見える。

まぁゲームなら競争があるのは当たり前だとは思うけど……。

グループを分けてまでやることなのかな？

これにも何か意味があるのかな……？

んーだめだ。考えれば考える程ド壺にはまっていく気がするから考えるのはやめておこう。

……ルカや海花たちはどんな調子かなぁ……。

イベント2日目に私がタウロス君と遭遇してから1日が過ぎようとしていた。

そして私が休んでいる間にタウロス君の行動範囲についての情報が集められていた。

情報によると、最初にいた広場から私のＡＧＩぐらいの速度で走って大体1時間ぐらいが巡回の範囲という調べがついたらしい。

正直どうやって調べたのかが凄く気になるのだけれど、そこはシークレットとのことだ。

しかし、これが日数が過ぎていく毎に巡回範囲が広がるかがわからないので3日目で確認といったところだ。

とはいえこの迷宮は一番外周で大体6時間ぐらい掛かる程広いので、一旦アイテム補充や情報集めのために巡回範囲外のセーフティーエリアに退避するという話が出ている。

私としてはまだ3日目に入るぐらいなので、1度下がるのもアリかなとは思ってる。

他のメンバーも1度下がりたいという意見が多い。

いくら耐えられる可能性があるとはいっても出会ったらアウトな敵がいるところをいつまでもうろ

つきたくない気持ちはわかるけどね。

団長さんが皆の意見をまとめた結果、1度離れるというのは決まったのだが、1度に全員で移動するのではなく小分けにして移動するという話になった。

1度に全員で動いてタウロス君に見つかった結果、全滅してしまうのを避けるためにということだ。

そのため1度に移動するのは1PT毎で、なおかつ初日に広く移動したメンバーを入れての移動だ。

既にマッピングした地図でどこのセーフティーエリアに移動するかは確認しているが、念のために案内役を入れておくことでスムーズに移動するためだ。

順番としては私は2番目に移動することになった。

移動時間としてはメンバーが全員AGI型ということではないため、大体2時間を目安に考えている。

そのため、タウロス君の現在地からその時間が確保できるところで移動を開始する。

これを7PT分行うので、先に採取・採掘が出来る者を移動させることで全員揃うまでに素材を集めてしまおうということだ。

「じゃあアリスまたあとでね～」

「リンも気を付けてねー」

「ショーゴとクルルの面倒任せたぞ」

「そんな子供じゃないんだから……」

最初の移動メンバーにはショーゴとクルルが入っており、既に到着したという連絡が来ていた。

そして2番目のメンバーには私とレオーネ、シュウが含まれていた。

メンバー的に考えるとレオーネが面倒を見るはずなのだけど、何故かガウルから私が頼まれた。

「案内なら俺に任せてくれよ！　アリスちゃん！」

シュウが案内とか不安しかないのでもう一度地図を確認しておかないと……。

私は移動するまでマッピングされた地図を何度も見て確認を行う。

これで道を間違えてタウロス君と接触するのは嫌だしね……。

そんな私の様子を見てシュウは落ち込んでたけど、まぁ気にしないでおこう。

その後、無事に拠点への移動が完了しショーゴとクルルの2人とも合流できた。

2人とも大きな戦闘もなかったようなので特にポーションなども使わなかったようだ。

まぁ節約できてるなら結構結構。

さてと、私は残りの人たちが合流する前に素材の採取をしてこないと。

タウロス君の場所はちゃんと確認しているので、接触はしないだろう。

あとは迷宮内にあるヒントなんだけど、通路で見つかるものは結構見逃しやすいところにもあるので注意が必要らしい。

まぁ私は素材採取なので、ヒント探しは他の人に任せる。

なので解読効果の付いた眼鏡をヒント探し組の人に渡す。

何故か私から眼鏡を受け取った人は周りから囲まれて何か言われてたけど何かの相談事なのだろうか？

あとはヒントに書かれていた扉の捜索だね。

マッピングが完全に終了していないため、どこに何があるかというのがまだわかっていない。

なのでそれも含めて行う必要がある。

一応それも掲示板で情報を流したが、今のところ有力な情報は出てきていない。

早いとこ情報が欲しいところである。

まぁ情報が集まったところでタウロス君に対抗できるヒントがないとどうしようもないんだよね。

タウロス君は純粋な近接戦闘型だけど、その高すぎるステータスを利用して戦闘を行う。

これをどうにかしないといけない。

そもそも本当にタウロス君を倒さないといけないのだろうか？

私が小部屋で見つけたヒント。

あれは通路にある日記のようなヒントとは違って、そのままヒントに直結する類の物だ。

だからきっと何か意味があるんだと思うんだけど……。

しかし、他に同じようなヒントが見つかってないしなぁ……。

どうするかなぁ……。

［なんだ］迷宮イベント専用掲示板Ｐａｒｔ１［この無理ゲ］
１：名無しプレイヤー
とりあえずスレ立て
何かわかった事があったら書き込んでくれ
２：名無しプレイヤー
＞＞１乙
３：名無しプレイヤー

>>1スレ乙

4：名無しプレイヤー
ともかくあの化け物なんだよ……

5：名無しプレイヤー
十二星座ってあんなに強いのかよ……

6：名無しプレイヤー
【首狩り姫】が戦闘型って叫んでたし全員が全員あんなってことじゃないんだろ
でもまぁあれは化け物だったけどさ

7：名無しプレイヤー
流石に一撃死はまずいですよ

8：名無しプレイヤー
たまげたなぁ……

9：名無しプレイヤー
とりあえず1日目は動かないって言ってるし今の内に探索だな

10：名無しプレイヤー
まぁおうし座でタウロスで迷宮っていうことだしイベントのモデルはクノッソス迷宮ってとこかねぇ

11：名無しプレイヤー
>>10神話に詳しくないからちょいとかいつまんで説明よろ

12：名無しプレイヤー

あいよ
クノッソス迷宮ってのはクレタ島にある迷宮で、ミノタウロスが閉じ込められている迷宮っていう話だ
そこには毎年7人の若者と7人の乙女の合計14人が生贄として送られていたんだ
そこでテーセウスっていう青年がアリアドネーっていう女性から麻糸と短剣をこっそり渡してもらって、ミノタウロスを短剣で退治して麻糸を入口に結んで脱出したっていう感じだ

13：名無しプレイヤー

＞＞12あざす
ようは俺らはテーセウスポジっていうことか

14：名無しプレイヤー

まぁそんなところだろ
とすると迷宮内に特攻武器的な形で短剣があると思うってのが俺の考えだな

15：名無しプレイヤー

とりま早いところ何か情報手に入れねえとな
2日目からは動くってことだろうし探索難しくなりそうだな

16：名無しプレイヤー

採取ポイントあったから採取してみたが、開封式のアイテムで採取できたぞ

17：名無しプレイヤー

ほー
でもそうすると目的の物を集めるってのが大変だな
18：名無しプレイヤー
まぁある意味ここダンジョンみたいなもんだしそういうのもありじゃね？
19：名無しプレイヤー
つーことは採掘ポイントも同じな感じか
20：名無しプレイヤー
回復アイテムが足りなさそうだな……（絶望
21：名無しプレイヤー
うあああもうおしまいだあああ
22：名無しプレイヤー
＞＞21　落ち着け
まだ慌てるような時間じゃない
23：名無しプレイヤー
ちょいと落ち着いたから報告
であったモンスターはミノタウロスやスケルトンがほとんどで倒すと食材や料理道具をドロップ
したわ
だけど【狩人】持ちがやったらどうなるかわからんからやったやついるなら情報くれ
24：名無しプレイヤー

まぁ飯の問題は大丈夫そうだな……

25：名無しプレイヤー

ミノタウロスいるならそいつを一定数倒せば弱体化するんじゃね？

26：名無しプレイヤー

問題は何匹倒せば……だな……

27：名無しプレイヤー

1グループが何人いるかがわからねえけど大体1人10体が目安として……1万体ぐらい？（白目

28：名無しプレイヤー

1……万……（ブクブク

29：名無しプレイヤー

うっそだろ

30：名無しプレイヤー

狩って狩って狩りまくる！

31：名無しプレイヤー

これ7日で倒しきれるのか……？

～～～～

87：名無しプレイヤー

えーっと、探索していたら読めない文字があったんだがこれってなんだろうか？

88：名無しプレイヤー

どこにあったん？

89：名無しプレイヤー

どこと言っても……とりあえず通路の隅っこに文字が書かれてたわ

90：名無しプレイヤー

何かのヒントかもな

でも読めねえのか……

91：名無しプレイヤー

そういうのって【解読】スキル必要なんじゃねえのか？

92：名無しプレイヤー

＞＞91持ってるプレイヤーいるんですかねぇ……

93：名無しプレイヤー

＞＞91そんなスキルあるということすら知らなかったんですけど……

94：名無しプレイヤー

まぁ通路にあるってことは他の場所でも見つかるだろ

探索中に見つけたら報告よろ

95：名無しプレイヤー

＞＞94あいよ

96：名無しプレイヤー
報告が遅くなったが、今回のボスであろうおうし座の情報が少しだけわかったことがあるので報告させてもらう。

まず【分体】【多重並列意識】【高機能情報処理】のスキルを持っているとのことで、おそらく奴は分体との予測だ。

それと私たちと行動を共にしている者が感知範囲について情報を手に入れた。

どうやらおうし座は最初に飛ばされた広場から広がる十字路の入り口部分に入ると反応するそうだ。

まだこれについては確定ではないが、その十字路から離れても同じ感知範囲はなかったそうだ。

よかったら役立ててくれ

97：名無しプレイヤー
>>96情報あざっす！

98：名無しプレイヤー
あれに近づこうとしたとかマジかよ……

99：名無しプレイヤー
てか1日目過ぎたんだよな……？
それで近づこうとするとか並みの精神じゃできねえぞ……？

100：名無しプレイヤー
そういうことならこっちも本気だすか……

101：名無しプレイヤー

2日目になったし、目撃報告スレとか立てて情報共有するか

102：名無しプレイヤー

せやな

とりあえず見つかったらアウトだから隠密系のやつで偵察させとけよ

103：名無しプレイヤー

＞＞102あいよ

104：名無しプレイヤー

あとは他のグループと連絡取れたら情報共有できていいんだけどな

105：名無しプレイヤー

＞＞104それは俺も思って試したが繋がらなかったわ

同じグループのやつには繋がったがな

106：名無しプレイヤー

＞＞105ってことは情報規制されてるわけなんだが

107：名無しプレイヤー

＞＞106それさグループ全員脳筋だったら詰むよな……

108：名無しプレイヤー

＞＞107そんなことあるわけないやろぉ（フラグ

109：名無しプレイヤー

＞＞107ないやろぉー（フラグ

110：名無しプレイヤー
＞＞108＞＞109盛大にフラグ立ててんじゃねえよｗｗｗ

111：名無しプレイヤー
まぁともかく読めない文字にしてもそうだがそこら辺の情報も集めないとな

112：名無しプレイヤー
そういうのだと定番的にはドロップするとかがありそうだけどな
イベント参加者が全員持っているようなスキルでもないし

113：名無しプレイヤー
なら後は条件か
まぁモンスター倒してれば出るだろ（適当

114：名無しプレイヤー
どうせミノタウロス1万体倒さなきゃいけないんだ
100体ぐらい倒してれば出るやろ（白目

115：名無しプレイヤー
スケルトンも倒せば出るかもしれんぞ（震え声

116：名無しプレイヤー
200体倒すのかぁ……（虚ろ目

117：名無しプレイヤー
わいは生産頑張るから……（震え声

118：名無しプレイヤー
わいは鍛冶頑張るから……（震え声

119：名無しプレイヤー
＞＞117＞＞118チクショウメェ！

迷宮内を奔走した。

ヒントとしてあった扉を探すために外周及び、マッピングで埋まっていない地図を埋めるために皆

イベント開始から4日目。

「んー……あとはシュウたち次第かぁ……」

「ダメだ見つからねぇわ」


しかし、もう迷宮内のほとんどは回ったにも拘わらず扉は見つからなかった。

「戻ったぞー」

「シュウお帰りー。それでどうだった？」

「残念だけど見つからなかったよ。アリスちゃんたちは？」

「こっちも同じ状況だよ」

となると、残された場所は……。

「ふむ……。最初に飛ばされた広場の最後の十字路か……」

団長さんの言うように、タウロス君がいるため探索できないでいた十字路の1つだけがマッピング

できていない。

　確かに今までマッピングした地図を見てみると、タウロス君が塞いでいた広場の後方がぽっかりと穴が開いている。

「確かに怪しいと言えば怪しいけど～……」

「どうやって見に行くっていうことだよなぁ……」

　何故かはわからないけど、あの十字路に入るとタウロス君が反応して戻ってきてしまうため、確実に見つかってしまうのだ。

　とはいえ、確認するためにも向かわなくてはいけない。

　ではどうしようということになるのだが……。

「問題はおうし座が戻るまでの時間稼ぎをどうするかだな……」

「とはいえ戦闘は避けるべきですし、走って逃げ続けるというのも……」

「あとアリスの話では十字路に反応して去って行ったたっていう事もあるし、そっちを優先しそうな感じよね～……」

「まぁそれも最大距離にいてくれればマッピングされた地図を見る限り、十字路の先はそこまで距離はないだろうし大丈夫なんじゃね？」

「でもそうそう最大距離にいてくれるもんなのか？」

　皆が時間稼ぎの方法を考えているが、要はタウロス君が戻って来れなければいいんだよね？

　そうすると、私に出来る方法が１つあるのだけど……。

　誰もそれを言わないってことはそういうことなんだよね……？

確かにショーゴの言った通りで、タウロス君が最大距離の1時間のところにいてくれれば見に行く分では困らない。

でもそうそんなところにいてくれるのかが問題だ。

しかも時間は残り3日だ。

タイミングを待っていたらいつまで経っても調べることができないかもしれない。

ということで私はゆっくりと手を挙げる。

「あのー……いいですか…？」

「うっうむ……」

「タウロス君の足止めって私ならたぶんできますよね……？」

そう、私の持つ【童歌】スキルの『とおりゃんせ』ならば相手が歌を聞けば位置がわからなくなって戻るのに時間を稼げる。

【童歌】スキルは耳を塞げば大丈夫と思われているが、この迷宮のように閉ざされた空間では反響がしやすくなるためうまく防げないのではと思う。

それに耳を塞ぐということは両手が使えないということだ。

そして、両手が使えないということは武器が使えないということになり、一撃必殺スキルを持つ私に対して無防備になるということだ。

まぁタウロス君はボスモンスターということだろうし、効かないと思うけどね。

「確かに君の【童歌】スキルを使えば可能だと思うが……。だが君の負担が大きすぎる。つい先日もおうし座と対峙したばかりだというのに……」

「ですが私以外に【童歌】スキルを持っている人はいませんし……」

対峙って言っても少し戦ったぐらいだし、退けたわけでもないんだ……し……。

ん……？

今何か引っかかった気がする……。

なんだろう……対峙って言葉が何か気になる……。

対峙……退治……。

あれ……？　そういえばなんでタウロス君が襲ってくるのにあの言葉だったんだろう……？

「ん？　どうかしたか？」

「あっいえ……。とっともかく私が行くのが一番だと思うんですけど……ダメですか……？」

「しかしおうし座のＡＧＩは君並みだったのだろう？　少しでも足が止まったら捕まってしまうぞ？」

「それについても考えがあります。まぁ私のとっておきの１つなんですけどね」

「とっておき？」

私はそう言って立ち上がり、ある魔法を唱えた。


「ということです」

「確かにその方法なら安全だが、その場合肝心の【童歌】はどうするんだ？」

「それについても闘技イベントの１回戦の時に使った方法を使えば解決できますので大丈夫です。まぁ閉鎖空間なのでタイミングが少しずれても大丈夫なはずです」

「本当に君のスキル構成を教えてもらいたいものだよ……」

「アリス……お前ホントに普通の戦闘って言葉知ってるのかよ……」

「そんな事言われても……」

気が付いたらそんな感じのスキル構成になっていたんだから仕方ないじゃん……。

「ではおうし座の時間稼ぎ役は決まったが、肝心の十字路の先を見に行くのは誰が行く？」

「アリスさんの時間稼ぎがあるとしても、そうは時間が掛けられないのでＡＧＩ型の方が行くのがいいですね」

「となると、俺やシュウたちってところか。でもシュウの場合何か見落としそうだからなぁ……」

「ショーゴ！　そりゃねえだろ！」

「まぁシュウだからありそうね～」

「そうですね……」

「……すまん、シュウ……」

「お前らもかよ！」

もう２ヶ月ぐらい経つＰＴにすら言われるようじゃある意味信用はあるのかな……？

となると、銀翼のＡＧＩ型の人かショーゴってところかな？

そこは話し合いということで、ショーゴたちと数人が話し合っている。

結論からするとショーゴが行くこととなった。

「では作戦を成功させるために２人は打ち合わせをしてくれ。何か手伝ってほしいことがあるようならば構わず言ってくれ」

「2人ともすみません……私も役に立てたらいいのですが……」

「いえいえ、エクレールさんたちがいるおかげで色々と情報が集まったり統率が取れているんですから」

「俺らも銀翼に乗っからせてもらってるだけなんで、これぐらいはしますよ」

「そんなことはないですよ。お2人のPTが合流してくださったおかげでこのイベントの突破口が見えているんですから」

「突破口なんてそんな……。私はただ走り回っていただけですし……」

「アリス～、謙遜しすぎるのもよくないわよ～」

私たちがお互いに謙遜しあっていると、リンが話に加わってきた。

「実際アリスの功績はかなりのものだから、そこは素直にありがとうって言っておけばいいのよ～」

「そういうものなの……？」

「えぇ、まぁそこで天狗になるのもいけないけどね～。それよりショーゴと打ち合わせしなくていいの～？」

「あっ！　そうだった！　ショーゴ！　早く決めなきゃ！」

「わかったから落ち着けって」

「わっわかった！」

私は深呼吸を何回かして気持ちを落ち着かせる。

ふぅ、落ち着いた！

さてと、タウロス君を翻弄するための打ち合わせを始めよっか。

「さて、もう4日目も半日を過ぎましたか」

アリスさんと遭遇してから他の異邦人の方をあまり見つけられず、ひたすら徘徊し続けています。

どうやら他の分体のグループでは結構遭遇しているようですが、何故私だけ……。

しかし落ち込んでいる暇などありません。

私の役割は1人でも多くの異邦人をイベント失格させること。

そのために心を鬼にして戦います。

そう思って曲がり角を曲がると、赤い着物を着た少女が通路の先にある曲がり角でキョロキョロとしているのを見つけた。

しかし、私が駆けだす前に私の姿に気付くと彼女は逃げ出してしまった。

私は急いで追い掛けて彼女がいた曲がり角に入ると歌が反響して聞こえてきた。

「『通りゃんせ通りゃんせー……♪』」

これは闘技イベントの時にアリスさんが披露した歌⁉

ということは全部歌わせてはまずいですね！

ここで耳を塞ぐという選択肢はない。

そんなことをすればきっと彼女は無防備な私に攻撃を仕掛けてくる。

だからこそ追いかける。

なんとか姿は見失なわず、逃げていく後ろ姿は見えている。

アリスさん、ご覚悟を！

「『行きはよいよい帰りはこわい――……♪』」

まさか全力で逃げに徹しているアリスさんがここまで捕まらないとは……！

それにもう歌も全て終わってしまう……。

ですがその先は行き止まりになっていますよ。

逃げに徹するがあまり道を間違えたようですね。

「『こわいながらも通りゃんせ通りゃんせ……♪』」

残念ながら歌は全部歌わせてしまいましたが、これでチェックメイトです。

とはいえ、位置把握不能の状態異常は厄介ですね。

【童歌】のスキル効果は歌を歌わないといけないという欠点はありますが、それを補って1度歌ってしまえば状態異常の付加に抵抗（レジスト）しにくいという点です。

それに私にも【状態異常無効】はありますが、あれはあくまで基本的な状態異常に対しての物なので、こういった特殊な状態異常は含まれないんですよね……。

まぁ今はその事は置いておきましょう。

「さて、私に位置把握不能の状態異常を付けた事は称賛に価します。ですが逃げ道を誤った事は減点ですね」

「……」

彼女は黙ったまま俯いて立ち止まっている。

あの様子を見ていると以前出会った時のことを思い出してしまいますが……。

私は両刃斧を振り上げて彼女に宣告します。

「それでは、これであなたはリタイアです」

私がそう言うと彼女は口を開いて答えた。

「ふふふっ、タウロス君の負けだよ」

「なっ⁉」

その瞬間、私にしか聞こえない初期地点の十字路に侵入者が現れたアラームが鳴り響く。

まさか……このために彼女は囮に⁉

「ほら……行かなくていいの……？」

「くっ！　ですがあなたにはここでリタイアしていただきます！」

ですがここで彼女を倒すのにそんなに時間は掛からないはず。

私は両刃斧を彼女に向けて振り下ろす。

しかし、両刃斧が彼女に触れようとした瞬間、不思議な事が起こった。

彼女の姿が霧のように消えたのだ。

一瞬で塵になったのかと考えたが、両刃斧が触れる前に彼女は霧散したのだ。

まさかこれは……！

「【幻魔法】⁉」

「Exactly、その通りだよタウロス君」

後ろっ⁉

私はぱっと振り向くが彼女の姿はない。

しかし後ろから声は聞こえた。

また【幻魔法】で姿を隠しているのかと思ったが、彼女の答えが真横の壁から聞こえてきた。

「ちなみに今までタウロス君が聞いていた声は全部私のスキルでやったことだからね。私を捜してももうここにはいないよ」

しかしこの類の【幻魔法】は使用者が掛ける対象が見えるところにいないといけな……い……。

……まさかっ⁉

「次にタウロス君は『ずっと後ろで私を追い掛けていた』って言うかな？　さすがにここまでの時間の先読みは厳しいから外れてたら内緒にしてほしいな」

「……なるほど……」

私はどうやら先日会って1度彼女が諦めてしまった時点で彼女を過小評価してしまっていたようですね。

そしてまさか私の速度を含めて全て計算してやるとは恐れ入りましたよ。

ですが今は戻るのが優先ですね。

あと数分もすれば状態異常は消えますが、下手に動いて遠くに行ってしまうよりはここで少し頭を冷やしますか。

ふぅ……。

結構ドキドキしたけどばれずに作戦成功っと。

幻覚の私が霧散するまでは近くに私がいたんだけどね。

そこから逃げるまではタウロス君に気付かれるかどうかは賭けだったけど、気づかれずに済んでよかった。

それにしても便利だよね、【山彦】のスキルアーツの『木霊』は。

『木霊』は設置型のスキルアーツで、設置した場所から登録した声を発するものだ。

そしてこれには一つならば任意タイミング、複数なら最初の1つ目を任意発動させてから残りは設定した時間経過後に発動するといった2つの方法がある。

ちなみに闘技イベントで使ったタネはこれである。

そして面白いのが、【童歌】のように効果を持ったスキルがそのまま発揮されるといった事である。

私は他には知らないが、おそらく歌ならば同様に使えるのであろう。

まぁ言葉には何かしらの力が宿るとかあるし、言霊っていうのもあるしね。

それに元々山彦は妖怪だっていう話だしそういうのもあるよね。

さてさてショーゴはちゃんとやってるといいけどなぁ……。

一応リンに作戦成功の連絡をしてっと。

って、もう返ってきた。

えーっと、何々……？

途中モンスターの足止めがあって遅れたけど解読に向かったたって⁉

「ショーゴのばかっ！」

足止めなら何回でもやるんだから無理しなくていいのに！

つい柄にもなく声を荒げてしまった。

でもそういうことなら拠点に戻らずにショーゴの方に向かったほうが良さそうだ。

たぶんAGI的に、私が最初の広場に着くぐらいで解読し終わってる頃だし。

私が頑張ってたからって自分も頑張ろうとか思わなくていいのに！


案の定私が広場に着いた頃にショーゴが十字路から出てきた。

そして私がここに来た事に驚いている。

「アリス⁉　なんでここにいんだよ⁉」

「ショーゴが足止めされたけどそのまま解読に向かったって聞いて急いで来たの！　それより解読済んだんでしょ！　さっさと戻るよ！」

「おっおう！　手短だが解読内容も送った！」

「おや、それは困りましたね」

「「っ⁉」」

ぱっと後ろを向くと十字路の奥からタウロス君が現れた。

なんでもう戻ってこれてるの⁉

私が驚愕の表情になっているのに気づき、彼は答えを話した。

「私がこれほど早く戻れた理由は、皆さんが私の警戒ラインに入っていると私のＡＧＩが２倍になるからですよ。そうでもしないとすぐ戻れませんからね。ただしこれは戦闘状態になった場合は効果が消え元に戻ります。そうしないとフェアではありませんからね」

「その割には私たちの事を１度見逃したのはなんで……？」

「あの時はアリスさんと戦闘状態になっていましたからね。あの場合ですと効果は消えてしまいますからね」

さっきの２回目は幻覚の私が構えていなかったから効果が消えていなかったっていうことか。

とはいえこの状況は結構やばいかな……。

少なくともショーゴのＡＧＩはタウロス君より下だ。

ということは逃げ切れないいんだけど、でも危険な目に遭うのを承知で解読したショーゴを見捨てれないし……。

ホント、手の内を隠すなんていう余裕はもうないかな……！

「それに解読が出来たということは扉を開ける条件がわかったのでしょう？」

「あぁ……」

「ですが、この迷宮から出るにはこの迷宮の主（ぬし）である私を倒す必要がありますよ」

「ホントにそれが最難関だぜっ……」

ショーゴが舌打ちをするが、確かにそれが一番の問題だ。

確かにヒントでも『この迷宮から脱出したければ迷宮の主を撃破せよ』ってあったしね。

でも今のタウロス君の言葉で今まであった違和感がはっきりした。

そこで私はタウロス君に1つ質問をした。

「ねぇタウロス君」

「……なんでしょうか？」

「私が解読したヒントに『この迷宮から脱出したければ迷宮の主を撃破せよ』っていうのがあったんだけどね」

「それは私の事ですが何か？」

「それ、タウロス君の事じゃないよね？」

「!?」

そう、今まであった違和感。それはタウロス君の行動だ。

普通倒されるべきボスであれば徘徊などしない。

いたとしても移動型のステージで最終ステージで倒せるようになるという形がほとんどだ。

しかし今回のイベントに限って言えばタウロス君がボスだとしたら徘徊する必要なんてないんだ。

それにも拘わらずタウロス君は徘徊をして私たちプレイヤーを狩っていた。

それに最初に彼は「このイベントでは狩る者と狩られる者はすぐ入れ替わるのですよ」とも言っていた。

これはタウロス君と私たちの関係ではなく、プレイヤーの立ち位置の事を表しているのではないかと考えられる。

そしてヒントにあった『主』という1文字。

これは『ぬし』と読むんではなく、『あるじ』と読むんだとしたら意味が違ってくる。

『ぬし』は支配者――つまり管理者で、『あるじ』は長の意味合いがある。

つまりタウロス君はダミーで本当のボスが扉の先にいる。

だとしたらヒントにあった『撃破』もタウロス君が徘徊して襲ってくるのにも拘わらず『撃退』になっていなかったのにも説明が付くんだ。

「というのが私の考えだよ、タウロス君」

「……」

「最初にあんな光景見せられちゃタウロス君がボスだって思っちゃうし、ああしたのはそれが狙いだったんでしょ？　そしてタウロス君がここから動かない理由が扉ってことだろうしね。何か間違ってるところある？」

私が投げかけても彼は一言も喋らなかった。

そして1分程沈黙が続いた後、彼は口角を上げふっと笑って手をゆっくりと叩いた。

「お見事です。やはり最初に会った時に倒しておくべきでしたね」

「ということは？」

「えぇ、正解です。ですが真実を知ったあなたたちをこのまま逃がすとお思いですか？」

「まぁそうだろうね……」

さすがにこの緊張状態でメッセージを送る隙なんて私とショーゴにはなかったし、今ここで私たちを倒してしまえば謎は解かれていないのと一緒だ。

だからこそ彼は全力で私たちを消しに来る。

ここからが正念場だ……！

だけど正直言ってやばい。

何がやばいかって言うと、通路では使えなかった両刃斧の巨大化能力をこの天井が広い空間では使うことが出来るといったことだ。

数mもある一撃必殺の両刃斧を振り回されたりしたら、いくら回避に専念していても絶対に当たってしまうはずだ。

では2手に分かれて逃げる？

そんなことしたら真っ先にＡＧＩが高い方の私が狙われて、私を倒した後追いつけるショーゴを始末するだろう。

では【霧魔法】と【幻魔法】を使って目くらましをしている隙に逃げるというのはどうだろうか。

……あーだめだ。

余計両刃斧を振り回されて無差別に殺られそう。

って、あれ？　これ詰んでない？

いやいや、諦めたらそこで試合終了だ。

絶対に逃げる手立てはあるはずなんだ。

考えろ……！

そうやって私が必死に突破策を考えていると、突然レヴィが呼んでもいないのに飛び出してきた。

「キュウゥ！」

「レヴィ⁉」

「おやおや、ご自分の主人を守る為に出てきたのですか？」

「キュゥ！」

「レヴィ！　今すぐ戻って！」

「キュウゥゥ！」

私が戻るように指示してもレヴィは召喚石に戻ろうとしない。

普通ならば主人である私が戻るように命令すると召喚石に戻るはずなのにレヴィは一向に戻る気配がない。

もしかすると私とレヴィは契約を交わしているため、普通のペットとは少し仕様が違っているのではないかと考えた。

「レヴィ！　言うこと聞いて！」

「キュゥ！」

「あまり主人を困らせるものではありませんよ。それにあなたが出たところで私は止められませんよ」

「キュゥ……！」

その瞬間、レヴィはその青い身体を少し発光させて身体を最大まで大きくさせた。

レヴィの特殊スキルの【体形変更】だ。

「ギュゥゥゥゥゥ！」

「なっ⁉」

そして大きくなったレヴィはタウロス君に対して威嚇をし、その威嚇の影響と突然の巨大化で一瞬タウロス君が怯んだ隙に尻尾で私とショーゴを掴み、十字路に思いっきり放り投げた。

「きゃっ⁉」

「くっ！　アリスっ！」

ショーゴは放り投げられる瞬間、私を抱きしめて地面との接触による衝撃から庇ってくれた。

おかげで私にダメージはないが、今のアクションでレヴィと離れてしまった。

「レヴィ！」

「ギュウウウウウウウ！」

私がレヴィに呼びかけると一瞬こっちをちらっと向くが、すぐさまタウロス君の方へ向き彼を威嚇し続ける。

そんなレヴィの姿を呆然としながら見ているとショーゴが私の手を掴んで立ち上がらせようとする。

「アリス！　今の内に逃げるぞ！」

「でもレヴィが！」

「レヴィが俺らにも見せてない巨大化までした理由はなんだ！　お前を逃がすためじゃねぇのか！」

「そっそれは……」

それは私のためじゃない。

きっと契約の関係上、悪意ではないが危険な場所にいるショーゴを守るためだと言いたかった。

でも契約だとしたら私よりレヴィの身を優先にしてというのも掛かっているはずなんだ。

それなのにレヴィは自分の身より私たちの身を優先した。

つまりは契約ではなく自分の意思でやったということだ。

「レヴィぃ……」

「行くぞアリス！　レヴィの思いを無駄にするつもりか！」

「――っ！」

私はショーゴに引っ張られるまま広場を後にした。


「ギュウウウウ！」

まったく、アリスさんには驚かされますよ。

ただの海蛇と思っていたペットがまさかのリヴァイアサンとは思いませんでした。

とはいえ封印状態ですからなんてことはないんですけどね。

まぁもし封印が解かれていたら私では倒せないでしょうね。

そもそも相性が悪すぎます。

しいて言えばジェミニやアリエスが相性が良いと言えますね。

アクエリアスやピスケスも属性が違ったらいいんですけどね……。

おっと、今は目の前の彼に集中しないと。

それにしても随分威嚇していますね。

「そんなにアリスさんを守りたいのですか？」

「ギュゥ！」

「今までその姿を隠していたということは秘密であったのでは？　それを彼女の命でもなく、自分の意思でとは……」

「ギュウウウ……」

正直言って不思議です。

確かにユニークペットは凄く懐いていればこのような行動を取る事は珍しくありません。

しかし、私の目の前にいる彼は普通のユニークペットとは違う。

大罪の名を冠した幻獣で、ある意味星座の名を冠している私たちと大差ない存在だ。

そんなのが大人しく1人の異邦人に従っているだけではなく契約を交わしている。

そして今自分が囮になってまで契約者を守ろうとしている。

これが不思議ではなくてなんだと言うのだ。

「とはいえ、今のあなたでは私には敵いませんが、それがわかっていながら挑んできたその度胸に免じて彼女たちは見逃してあげましょう」

こうは言ってはみたものの、実際時間稼ぎをされると逃げる時間は余裕で稼がれるでしょう。

彼もその覚悟で対峙しているのだからその敬意は払うべきでしょう。

例えそれが大罪の悪魔の一角だとしても。


「はぁっ……はぁっ……」

ショーゴに手を引かれ拠点に向かって走っているが、私はレヴィの事ばかり気になって拠点にいつ着くかなんて頭になかった。

そんな時、ピコンとＩＮＦＯが鳴った。

その音に私はビクンと反応して恐る恐る自由な方の手でそのＩＮＦＯを開く。

名前：レヴィ
状態：召喚不能
再召喚可能時間：23：59：54

そこにはレヴィが倒されたという一つの事実があった。

ショーゴは何も言ってこない。

ただただ必死で私の手を握り引っ張り続けているだけだ。

私は大粒の涙を流しながらなすがままショーゴに手を引っ張られて拠点へ向かうしかなかった。

「私は……また……」

その小さな呟きは誰にも聞かれることはなく、虚空へと消えていった。

しばらくして拠点に着いたのかショーゴの足が止まった。

拠点に着いたであろう頃から後の事は覚えていない。

いつの間にか私は眠っていたのか、目を開けるとネウラが私の頭を優しく包み込んだまま一緒に眠っていた。

着物の袖が湿っていたので、おそらく泣き崩れてそのまま寝てしまったのだろうと解釈した。

もしかしたら記憶にないだけで誰かと話をしていたのかもしれないが、誰も私の側に寄ってこないため気を使っているのかなと思った。

あれが夢ならと思って再度ＩＮＦＯを見てみるが、そこに映っているのは記憶に残っている映像のままの結果だった。

そして少なくとも4時間は寝ていたということはわかった。

それにしてもネウラまで出ているのは何故なのだろうか。

私が呼んでしまったのだろうか？

でもネウラはぐっすりと寝ているのでそのまま寝かせてあげよう。

私が起きてある程度気持ちが落ち着いた事に気付いたのか、リンが側に寄ってくる。

「アリス……その……大丈夫…？」

リンも私にどう声を掛けていいかわからないのか、少しオドオドとしながら話しかけてきた。

「うん、大丈夫だよ……。……レヴィが……守ってくれたから……」

「そっか……」

今のリンの反応からすると、経緯はショーゴから聞いているっぽい。

でもレヴィの巨大化の件については皆に知られちゃったよね……。

それについて問い質されるかと思ったんだけど、私のショック具合を察して声を掛けてこないだけかな？

まぁ実際に聞かれても八つ当たりしそうだから来なくて正解だけどね。

たぶんレヴィの事で何か言われたらぷちっと来ちゃいそうだし。

「じゃあ向こうで作戦会議してるからね…」

「うん……ありがと……」

ここで落ち着いたら来てねとか言わない辺りリンだよね。

とはいえ気持ちを落ち着かせるのにはもう少し時間掛かるかな……。

私はネウラをぎゅっと抱きしめて再び横になった。

「まーま」

「んぅ……」

あれ、また寝ちゃってたかな？

それより誰かに呼ばれた気が……。

私は起き上がって周りをキョロキョロするが近くには誰もいない。

そして起き上がったついでに改めてレヴィの再召喚可能時間を見てみる。

「まだ半日以上かぁ……」

てかレヴィにどんな顔すればいいんだろう……。

まずは謝るってところはいいとして、他に何したらいいかなぁ？

「まーま」

また呼ばれた気がするので周りをキョロキョロ。しかし誰もいない。

私は首を傾げるが、私の着物の裾を引っ張られたのでそちらを向く。

「ネウラ、どうしたの？」

「まーま、むししちゃやだ」

「あぁごめんね……ってネウラ⁉」

「なぁに？　まーま」

ネウラがちゃんと言葉をシャベッタァァァァ⁉

えっ⁉　ちょっと待って⁉

以前は舌っ足らずでママとしか言えなかったのに普通に話してる⁉

私は慌ててネウラのステータスを確認する。

すると【成長】のスキルレベルがいつの間にか35Ｌｖになっていたのだ。

でもいつもよりスキルレベルの上りが早かったけど何かあったかなと考えたが、よくよく思い出すとあのイベント前の戦闘が原因ではないかと思った。

確かに食事などは大切だが、元はモンスターなのだから戦闘をさせないと成長するものも成長しないのではないのだろうか。

そのため、あの時に戦闘をさせたため一気にスキルレベルが上がったのではないか。というのが私の考えだ。

とはいえ……。

「まーま？　どうしたの？」

「喋れるようになってよかったねー、ネウラ」

「うんっ、レヴィおにいちゃんもまーまと話したがってた」

「……レヴィが？」

いつの間にかペット会議なんていうものがあったのだろうか……。

何か不満でもあったのかな……？

それに今回の事で余計に……。

「ネウラ……レヴィがなんて言ってたのか教えてもらえる……？」

「えーっとぉ、いつもかわいがってくれてありがとーっていってたよ」

「レヴィ……」

「ネウラもまーまだいすきだよー」

「……ありがと……ネウラ……」

私は幸せ者だなぁ……。

こんなにも二人から思われてたなんて……。

「……もう……大丈夫そうね」

「リン……」

横から声がしたのでそちらを振り向くとリンが優しげな表情をしてこちらを見ていた。

レヴィのことで随分心配させたようだ。

「ネウラが喋れるようになったのは喜ばしいけど、作戦の事で話があるんだけど平気？」

「うん。もう大丈夫だよ」

ネウラのおかげで元気になれたし、レヴィにも後で謝るってことで気持ちに整理が付けられた。

だから今度は迷宮突破に意識を向けなきゃね。


「レイド戦？」

「えぇ。ショーゴが解読した内容には『7つの仲間たちを集めよ』っていうのと、扉の前の足場に7つの紋章のようなものがあったのよ」

「それが何でレイド戦に繋がるの？」

「最初に私たちが解読した内容に『また7人の生贄が送られてきた……』ってのがあったじゃない？　あれって1PTの最大の人数と一緒なのよ」

「つまり7つの仲間たちっていうのは7PTのことで、扉の前の足場の紋章をそれぞれ1PTずつで踏めってこと？」

「おそらくね。まぁ実際にアリスたちがタウロス君がボスじゃないっていう言質まで取ったからほぼ確実だと思うけどね」

確かにタウロス君が自分でボスではないって言っちゃったからね。

って、あれ？

「そしたらタウロス君あの扉の前から動かないんじゃ？」

だって自分がボスじゃないってばれて、扉の前に行けっていうのが分かった以上、リスクを冒してまで離れる理由はない。

私の思考を読んだのか、リンはその考えを否定した。

「確かにタウロス君は動かないでしょうね。私たちが情報を他の人たちに知らせてたらね」

「えっ？」

「まだアリスたちが手に入れた情報を他の人たちには知らせてないのよ」

「なんで？」

「そんなことしたらタウロス君が本当に動かなくなっちゃうじゃない？　だからよ」

リンが説明するには、私たちが教えなければあの十字路に侵入する人はいない。てか侵入する必要がない。

だってタウロス君にやられてしまうから。

では彼らはどうするか。

答えは情報を待つ、とのことだ。

復活が出来るならば特攻してもいいが、死に戻りが出来ないこのイベントの現状、リスクをなるべく冒したくないということだ。

ならば誰かしら情報を出してくれるだろうという他力本願な方に思考が働いてしまうらしい。

するとどうだろう。

すぐ来ると思っていたプレイヤーがいつまで経っても来ない。

ではタウロス君はそこからどうするか。

そう、他のプレイヤーを探さなくてはいけないんだ。

そして広場を離れた時がチャンスになる、というのがリンの説明だった。

「じゃあ情報は隠したままなの？」

「私たちが移動してから書き込む手はずとなっているわ。まぁ要は皆も苦労すればいいのよ、うふふ～」

あっ、これは自分に腹が立ってる時の顔だ。

どうやらリンは広場でタウロス君と対峙している時、私とショーゴを助けに行けなかったのに腹が立っているのだろう。

あとは私たちが命がけで手に入れた情報をそう簡単に渡してたまるかっていうのがあるかな？

気持ち的には４：６……いや、３：７ってぐらいの割合かな？

「それで時間は？　いつ決行なの？」

「目安としては1日後かしらね。その間にチャンスがあれば行く予定だけど、その前にアイテム補充などをしてもらってそれ次第っていう感じね」

アイテム補充かぁ……。

って、あれ？

私以外に【調合】持ちいたっけな……？

2日前ぐらいも私がアイテム作ってたような……。

「リン、私以外に【調合】持ちっていたっけ？」

「アリスと一緒に採取してた子が一応作れるわよ。さっきからひーひー言ってるけどね」

おぅ……仕方ない。私もお手伝いしますか。

それにしても1日後かぁ……。

レヴィの復活時間にも間に合いそうだし、良い感じなのかな？

あとは再召喚したレヴィを見て、号泣しそうだけど号泣しないようにしないとね……。

「すいません……手伝ってもらって……」

「いえいえ、どうせ待機時間は暇になりますし」

私と同様に【調合】スキルを持っている女性と一緒に私は回復アイテムを作製している。

他の人はタウロス君が動かないであろう今のうちに、知り合いの何人かの鍛冶士の人に武器のメンテナンスをお願いしにいっている。

私も自分の武器である脇差をショーゴに預けてお願いしてある。

あと問題はレイドボスが何なのかってところかな？

ショーゴ曰く十中八九ミノタウロス系統だろうということなんだけど、その場合何の属性が効くのだろうか？

まぁ私は多分決定打は打てないから遊撃隊って形になると思うけどね。

それにしてもレイドかぁ……。

この前のトレントは火に弱いってわかったからいいんだけど、弱点がわからないってなると普通に物理攻撃がいいのかな？

他に使えそうなスキルは……。

―ステータス―
SP：4
【刀Lv6】【AGI上昇+Lv13】【MP上昇+Lv8】【STR上昇+Lv1】【幻魔法Lv2】【感知Lv8】【隠密Lv6】【童歌Lv6】【解体士Lv3】【切断術Lv3】
特殊スキル
【狩人】
控え
【刀剣Lv30】【童謡Lv30】【ATK上昇+Lv2】【料理Lv25】【調合士Lv2】【栽培Lv17】【錬金Lv1】【鑑定士Lv6】【採取士Lv9】【梟の目Lv6】【漆黒魔法Lv5】【DEX上昇+Lv3】【収納術Lv7】【山彦Lv23】【成長促進Lv4】【急激成長Lv4】【水泳Lv28】【操術Lv

3】【変換Ｌｖ7】【付加Ｌｖ15】【取引Ｌｖ14】【集中Ｌｖ3】【紺碧魔法Ｌｖ1】【紅蓮魔法Ｌｖ2】
【霧魔法Ｌｖ1】【溶魔法Ｌｖ1】【植物魔法Ｌｖ1】【大地魔法Ｌｖ7】【重力魔法Ｌｖ6】

うーん……。

特に思いつかない……。

アルトさんも純粋なステータスで戦っているっていうし、このままでもいいのかな？

それよりも純粋な戦闘技術を高めないといけないかな？

今度アルトさんや銀翼の人たちにお願いして特訓させてもらおっと。

そんな事を考えながら回復アイテムを作っていたら、レヴィの再召喚可能時間が近づいていた。

私がそわそわしていると、一緒に回復アイテムを作ってた女性が気を使ったのか声を掛けてきた。

「もうほとんど素材もないのでアリスさんは休んでてもいいですよ？」

「えっ？　あっ……すいません……」

「いえいえ、手伝ってくれてありがとうございます」

うーん……よかったのだろうか……。

でも気を使ってくれたんだよね？

ここはお言葉に甘えて……。

私は少し離れた場所でネウラを召喚してレヴィの再召喚可能時間を待つ。

土下座の準備は完了した。

ネウラには翻訳してもらおうかなって思って呼び出した。

まぁ特に理由もなく呼び出してもいいんだけど、このイベントダンジョンの中では退屈してしまうかなと思ってどうしようかなぁとは思ってる。

そしてレヴィの再召喚可能の時間が来たためレヴィを召喚する。

呼び出したと同時に私はレヴィに対して土下座した。

「レヴィごめんなさい。あなたを1人残して逃げてしまって……。どう謝ったらいいかわからないけど、私には頭を下げるぐらいしかできないから……」

レヴィからの返答はなく、代わりに地面を這って進むような音が小さく聞こえた。

するとと頬に少し生暖かい何かが触れた。

おそらくこれは……。

「レヴィ……？」

「キュゥ！」

私が顔を上げるとレヴィがすぐ目の前で元気よく鳴いた。

私は恐る恐るレヴィに質問をした。

「レヴィ……怒って……ないの……？」

「キュゥ？」

「まーま。レヴィおにいちゃんはなんでっていってるよ？」

「だってそれはレヴィを置いて逃げちゃったし……」

「キュゥゥ！」

「それはレヴィおにいちゃんがじぶんでやったことだからきにしないで、だって」

そうは言われても気にしちゃうよ……。

でもレヴィが気にするなって言うからにはいつまでも気にしている方が失礼かな……？

「うん、わかった。でもレヴィ……あんまり心配させるようなことはしないでね……？」

「キュゥ……」

「もちろんこれはネウラもだよ……？」

「まーま……」

レヴィだけじゃない。

ネウラにも同じ事があったら私は悲しむ。

だから今のうちに心配するようなことをしないでって伝えておかないとね。

「さて、暗い話はこれぐらいにしてっと。この後……って言ってももう少し時間が経ってからだけど、私たちはこのダンジョンを脱出するために移動するんだけど、私がいいって言うまでは出てきちゃだめだよ？　特にレヴィ」

「キュッキュゥ……」

「よばれたらでていいの？」

「うん。それまで少し我慢してね？」

「キュゥ！」

「はーい」

それから数時間後、他の場所に行っていた人たちが戻ってきた。

どうやら武器のメンテナンスが終了したそうだ。

私の武器もショーゴから返してもらって確認したところ、ちゃんと耐久度が回復していた。

そこから先はタウロス君が動くのを待つため、交代で休憩しながら情報をチェックしていった。

そして5日目に入ってから12時間後、つまり私がタウロス君と接触してから1日が経過してからようやく動きがあった。

「どうやらおうし座が動き出したようだな」

「あとは彼がより遠くに離れたのを見計らって移動するだけですね」

「あぁ。そしたら全員全速力で十字路前まで移動。そして一斉に突入して扉の前に行くぞ！」

銀翼のメンバーの気合が高まり、加わった私たちも気が引き締まる。

既にＰＴは組まれており、私はショーゴたちと同じＰＴだ。

まぁ連携が取りやすいように団長さんやエクレールさんがそうしてくれたのだろう。

そして情報からタウロス君が遠くへ離れたのを確認し、一斉に拠点を飛び出した。

道中でモンスターに遭遇したが、すれ違いざまに近接職が速攻を掛けて倒したのでほとんど減速はしなかった。

十字路の手前に到着し、タウロス君の位置を確認したが十分扉まで移動できる距離にいたためそのまま決行とした。

入る前にエクレールさんが私たちが掴んだ情報を掲示板に上げた。

そして上げたと同時に私たちは十字路に侵入した。

扉の前にはショーゴの情報通りに足元に紋章のような物が7つあったので、各ＰＴリーダーはその紋章の上に乗った。

すると踏まれた紋章が光り、閉ざされていた大きな扉がゆっくりと開かれた。

「行くぞぉ！」

団長の掛け声とともに私たちは扉の中へと入っていった。

私たち全員が入ると扉が閉まり、空間が真っ暗になったと同時に私はポータルで移動するあのふわっとした感覚に襲われた。

「うっ……」

気が付くと通路のような場所に転移させられており、目の前には大きな扉がそびえ立っていた。

周りを見渡してみるが、どうやら皆同じ場所に転移しているようだった。

ということは……。

「あの扉の先にボスがいるっていうことか……」

ショーゴが呟いたが、そういうことだろう。

てか人の台詞取らないでよ。

まぁそれはともかく、ボス戦ということなので気合を入れねば……。

そして全員の準備が完了したため扉に近づくと、その大きな扉は鈍い音を立てながらゆっくりと開いていった。

全員が扉の中に入るとバタンと音を立てて扉が閉まった。

退路を断たれたということは、ここから出るためにはボスを倒さなくてはいけないということだ。

次第に部屋の中に明かりがともり、私たちがいる部屋はドーム状ということがわかった。

そしてそのドーム状の中心部にそのボスはいた。

全長4、5mはあるその身体は黒い皮膚で覆われており、一見すると人のような体型だがその頭は牛と同様に2本の角が付いており、首から下は人間のように見えたが、その足は牛の蹄のように2つに分かれていた。

そして手にはタウロス君に比べ少し小さいが、少なくとも2mはある大きな両刃斧を持っていた。

イベントダンジョン内で戦ったのとは少し違うが、あれは間違いなくミノタウロスだ。

皆が構える中、さっとボスに対して【鑑定士】を使う。

しかし、私が見れたのは名前まででスキルの数などは鑑定しきれなかった。

レヴィを鑑定した時ですらスキルの数がわかったのに対して、あのミノタウロスには効かないということは、イベントボスの何かしらの補正が入っているのだろう。

そしてボスであるブラックミノタウロスは私に鑑定されたことに気付き行動を起こした。

「ヴォオオオオオオオオオオ！」

突如ボスであるミノタウロスが吼えたのだ。

その恐ろしさを感じる雄叫びは戦慣れした銀翼のメンバーの動きを怯ませるほどだった。

とはいえ、一部の人は怯まずにブラックミノタウロスを見つめていた。

「貴様ら！　あの程度の咆哮で怯むな！」

流石の団長さんだ。

あのボスの咆哮に動じず、怯んだメンバーに活をいれている。

とはいえ、あの咆哮は厄介そうだね。

今ので皆も気を付けないといけないということは理解しただろうしね。

では……いざっ！

私たち前衛はブラックミノタウロスに向かって駆けて行った。


「ブォォォン！」

ブラックミノタウロスはその巨体に似合わず、右手に持つ両刃斧を素早く振り降ろす。

タウロス君と比べると威力は低めだが、それでも威力は十分高い。

その威力と勢いに盾で防いでいる盾持ちの内、何人かはうまく防ぎきれず吹き飛ばされてしまう時もある。

私は振り降ろした隙を突いて無防備な背中や足を狙う。

しかし、モタモタしていると空いている左手で薙ぎ払われてしまうため、一撃離脱を繰り返している。

そのためかあまりＨＰゲージが減っていない状況だ。

では遠距離から魔法はどうだということになるが、前回のトレントと違って今回は完全に近接型のボスだ。

そのため、下手に遠距離職がヘイトを集めてしまうとそちらに向かってしまう恐れがあるため、少し火力は抑え気味にしてある現状だ。

本来であれば近接職の火力を活かしてヘイト稼ぎをするのだが、ボスであるブラックミノタウロスはＤＥＦが高いせいか物理攻撃のダメージが入りづらい。

盾持ちもヘイトを稼ぐためスキルアーツを使うが、今のところヘイト管理は結構ギリギリな状況だ。

これで咆哮が来たら結構やばい。

私も遠距離職にヘイトが行きそうな場合に魔法を撃っているが、どうやら比較的火属性に弱いように見えた。

なのでちょこちょこ武器に火属性を付加して斬りつけている。

そしてゲージが8割ほどを切ろうとすると、ブラックミノタウロスが突然咆哮をしようと思いっきり息を吸い始めた。

私は咄嗟に【紺碧魔法】で水を出し着物の裾を濡らし、それを耳に押し当てて耳を塞いだ。

それと同時にブラックミノタウロスが吼えた。

「ヴォオオオオオオオオ！」

私は湿った布を耳に当てたおかげで比較的マシだったが、それでも少し怯んでしまうほどの咆哮。

至近距離で聞いた近接職はその咆哮で武器を落としてしまう者も出たほどだった。

「うぉぉぉぉぉ！」

皆が怯んでしまう中、団長さんだけは怯まずにボスへと向かっていく。

まるで化け物に挑む英雄のような姿に私は一瞬見惚れた。

私ははっと我に戻り再度武器に【火魔法】を付加し、団長さんに気を取られている内に背中に脇差を突き刺す。

私が背中を攻撃したことでボスの意識が私に移り、団長さんへの猛攻が一瞬止まった。

「女子(おなご)に任せたまま貴様らは動かんのか！　さっさと動かんかぁ！」

団長さんの言葉で我に返ったのか、近接職の人たちも戦闘に再度加わった。

その様子を見てほっとするが、その隙を突かれて私は左手の裏拳をくらって吹っ飛ばされた。

「がっ！」

「「アリスっ⁉」」

壁に激突した私はそのまま地面に倒れ込む。

慌ててクルルが私を回復させるが、今ので4割近く持ってかれた。

「アリスさん！　大丈夫ですか⁉」

「だっ……大丈夫……」

裏拳＋激突であの威力はやばいね……。

てか状態異常で打撲出てるから、こちらに来ないうちに塗り薬を塗って回復しておかないと……。

私はさっと塗り薬を背中に塗って状態異常を回復させる。

「もう大丈夫だからクルルは元の場所に戻って」

「はっはい！」

クルルが元の場所に戻ったのを確認して、私は再度前線に戻る。

絶対に倍返ししてやる。


どうやらHPが2割ずつ減っていく毎にあの咆哮をするようだ。

3割削れた時には特に何もせずに攻撃を続けていた。

そしてHPが4割削れた時には咆哮を行った。

しかし、以前戦ったレイクトレントと同様に火事場激昂モード的なのに入るかもしれない。

そうなるとどのタイミングで咆哮をしてくるかが読めなくなりそうだ。

だが攻撃力は今のところ変わっておらず、特殊行動が増えるタイプのボスなのだろう。

まぁまだ火事場激昂モードになっていないからわからないんだけどね。

とはいえやることは変わらない。

ひたすら攻撃を食らわないように一撃離脱を繰り返す。

魔法については私の場合どうしても範囲系が多いため、こういった複数で単体を攻撃する場合はうまく使えない。

なので【付加】を使っての属性攻撃しかできない。

ホント物理特化型はそういうところが厄介だよね。

それにしても……。

「ヴォオオオオオ！」

「うぉぉぉぉぉ！」

なんで団長さん普通にボスと斬り結んでるんですかねぇ……。

普通ボスに対してそうそうそんなこと出来ると思わないんだよねぇ……。

「流石【鉄壁】と呼ばれるだけあるわな……」

「ショーゴ、団長さんの二つ名知ってるの？」

戦闘中のため詳しくは聞けなかったが、どうやら圧倒的な防御力とそのPSからその二つ名が付いたらしい。

ちなみにショーゴはアルトさんが同じ剣使いで目立っているため、未だに二つ名は付いていないようだ。

しかし団長さんや他の盾持ちが慣れてきたのか、ヘイト管理がある程度できてきたためリンなどの魔法職が少し威力を上げて撃てるようになったので、ＨＰゲージの減少は速くなってきた。

さて、あとは火事場激昂モードがどうなるかだね。


「ブォォォォォォォン！」

「うっ！」

初回を含めボス戦６回目の咆哮だ。

ＨＰは残り１割になり、ブラックミノタウロスから蒸気が出ているのでおそらく火事場激昂モードなのだろう。

攻撃というより防御が上昇したのかな？

今までよりダメージが少ないように感じる。

「あと少しだ！　一気に仕留めるぞ！」

団長さんが大技を掛ける様に指示したため、私も一瞬でも動きを止めるために自身にグラビティフィールドを掛ける。

そして大技のチャージ時間までの数秒、前衛がヘイトと時間を稼ぐ。

ブラックミノタウロスも本能で何かを悟ったのか、後衛へ向かおうとするが前衛の人たちに押さえられて移動できずにいる。

「撃てるわ！　避けて！」

「総員！　回避！」

団長さんの掛け声とともに前衛は左右に回避行動を取る。

ブラックミノタウロスも避けようと移動しようとするが、そんなことはさせない。

「『チェンジグラビティ！』」

「ヴォオオッ!?」

私の重力魔法で動きが止まり、ぱっと私の方を向くが時既に遅く、リンたち遠距離職の最大魔法がブラックミノタウロスに襲い掛かる。

「ヴォオオオオオオオオオ!?」

魔法の衝突の瞬間、激しい閃光と共にブラックミノタウロスは光に包まれる。

そしてしばらくすると煙が晴れ、ブラックミノタウロスの姿が現れた。

「ヴォ……オ……」

彼の者のＨＰゲージは０となっており、その巨体をゆっくりと前に倒し、床に倒れたと同時にその姿を消滅させた。

ボスの姿が消滅して数秒後、皆が歓喜の声を上げた。

「よっしゃぁぁ！」

皆が歓喜の声を上げて喜んでいる中、私は「はふぅっ」と息をついてその場に座り込む。

「お疲れ様～」

「リンもお疲れ様ー」

リンは近づいて来るなり私の後ろに回って抱き着いてきて頭を撫でてくる。

私はアニマルセラピーではないのだけど……。

まぁしばらく好きにさせてあげよう。

「撃破報酬が来ているようだから各自確認するように！」

団長さんがブラックミノタウロスを倒した報酬が来ているというので私もアイテムボックスを確認した。

どうやら私には黒牛の角というアイテムが来ていた。

これはタウロス君が最初に言っていた突破報酬というやつなのだろうか？

ふと思ってメニューを閉じると、また転移した時と同じ感覚に襲われた。

気が付くと真っ白な空間に飛ばされており、私たち以外に人はいなかった。

「今度はなんだろう？」

「ここはダンジョン突破者が運ばれる場所ですよ」

私の疑問に返してくる声が後ろから聞こえたので振り返ると、そこには褐色肌の少年が立っていた。

「タウロス君？」

「はい、そうですよ」

「んと……なんでここに？」

「それは突破者たちには個別に突破報酬を渡さなければいけませんからね。そのためですよ」

「じゃありタイアした人や倒せなかった人たちはどこに運ばれるの？」

「その方々はここと別のところに運ばれますよ。それとこの空間では20分程でイベント終了時間になりますので他の方が来るまでお待ちください」

「じゃあ私は他のところに行って来るわね～」

「いってらっしゃーい」

てか残り2日ぐらいあった気がするけど、20分ってことは加速時間の割合がここでは変わってるのかな？

すると本当に数分経つと、ボスを突破したであろう人たちが次々に現れてきた。

その中には私も知っている顔があった。

「アルトさん！　それにルカと海花も！」

「お姉様ぁぁぁ！」

「ぐぬっ!?」

私はいきなり飛びついてきた海花に押し倒される形となった。

頭打った……痛い……。

「お姉様お姉様お姉さまぁ！」

「海花……落ち着いて……」

興奮してる海花に頬ずりされまくってちょっとうっとうしい……。

とりあえず1発頭にチョップを打っておく。

「あうっ!?」

「海花、落ち着いた？」

「はっはい……」

海花は少し涙目になりながら私を放してその場に正座で座る。

ルカとアルトさんが遅れてこちらに近づいてくるが、何やら呆れた顔をしている。

「海花、アリスが呼んでるってうるさかった」

「そっ！　それはお姉様があたしを呼んでいる気配がして！」

「アリス、そうなの？」

「えっっと……」

確かに3人の事とかを心配したことはあるけど、呼んでは……ないかな……？

「ほら、呼んでない」

「ですけど心配はしてくれてます！」

てか何故ルカと海花はそんなにいがみ合ってるのだろうか……？

2人に呆れながらも、アルトさんが私の隣に座ったのでそちらを向く。

「アルトさんはルカたちと同じグループだったんですか？」

「えぇ。さすがにギルドというわけではなく急造チームだったのでレイドボスには苦労しましたが、なんとかレッドミノタウロスを倒す事が出来ました」

「えっ？　レッドミノタウロス？」

「えっ？」

あれ？　私たちが倒したのはブラックミノタウロスだったけど……。

その事をアルトさんに話してみると、もしかしたら参加者の戦闘系のスキルレベルによってボスの強さが変わるのではないかということだ。

言われてみれば生産職も交じってるイベントだし、そういう人たちでも戦えるような措置はしていたのかもしれない。

合流した3人と話していると、終了とされている20分がそろそろ経つ。

この空間に飛ばされた人数を大まかだが数えてみたところ、大体８００人程度がいるようだ。

ということは大体20組がレイドボスを倒せたようだ。

するとタウロス君が時間になったのか説明を始めた。

「それでは終了時間となりましたので、これから皆様に迷宮脱出報酬を配布したいと思います。報酬はＳＰ10ポイントに武器系、生産系、サブ系のアイテムがランダムに1つ手に入るランダムアイテムボックスをどれか1つ送ります。これから選択できるように皆様にメッセージを送りますので選んでください。ちなみにランダムアイテムボックスは所有してるスキルに関連しているのが出ますので、使えないということはないはずです」

ほむ、ＳＰ10は私にとっては嬉しいかも。

それに武器系や生産系のアイテムが貰えるアイテムボックスかぁ。

所有スキルに因んだ物となると、武器系なら刀で魔法系統か、生産の何かって形かな。

流石にサブスキルは多すぎて何が当たるか予想が出来ないため今回はパスで。

ということでどうしようかなー……。

でも武器も結局は【付加】があるからそこまで属性武器が欲しいというわけじゃないんだよね。

ってことで今回は生産系を選ぼう。

私が送られてきたメッセージで生産系を選ぶと、ぱっと目の前が光って手の平の上に小さな箱が現れた。

どうやらこれがランダムアイテムボックスらしい。

まぁこれは家に戻ってから開けてみよっか。

「では皆様全員受け取りが完了したそうなので次に貢献度報酬となりますが、その前に皆様のランキング結果を送ります。ランキングには戦闘貢献、生産貢献、そして謎解き貢献の3つがあります。これらは各グループ毎に異なりますのでどのグループの方も上位に選ばれる可能性があります。そして貢献度が高いほど選べる報酬のレア度が高くなります。更に、今回創造主から特別に総合貢献度報酬として全グループからトップの10人に追加で報酬が選べます」

追加報酬ということを聞いて、皆が興奮して声を上げる。

まぁ少なくとも総合貢献度はレイドボスを突破したこの約800人の中から選ばれるだろうし、テンションは上がるだろうね。

っと、ランキング結果が送られてきたから見ないと。

えーっと……。

プレイヤー名：アリス
戦闘貢献度：12／2124
生産貢献度：25／2124
謎解き貢献度：1／2124
総合貢献度：4／10736

……ん？　ちょっと見間違えたかな？

えーっと、一回顔を洗ってもう一回見てみよう。

戦闘貢献度12位、生産貢献度25位。

うん、これはまぁ何かが過大評価されたということで説明がいく。

さて問題は次の２つだ。

謎解き貢献度１位。

うん、意味が分からない。

Ｗｈｙ？

そして総合４位ってどういうこと？　わけがわからないよ！

私がガクガク震えていたことに近くにいた三人は気付いたのか、私の方に寄ってきた。

「アリス、どうかした？」

「お姉様？」

「アリスさん？」

「あわわわわっ……」

私の様子で何かを察したのか、３人は温かい目でこちらを見つめている。

「お姉様またやらかしましたか……」

「まぁアリスだし」

「ですがこの場合はやらかしたというよりはやりすぎちゃったの方が正しいのでは？」

「何で３人とも私が何かした前提なの!?」

「だってアリスだし」

「お姉様ですし」

「アリスさんですし」

「酷っ⁉」

まるで私が何かやらかすような人みたいな言い方やめて！

私たちがそんな言い争いをしている間に、ウィンドウにランキング報酬の選択肢が出てきた。

どうやら各ランキング毎にアイテムが選べるようになっているようだ。

一応1位となってしまった謎解き貢献度と比較してみたところ、1位と4位は変わらず、12位と25位は変わっていた。

ということは、最高のが2つにその次のランクのが2つ選べるようだ。

とはいえ……。

「どうしよう……」

耐久度は低いが高威力高耐性の武器に防具や、逆に威力や耐性は下がるが耐久度が高い武器や防具もあったり、ペット用のスキル取得玉各種色別もある。

更には土地購入権や家増設権、個人フィールド所有権といった土地関係のアイテムもあった。

他には設備関係に素材関係、あとは幻獣の卵なんてものもあった。

ペット用のスキル取得玉については私はどの貢献度報酬でも上位のを選べる。

しかも何故かスキル取得玉の説明欄に使用可能なペット所有という親切設計がしてあった。

まぁそれで12位と25位のはいいとして、残りの1位と4位だ……。

「あうあう……」

やばいホントにどうしよう……。

増設の説明を読んだところ所有している土地分を二階建てにしたりもできるっていうし、個人的にめっちゃ欲しい……。

でも個人フィールド所有権も捨てがたいし、設備等も上げておきたいという気持ちもある。

幻獣の卵も欲しいけど、今2人いる上に更に欲張ってもなぁとは思うので今回は残念だけどやめとこう。

武器や防具？　えぇ。それらは生産物で大丈夫ですので除外します。

とはいえ、設備については最悪お金でなんとかなるだろうし、今回は家増設権と個人フィールド所有権にしよう。

さて……。リンやショーゴに何言われるんだろうなぁ……。

「では皆様選択し終わったようなので元の場所に送りたいと思います。皆様、お疲れ様でした」

タウロス君がそう言うと、私たちは次々に転移させられていった。

そして何故か私とショーゴとリンが最後に残され、2人より前に私は転移させられた。

まぁたまたまだろうということでそこまで気にはしなかったが、終わる前にタウロス君と話したかったなと少し残念な気持ちがある。

とはいえ、イベントも終わった事だしまた色々やらないといけないなー。

「わりぃな、残してもらって」

「いえいえ、お2人が聞きたいことはわかっていますから」

「なら単刀直入に聞くわ。タウロス君、あの時私が来る前にアリスと何があったの？」

タウロスはリンの問いに静かに答えた。

「私は諦めかけた彼女に対してこう言いました。『残念です。貴女もすぐ諦めてしまうのですね。倒すべき敵が目の前にいるというのに』と。その後です。彼女の様子が突然変化したのは」

「……」

リンは何かを考えるように腕を組み難しい顔をする。

そして組んでいた腕を離し、タウロスに少し微笑むように話す。

「ありがとう。あの後冷静になって考えてみると、大きな斧を持ってるタウロス君がアリスにあんな傷つけられないし誤解だったっていうのもあるけど、それ以上にアリスが心配だったから聞いただけだから」

「いえいえ、仲がよろしくて羨ましいです」

「じゃあ聞きたいことも終わったし、そろそろ送ってくれ」

「わかりました」

タウロスがそう言うとショーゴとリンの姿は消え、この空間にはタウロスだけが残った。

そして自分の他には誰もいなくなった空間で彼は1人呟く。

「あの様子からすると彼らはリヴァイアサンの事については気づいていないようですね。ですが私たちは1人の異邦人にそこまで肩入れしてはいけない。そして、何か嫌な予感がしますね……」

そう言って彼もその場から消え、他の星座の元へ戻っていった。

イベント名『Labyrinth of Knossos』
Aグループ：突破率：11％
Bグループ：突破率：8％
Cグループ：突破率：10％
Dグループ：突破率：7％
Eグループ：突破率：4％
迷宮総合突破率：8・6％

イベントが終了して参加者が次々解散して移動していく中、私は海花に呼び止められた。

「おっお姉様！　すいませんがスクリーンショット1枚お願いしてもいいですか！」

「……ちなみに聞くけどなんで？」

「えーっと……その……それはちょっと言えないんですけど……」

言えないのはともかく、何故そこで頬を染めているの。

「晒したりするのに使うってことではないんだよね？」

「それはもちろんです！」

んー……悪用するわけではないようだし、1枚ぐらいならいいかな……？

「それで何かポーズを取ればいいの？」

「いえ！　お姉様のそのお姿が拝見できるのであればそのままで！　あっ、できれば防具無しの素体を……」

……ホントに海花は何を考えているのだろうか……。

まぁ防具脱ぐぐらいなら……。

ということで防具無しの初期状態と防具ありの2つをスクショさせてあげた。

海花は凄く嬉しがっているけど、一体何に使うのだろうか……？

もしかしてフィギュアとかを作って売るとかそういうことを……。

念のために確認すると、販売目的では使わないとのことだ。

まぁ何かあったらリンとかからフルボッコにされるだろうし、そういうことはしないと信じてあげよう。

さて、私がイベント報酬で手に入れたのは家増設権と個人フィールド所有権、それにレヴィとネウラ用のスキル取得玉だ。

スキル取得玉については家で落ち着いた後にやるとして、家増設権についてはどのタイミングでやればいいかな？

増設するから家使えませんとか言われたらサイとリアが大変だし、ちゃんと確認してから使わないと。

個人フィールド所有権は使用すると動かせる設置型のポータルが現れて、それに乗ると移動できると説明文に書いてあった。

これについてはNPCやペットも移動できるようになっているため、サイやリアも自由に使うことができる。

「ということでただいまー」

「お帰り、ご主人様」

「ご主人様、お帰りなさいです！」

「2人ともいい子にしてた？」

「はいっ！　リアはいい子にしてました！」

「特に何も変わってねえよ。つかご主人様が出かけてから1時間ちょいしか経ってないしな」

あぁ、そういえばイベント中は加速して1時間ぐらいなんだった。

でも私は5日は会ってないから2人をぎゅーっと抱きしめる。

「なっ何すんだよご主人様っ⁉」

「ご主人様どうしたんです？」

「ちょっと2人と触れ合いたくなってねー。嫌だった？」

「リアは嬉しいです！」

「別に……嫌じゃ……ない……」

リアはいつも通りだけど、サイは少し顔を赤くして可愛いなぁ。

っと、あんまり2人で和んでてもいけない。

私は2人にイベントで手に入れた報酬を見せる。

「ご主人様、それはなんですか？」

「何かのチケットか？」

「これはね、家の増設権と個人フィールド所有権のチケットなのだー」

私がそう言うとリアは飛び跳ねて喜び、サイは個人フィールドでどう作物を育てようか考えている様な格好になった。

まぁ増設権はともかく、個人フィールドの方は早いとこ使用してどんなところか見てみよう。

私は個人フィールド所有権を使用し、その場に専用ポータルを出した。

2人は専用ポータルを不思議そうに見ている。

「じゃあ私が先に入るから2人は付いてきてね」

そう言って私は専用ポータルから個人フィールドに飛んだ。

「へー、ここが個人フィールドかぁ……」

私が専用ポータルから飛ぶと、そこには辺り一面草原が続くフィールドがあった。

周りに樹木などはなく、ただただ雑草などのどこにでもある草が生えているだけであった。

するとサイとリアの2人も個人フィールドへ飛んできて周りを見渡していた。

「サイ、どうかな?」

「んー……さすがにこの状態で作物を育てるって言っても難しいな。どうせやるなら水を引いたりして水田とかにした方がいいと思う。今俺が見えるところには水はなさそうだけど、探索してみて川とかそういうのがないならないで水源作らないといけないしな」

「じゃあ少し探索してくるね」

「わかった。俺とリアは戻って作業しているから」

「うん、よろしくね」

ということで私は個人フィールドの大きさを調べるとともに、水源となる場所があるかを探す。

おおよその移動距離で計算した結果、中心に専用ポータルがあって、そこから一平方キロメートルが個人フィールドの範囲のようだ。

うん、普通に広くて困惑した。

まぁある意味アイテムの生産場を作るならいいんだろうけど、さすがにこの広さをサイ1人に任せるのは絶対にいけない。

なんか……こう……お手伝いモンスターとか作れないかな？

単純な命令だけ動く的なやつを。

まぁそれはおいおい考えるとして、一通り回ったが水源が見つからなかった。

そしてウィンドウを開いて調べたところ、個人フィールドに設置できる環境の設定が出来ることに気付いた。

環境と言っても、川をどのように流すかや、雪や雨を降らせる範囲を決めたりといったことぐらいだったので、川の流れについてはサイと相談して決めることにした。

てか環境設定ってお金掛かるんですか……。

ということで個人フィールドについては少し後回しになった。

そういえば突破報酬で生産系のランダムボックス貰ったけど開けてなかったから今開けよっと。

何が出るかなー？

魔導遠心分離機【生産設備】
ＭＰを込めることで回転させることができる。回転数と回転速度はＭＰの量によって変化する。

「ん……？」

遠心分離機？　あれ？　これって私が欲しかったやつの1つじゃ？

……ホントに？

「……いやったぁ！　これであとは濾過のやつを買ってくれれば蜂蜜が作れるようになるはず！」

うへへー。

増築権とかの他に遠心分離機まで手に入るとは思わなかった。

さーって、生産が楽しくなってきたぞー！


「「「カンパーイ」」」

俺ら3人は俺の20歳の誕生日も兼ねてイベント終了祝いとして俺の部屋に集まって酒盛りをしている。

いやぁ、ビールってうめぇな。

以前から飲んでみたいとは思ってたけど、一応酒は20歳からってことで我慢してた。

アリサと鈴は俺に気を使って目に見えるところでは飲んでいなかったそうだ。

「そういや報酬2人は何選んだんだ？　俺は剣選んだけどさ」

「私はニルスのスキル取得玉にしたわ〜。生産と謎解きの貢献度低くて戦闘以外ダメだったわ〜」

「私は家の増設権と個人フィールド所有権にレヴィとネウラのスキル取得玉ー」

ほー個人フィールドか。

管理は大変そうだけどちゃんとできた時の見返りは大きそうだな。

てか実は幻獣選ぼうかなとは思ったけど、剣士で行くって決めた以上はブレたくなかったから諦めたんだよな。

「それにしてもショーゴも20歳かー」

「あらあら正悟も成長したわね～」

「たかだか1ヶ月しか変わらんのにお姉さん振るなっての」

まったく、4月と5月生まれだからって6月生まれの俺を弟扱いしやがって。

それにしても昔っからだけど……鈴って胸でけえよなぁ……。

あれサイズいくつぐらいあんだろ？

アリサも大きくはないけどそこそこあるしな……。

おかげで2人以外の友人から揉み心地どうだったとか下ネタな事を聞かれることが多々あった。

だが言わせてもらおう。

ぶっちゃけ揉んだことなんかねえよ！

スキンシップで抱き着いてきたりしてきた時に身体に触れることはあっても、直に触れたことなんてねえよ！

たぶん真剣な顔で揉ませてって言えば「大丈夫？　揉む？」とかネットにありそうなネタで揉ませてくれるかもしれんが、確実にあとで気まずくなって後悔する。

正直2人が俺に対して無防備なのがいけないと思う。

胸チラパンチラとかチラリズム大好きなやつだったら卒倒するぐらいの事を何度もされてるにも拘わらず、耐えてる俺マジ頑張ってる。

自分で自分に表彰状送りたいぐらいだぜ。

よく漫画とかアニメでは近くにいすぎてそういう感情にならないとかあるけどさ、そんなのが通用するのは小学生か中学生までだからな？

色々知識増えたら嫌でも意識するもんだからな？

しかもその内の1人は「2人とも大好き」とか純粋に言って来るんだから、そんなやつを気にしない方がおかしいだろ⁉

っと、ビール飲んだから少し気分が高ぶっちまったか。

少しクールダウンしねぇと。

「それにしても結構な本数持ってきたな」

机や床にビールやカクテル、ワインなどが何本も置いてある。

「お父さんが正悟の誕生日だし持ってけっていうから～」

「私もお母さんが持ってけって。それと今日はお赤飯とか言ってたけど、ショーゴが20歳迎えて嬉しいんだろうね」

いや、アリサさん。それたぶん違う意味だと思うんですよ。

てかおばさん！

アンタ大事な一人娘を酒盛りの場に送り出して何企んでやがる！

「そういえば私の家もお母さんが今日はお赤飯炊いておくって言ってたわね～」

鈴さん、あなたいつも勘がいいのになんで今日に限って不思議そうな顔してるんですか！

あーもう！

なんで俺がツッコミ役みたいにならねえといけねえんだよ！

「あっ、このおつまみ美味しいー」

「やっぱりお酒飲むとこういうの進むわね～」

こいつらホントフリーダムだな……。

アリサはともかく鈴はいつも気を張ってるところがあるから息抜きは必要だと思うけどさ……。

ホントに俺に襲われたらどうすんだよ……。

いや、襲わんけど。

てか襲ったら襲ったで２人の親から計画通りって感じのゲス顔されそうな気しかしねえがな。

まっ、２人が楽しそうだからいっか。

「たくっ、俺の分のつまみも残しとけっての！」


そして時が少し経ち、どうしてこうなった……。

「えへへ～」

「ふえぇぇぇぇん！」

現在の俺の状況はこうだ。

座っている俺の膝に現在大泣きしている鈴に、俺の左肩に抱き着いてスリスリしているアリサ。

とりあえずわかったことは、２人は酔っぱらうと鈴は泣き上戸でアリサは抱き着き魔になるということだ。

「私だって頑張ってるのよ！　でもなんで私ばっかり事務仕事させられるのよ！　ふえぇぇぇぇぇん！」

「おうおう、鈴は頑張ってる頑張ってる……」

「でしょ！　でも皆私が事務仕事できるからって仕事任せて！　ギルドメンバーの面倒も見なきゃいけないのに大変なのよ！」

泣き上戸に愚痴が入ると中々対応が大変だな……。

とりあえず鈴はさっさと寝かせてしまおう……。

俺は鈴の頭を軽く撫でて大人しくさせようとする。

元々酒が入っているせいか眠かったのか、鈴は少しグズっていたがしばらくすると寝落ちしてしまった。

アリサが引っ付いているから運びにくかったが、なんとかベッドに横に寝かせることができた。

さて、残りはアリサだな。

「えへへ～。ショーゴ～」

「おう、なんだ？」

「ふふふっ～呼んだだけ～」

「……おう……」

くっそ可愛いじゃねえかよこんちくしょう！

その満面の笑みになるのやめろって！

お前ホントよく今まで無事だったよな⁉

俺は幼馴染で多少耐性できてるから平気だけどさ！

そうでもないやつにそんな笑顔振りまいたら襲われたり誘拐されてもおかしくねえぞ⁉

「ショーゴショーゴ〜」

「今度はどうした⁉」

「ショーゴは鈴とくっつかないの〜？」

「はっ？」

えっ？

今度はどうした？

何で俺と鈴がくっつく話になってんだ？

「どうなの〜？」

「そっ……そういうのは今は考えてねえ……」

「ふ〜ん……。じゃあ私のことは好き〜？」

「あぁ、好きだぞ？　もちろん鈴のこともな」

これについてはノータイムで答えた。

２人の事を好きなのは確かだしな。

でもどちらかと付き合うっていうのは考えてねえってのはホントだ。

残された方はどうなるんだろうってというのがどうしても頭から離れねえしな。

優柔不断ってのはわかってんだが、２人の悲しい顔はもう見たくねえしな……。

「えへへ〜。私もショーゴ好き〜」

「おう、ありがとな」

「そういえばショーゴの誕生日プレゼント用意してなかったな～」

「別に俺だって2人の誕生日プレゼントロクなの渡せなかったし気にしなくていいぞ」

そう言ってアリサは少し考えた後、上目遣いをして俺を見つめる。

「じゃぁ～……プレゼントは私じゃだめ～？」

「……はい……？　っうおっ!?」

アリサが何を言ったかよくわからない内に、俺は押し倒されてしまった。

「えへへ～」

「おっおい！　アリサやめろって！」

「えへへ～。ぎゅー！」

そう言ってアリサは俺に抱き着いて来た。

真正面からはまずいって！

とりあえず俺はアリサを床に倒して俺が押し倒すような体勢になり、アリサの手を押さえる。

「やだ～。ショーゴったらだいたーん～」

「お前が先に押し倒したんだろ!?」

「え～？　そうだっけ～？……ふぁぁ……」

「そうだよ……って……あれ？」

いつの間にかアリサは寝落ちしており、静かに吐息を吐いている。

やっと寝たかと思ってアリサの髪をさっと撫でる。

その瞬間、閉じていた部屋の扉が開いた。

「えっ？」

扉の奥には我が母上様が立っていた。

「……」

「いや…これはだな……その……」

俺は必死で言い訳をしようとした。

しかし母は首を横に振った。

終わった……。

そう思った次の瞬間、母は左の親指をグッと立てて前に伸ばし、少し腕を引いて両手をパーに開いてそのままその親指と小指を立てたまま両手をクロスさせた。

「さて、今夜はお赤飯ね」

母は何故かすっきりしたような表情をしてそのまま去って行った。

俺はあのジェスチャーが何の意味だったか直ぐには思い出せなかったが、どこかで見たことがあった。確か……。

「ためらうな、そのまま、やれ。だったっけ……って⁉」

あんのババア！

何誤解してやがんだよっ！

しかも当たり前のように赤飯炊こうとしてんじゃねぇよ⁉

どいつの親も赤飯炊こうとしやがって！

俺は急いでアリサをベッドで寝ている鈴の横に寝かせて母を追いかけた。

そして俺は今日1つ教訓を覚えた。

酔っ払いの対処は的確にしろ、という教訓を。


イベントが終わって早1週間。

日曜にショーゴの誕生日パーティしたけど、途中から記憶がないんだよね……。てかいつの間にか家のベッドで寝てて月曜日になっていて、何故か頭が痛いけど大学に行ったよ。

そういえば鈴も私と一緒で頭痛くなってたんだよね。

とりあえずお酒を飲みすぎたということなんだけど、詳しい話をショーゴは教えてくれなかった。

まぁなんか疲れた顔してたし、聞くのはやめといたんだけどね。

それと私がいない内に家の増築が終わってました。

2階建てになったおかげでサイとリアの部屋を造ることができたんだけど、2人とも広くなりすぎて落ち着かないということで、寝る時だけは私と一緒の部屋で寝ることになった。

元々2軒分の土地だったため、正直かなり広い。

そのため1階部分はお店兼生産施設にして、2階を休憩スペースとして部屋にして割り振った。

とは言っても部屋が空いている状態なので、知り合いがお泊り出来るようにいくつか部屋を用意してもらった。

まぁそういうことなので、その部屋の家具代金は募金を募って購入しようと考えている。

募金してもらう相手は誰でもいいということではなく、私の知り合い限定だ。

正直知らない人を泊めさせるのは勇気がいるし、サイやリアもいるからそういうのは避けたいところである。

そしてもう1つ出来事があった。


「リア、それは何してるの？」

リアが採取された薬草を日干しにしているのを見つけて聞いてみた。

「えっと、ナンサおばあちゃんからちゃんと使うなら乾燥させた方がいいって教わったのでやってます」

「えっ……？　そうなの……？」

「たぶんご主人様がそこまで【調合】をやらないと思われてたから言われなかったんじゃないかなぁーと……」

確かに私はナンサおばあちゃんにここまで【調合】をやるとは言ってなかった。

だから簡易的な作り方や、ある程度のコツまででよいだろうという判断で詳しい事までは教えなかったんだろう。

なんだかリアの方がナンサおばあちゃんの弟子なような気が……。

まぁリアが色々覚えることは喜ばしいこととしよう。

それとイベントで手に入れたスキル取得玉で2人に何を覚えさせるかだよね。

ネウラはまだ幼体だから成長した後に使うんだけどね。

ではレヴィに何を覚えさせるかだ。

一応本人の希望を聞きたいため、ネウラに通訳を頼んだ。

「えっと、こうげきスキルはとくにはいらないってレヴィおにいちゃんはいってるよ」

「キュゥ！」

「んー……なら補助スキルってことかぁ……」

とはいえステータス系はいらなそうだし、環境耐性もある。

ってことはたぶん状態異常の耐性もあるよね、取得一覧にないし。

あっ、そういえば大抵の大型モンスターってあれ持ってるよね？

「レヴィって威嚇系のスキルって持ってるの？」

「キュゥゥ！」

「えっと、もってないっていってるよ」

「じゃあそれにしとく？　他に何か欲しいスキルがあるならそれにするけど……」

「キュゥゥ！」

「まーま。それがいいっていってるよ」

レヴィも納得してくれてよかった。

ということで取得っと。

名前：レヴィ　【封印状態】
―ステータス―
【牙】【封印中】【紺碧魔法】【紅蓮魔法】【物理軽減（弱体化）】【封印中】【偽りの仮面】【隠蔽（弱体

化）】【水術】【環境適応】【ＭＰ上昇＋（弱体化）】【自動回復＋】【封印中】【ＡＴＫ上昇（弱体化）】
【威嚇（弱体化）】
特殊スキル
【体形変更】【封印中】

【威嚇】：自身より弱い相手や恐れている相手を怯えさせる。

おや？

上級で追加スキルなのに弱体化されたけど何でだろう？

元々素質があったりすると強くなったりする感じなのかね？

「キュゥゥウゥ！」

「レヴィに喜んでもらえてよかった。ネウラはもう少し成長したらやろうねー」

「まーま、ネウラたのしみ」

まぁネウラもあと10Ｌｖぐらい上がれば【成長】スキルも50Ｌｖになるしね。

時間空いたら少し成長早めるために少し戦わせてみよっか。

一応王都まで行ける様にはなったけど、一旦足場を固める意味で新しい街の探索はお休みっと。

他の人たちもまだ王都に行けてる人はほとんどいないだろうしね。

まぁ火山や雪山は他の人に任せたいっていうのが少しはあるんだけどね。

さすがに耐熱耐寒装備がない状態でそんなところ行きたくないもん。

それに調和の森も気になるしね。

そろそろ条件満たしててもいいと思うんだけどね……。

まぁまた吹き飛ばされたら吹き飛ばされたってことで！

「そういえばお姉様は武器や防具替えないんですか？」

「確かにアリス、替えてない」

突然お店に来た海花とルカに言われ、思い返せば全く装備を替えてないことに気付く。

そろそろ新しいのに替えるべきかなぁ……。

「色々開拓されてるから効果も色々ある」

「何か気になる特殊効果があるかもしれませんよ」

確かに効果があるやつは欲しいかも。

そういえばリーネさんも効果が付くと値段が高くなるって言ってたし、この際に買ってしまおうかね。

あとサイやリアにもおしゃれさせてしまおう。

武器もまだスキルレベルで個別武器になるのは時間が掛かりそうだし、普通の刀も使ってみようかな。

なんだかんだで刃が長い方がいい敵もいるもんね。

問題は混み具合だよねぇ……。

まぁそこまで至急ってことでもないし、いいけどね。

とりあえず着せ替え人形にはならないように注意しないと……。

リーネさんは借りていた店舗から離れて、最近新しく建てたお店の方で商売をしていた。

場所は私の家からそこまで離れていないので、他の生産者もその近くにお店を建てようと計画を立ているらしい。

そんな新しくなったリーネさんのお店に私たちは入った。

「いらっしゃ……ってアリスちゃんたちかにゃ。どうかしたかにゃ？」

お店の中は以前の簡素な雰囲気ではなく、マネキンのようなものに作製した服を飾ったり、小物などを置いており少しオシャレになっていた。

「えっと、新しく防具作ってもらおうと思ってきました」

「そういえばアリスちゃんまったく防具替えてなかったにゃ。それで？　今回はどんにゃのがいいかにゃ？」

新しいのと言ってもなぁ……。

「一先ず追加効果で何があるか教えてください」

「ちょっと待ってにゃ」

そう言うとリーネさんはノートを広げて手持ちの素材と効果を確認している。

「今のところダメージ軽減（微小）、火耐性（小）、耐熱、水耐性（小）、氷耐性（小）、耐寒、土耐性（小）ってとこかにゃ？　でも1つ問題があるのにゃ……」

「問題？」

「火耐性と耐熱だと赤色系統、水氷耐性と耐寒だと青色系統の色になってしまうのにゃ……」

なんでその効果を付けると色がそうなっちゃうんだろ？

「実はその効果を持っている素材が血液なのにゃ。だから赤色と青色の血液だからそれに染色されちゃうのにゃ」

素材でも色々あるんだなぁ……。

でもその中だとダメージ軽減かなぁ？

「わかったにゃ。それで服はどんなのにするにゃ？」

それなんだよねぇ……。

私としては今着てるようなのでもいいんだけど…。

「今は赤ですけど、違う明るい色とかがいいと思います！」

「いっそのこと白という手もある」

「でもアリスちゃんの事だから、返り血ですぐ真っ赤になっちゃうから白は難しいと思うにゃ」

なんで私以外が熱くなってるの。

てかリーネさん、何故私が返り血浴びること前提で話してるの。

いや違わないけどさ。

「いっその事、森で活動しているだけに緑にしてしまうという選択肢」

「確かに、森に緑って迷彩服っぽくって結構いいかもしれないにゃ」

「でも緑だけっていうのもなんだか味気ないわよね」

別に私としては緑一色でも……。

まぁ可愛くなるなら可愛い方がいいけど……。

そして3人はあーだ、こーだ言いながら私の新防具の話を進めていく。

「ということでアリスちゃんの新防具の色は緑色が基本で、ここはあえてドレス風にすることにしたにゃ。あと裏の生地の色は薄緑か白色でちょっと迷っているにゃ。でも模様を何にするかが決まってないのにゃ。何か希望はあるかにゃ？」

模様かぁ……。

着物ってなると花かな？

でも花言葉があるから何でもいいっていうわけじゃないしなぁ……。

「花がいいけど何がいいかな？」

「「「……菊の花？」」」

何故三人とも同じ花を……。

てかそれは何の意味で言ったの？

「でもお姉様に合う花言葉の花って何がありますかねぇ？」

「清楚とか純粋とか無垢？」

「となると……百合関連かにゃ？」

百合の花言葉とかよく知ってるなぁ……。

リーネさん色々物知りだなぁ。

まぁそこはリーネさんにお任せしよう。

「ということで受け付けたにゃ。でも他にも依頼あるし、少し時間掛かるから出来たら連絡するにゃ」

「わかりました。お願いします」

「ついでにあれも作っておこうかにゃ……」

「何か言いました？」

「何でもないにゃ。なるべく急ぐからよろしくにゃー」

「はぁ……？」

何か言った気がするけどまぁいっか。

さて、次はウォルターさんのとこに行こうかな。

「そういえばあたしはその方のところ行ったことないですね」

「私も実はない。この弓も自分で作ってる」

2人とも【鍛冶】で作る武器じゃないもんね。

……ってことは2人の前であれを言わないといけないの……？

それはちょっと恥ずかしいな……。


「ウォルターさん、こんにちは」

「おや、アリス嬢。本日はどのようなご用件でしょうか？　そして可憐なお嬢様方、初めまして。私はウォルターと申します」

「ルカ……。よろしく……」

「うっ海花です！　よろしくお願いします！」

ウォルターさん相変わらずだなぁ……。

てかルカは何故人の後ろに隠れるの。

って、よく考えたらルカは私よりも人見知りだった……。

そして海花も何か緊張してない？　なんで？

「それでアリス嬢、どういたしましたか？」

「あっはい。実はそろそろ新しい武器を作っていただきたいと思って来たんですけど……」

「確かにアリス嬢がこちらに来られたのは久方ぶりでしたからね。それで今回はどのような武器をご所望ですか？」

「えっと……今回は普通の日本刀をお願いしたいんですけど、詳しい長さまでは……」

正直長さがどれぐらいがいいとかは決まってないんだよねぇ……。

「普通の日本刀となると、打刀ですね。長さで言いますと60～90㎝が一般的ですね。それ以上長くなると太刀となってしまいますね」

となるとその打刀がいいのかな。

たぶん長くなりすぎると扱い辛いしね。

「それにアリス嬢の戦闘方法となりますと、長くて80㎝辺りかと思いますがどうしますか？」

80㎝と言われてもわからないんだけどなぁ……。

そう思ったらウォルターさんが１㎝ずつ長さの違う木刀を用意してくれた。

私はそれを手に持って丁度いい長さを調べてみる。


「んー……」

持ってみた感じでは75～80㎝がいい感じだった。

でもここからどう絞ればいいかなぁ？

「振る分もいいですが、抜くのと仕舞うのにも体型が影響ありますので、それも含めて試してみましょう」

そしてウォルターさんは各種木刀を仕舞える鞘を用意してくれた。

試してみたところ、振る分には良かったけど抜刀と納刀をする際には少し短めが良いようだった。

ということで長さは76㎝にすることにした。

「かしこまりました。重さは長くなった分少し重くなってしまいますが大丈夫でしょうか？」

「はい。STRが上昇しているので大丈夫です」

「かしこまりました。納品までお時間が掛かってしまうため、完成しましたらご連絡させていただきます」

「はい、ありがとうございます」

やっぱりこの時期は混むんだね。

生産職の人は大変だなぁ……。

「アリス色んな人と知り合い、すごい」

「確かウォルターさんって鍛冶士のトップの人って聞くし……お姉様って一体どれだけのコネがあるのかしら……」

いや、そんなコネないからね？

……ないよね？


「ふっふっふ……！」

「あっ、またディセさんが悪い顔してる」

「あの顔はいいネタ取ってきたんだろ」

おや！

そこにいるのは我が同僚たちではないですか！

私が上機嫌だって？

そんなの当たり前じゃないですか！

「んでディセさん。今度はどこのプレイヤーのネタを取ってきたんですか？」

「えー？　どうしようかなー？」

「じゃあいいです。頑張ってください」

えぇぇぇ!?

そこは引き止めてよ！

「しっ……知りたくないの……？」

「知りたいには知りたいですけど、めんどくさいやり取りをしてまではいいかなって」

「もうっ！　わかりました！　言えばいいんですね！」

「ほんとめんどくさい人だな…」

うっ……。

でもここでまた焦らしたら今度こそスルーされちゃうから我慢我慢……。

「このジャーナリスト、ディセが！　巷で有名な【首狩り姫】アリスさんの1日を取材させてもらえる約束を取り付けました！」

ふふーん！

どうですか！

あの人を寄せ付けない【首狩り姫】に密着取材ができるんですよ！

羨ましいでしょ！

……ってあれ？

同僚の私を見る目が変ですよ？

なんというか……疑いの眼差しというか……呆れているというか……。

「ディセさん……いくらネタが見つからないからって嘘はいけませんよ？」

「あのアリスちゃんが密着取材なんてさせてくれるわけないじゃないですか」

「えっ……いや……その……」

「てか、記事にでもして下手なこと書いたら何されるかわからんしな」

「夜道で後ろから首斬られたりするかもな」

「「ハハハハハ！」」

「もうっ！　何なんですか！」

私の所属する情報系ギルド——ギャラルホルンはNPC……もとい現地人とプレイヤー拘わらずに情報を発信することを目的としたギルドだ。

この世界では新聞なんていうものがなかったため、いっその事私たちが作ってしまおうという考えが因でできたらしい。

コピー機等もないのに新聞なんて大変じゃないのか？　と思うところですが、【複製】スキルがあるため、素材さえあれば本のような紙媒体の物はコピーできるのだ。

あとはスクリーンショットを写真として貼ることのできる【転写】スキルと、文字を書くための【筆者】スキルがあれば新聞を作ることが可能となる。

そうして作った新聞を売る事でギルドの収入源としているのだ。

まぁ、裏では情報屋といった仕事もこっそりだけどしているんだけどね。

「それはともかく！」

私はあの【首狩り姫】を1日取材することができるのだ。

嘘だと思っている同僚諸君！

その事実に驚くがいい！

まぁ1日取材となったのは、お店で働いているところはNGということで、代わりに普段の活動でいいならという条件の下だ。

っと、そろそろ時間だし急がなくては。

「どうもー。清く正しくディセ新聞ですー」

「あっ、どうも」

明け方、私は通常オープンしていない彼女の店に入ると、彼女はどうやら新調したばかりであろう着物を着て待っていた。

緑色が基本の、以前の和服とは異なりドレス風となっており、ふわっとドレスが揺れると、裏側は薄緑色となっており、背中には百合の花の模様が付いていた。

それに腰には脇差とは違った、通常の日本刀と同じぐらいの長さの刀が刺さっていた。

そして1つ違うのは、頭に狐のお面が付いていることだった。

「おっ！　さっそくいい写真が撮れそうです！　1枚いいですか？」

「まぁ……1枚ぐらいなら……」

「それとそのお面はまだ新しいですね！　一体何の効果があるんですか？」

「えっと……それは秘密で……」

よっしゃ！

さっそく初お披露目っぽい新お召し物姿いただきました！

まぁお面についてはそこまではいいかな？

ともかく！　くふふっ！

同僚たちよ、ご愁傷様です！

「それで今日はどちらへ？」

「えっと、観察はもう十分したからミールド山脈に行きます」

ミールド山脈ってあの王都から北側にある雪山と火山に挟まれた山間部のこと？

「ちなみに目的は？」

「んと、そろそろ美味しい卵を使った料理をしたいので、山王鳥の卵を採りに行こうかなと」

ん？

サンオウチョウ？

えっと……山に王と書いて鳥の？

って、えぇぇぇぇぇ⁉

あのめっちゃくちゃ美味しい卵で有名な⁉

しかも警戒心が凄く高くて、敵を見つけると自分の生んだ卵を全部割っちゃうので、滅多に市場に出ないあの山王鳥の卵⁉

噂によれば不死でドロップアイテムも出ないっていうらしいけど……。

それを採りに行く……？

「ということでレヒトまで行きますよ。ちゃんと地点登録してますよね？」

「えっえぇ、勿論！」

普通に狩りをするものとばかり思ってましたが、いきなりトップギアですね……。

王都レヒトへ飛び、馬車でも借りるのかな？　と思った私がバカでした。


「すっ……すみません……」

「いえ、軽いので大丈夫です」

私は今、自分よりも10㎝以上小さい女の子にお姫様抱っこされて移動している状況です。

しかもピョンピョンジャンプしてかっ飛ばしながら……。

最初は私も追いかけるつもりだったんですけど、ＡＧＩが違いすぎておいて行かれそうになったのを、彼女がこの移動方法を提案したので、大人しく従っているというわけです。


しかも人一人持って軽いって……。

彼女どれだけＳＴＲ上げているのでしょうか……。

てかどう見ても彼女重い武器とか持たないよね⁉

なんでSTRそんなに上げてるのよ⁉

まさか4時間程掛かるところをその半分ぐらいで着くとは思わなかったです。

「じゃあ、ここから少し山を歩きますので」

彼女は私を降ろして、山の中へ向かって歩き始めた。

私もおいて行かれるわけにはいかないので、後ろをついて歩く。

2時間ほど山を登っていると、生い茂った山中を抜け、見晴らしのいい場所に出た。

「綺麗ですねぇ……」

「あっ、あんまり崖に近づかないでね」

「えっ？」

とりあえず、彼女に言われた通りに崖には近づかないようにしよう。

危ないからってことかな？

すると彼女は地面に這いつくばって、匍匐前進するようにゆっくりと崖に近づいて行った。

「とりあえずここからは声だし禁止で。指示は手信号でするから、意味がわからなかったらメッセージして」

彼女はそう言うと、無言でゆっくりと崖に近づいて下を覗いている。

私も彼女が何を見ているのかが気になったので、彼女と同様の移動方法で崖から顔を出す。

すると崖下にぶっさいくな大きめの鳥が座り込んでいた。

私が身を乗り出しすぎていたのか、彼女は私の肩を押さえて後ろに下がるような手信号を送った。

私は彼女にメッセージであれが山王鳥？　と聞くと、そうだよ。と返ってきた。

でも何でこんな崖上で待機しているのだろう?

そう思って下を覗いていると、山王鳥の近くに卵がある事に気づく。

どうやって採るのだろう……?　と思っていると、突然山王鳥が立ち上がり、近くにあった卵を割ってしまう。

咄嗟に何で⁉　と声を出しそうになったのを、彼女に口を塞がれて押さえることができた。

そして彼女はある方面を指差した。

そこには4名ほどのプレイヤーが木々の中に隠れていたのだ。

何故気づかれたのかと彼女に聞くと、どうやらあの鳥のいる場所があの一帯の風下に当たり、周囲の臭いで敵がいるかわかってしまうらしい。

だからこんな崖上で待機しているのか。

でも、ここからどう卵を奪うんだ?

全くわからない……。

あれから数時間が経過した。

プレイヤーたちも諦めて帰ってしまい、今近くにいるのは私たちだけのようだ。

んー……このまま何もしないで取材終わるのかなぁ……。

せっかく【首狩り姫】の密着取材なのに……。

これなら普通に狩りしてもらった方が良い絵が撮れたかもなぁ……。

そんなことを思いながら、山王鳥を観察していると、急に立ち上がってプルプルと震えだした。

あぁ、たぶん敵がいなくなったからまた卵を産むんだろう。

そう思ってぼんやりと眺めていると、彼女がゆっくりと立ち上がり、頭に付けていた狐のお面を顔に掛けた。

そして私にメッセージで、何があっても騒がないようにと伝えてきた。

えっ？　と思った次の瞬間、彼女は崖を後ろ向きで頭から落ちていった。

「っ⁉」

おそらく、彼女から先ほどのメッセージがなければ叫んでいただろう。

私は落ちていく彼女を崖上から覗きこむ。

山王鳥は卵を産むのに集中しているのか、彼女に全く気付かない。

彼女は逆さまのまま落下しながら脇差を抜いた。

そして彼女は身を捻じって回転するように落下し始めた。

さながら、円形の電動のこぎりが回転しているようだった。

そして山王鳥が卵を産んだと同時に、彼女の刃が卵を産んで伸びきったその首を切断し、綺麗に着地した。

私はポカーンとしながらその光景を見ていた。

てかなんであの高さで落下して無事なの⁉

ここから地面まで20mぐらいはありそうだけど⁉

私が驚いている間に、彼女は山王鳥の卵を回収してぱぱっと走り去って行った。

そしてメッセージが届き、早く逃げた方がいいよという指示が出たので、私は慌ててその場から去っていった。

数十分後、彼女と合流した私は、あの光景に驚かされてしまい、何かを聞く気にはなれなかった。

そして彼女の家に戻ってきた時には、もうすっかり暗くなっており、彼女の使用人たちもお店を閉じる準備をしていたところだった。

「えぇっと……。本日は取材を受けていただきありがとうございました……」

「あっはい。お疲れ様でした……？」

「あと……山王鳥については……」

「別に書いてもいいですけど……他に真似する人っていますかね……？」

ですよね……。

ともかく、こうして私の1日取材は終わりを迎えた。

後日、この事をどう記事に書こうかなと悩んだ末に、山王鳥の卵の採り方の一部始終を書いて上司に当たるプレイヤーに見せたところ、嘘はやめとけ。と言われたので、大人しく【首狩り姫】の新装備について書いただけとなった。

とほほ……。


ディセさんの1日取材の約束のつい前日。

私はリーネさんから新しい装備ができたとの連絡が来た。

しかし、今回は先に連絡が来たウォルターさんの方から行くことにした。

なのでまずはウォルターさんのいるイジャードに向かった。

「失礼しまーす……」

私がウォルターさんのお店に入ると、何人かのプレイヤーや従業員さんたちがいた。

おぅ……ちょうど人がいる時にバッティングしてしまった……。

店内のプレイヤーは私がいる事に気づいて驚いている。

も……もしかしてこんなに人がいるところでアレ言わないといけないの……？

「おや、アリス嬢。いらしていたのですか」

「はっはい……」

「どうぞこちらの部屋へ」

私はウォルターさんに案内されて個室に入った。

どうやら気を使ってくれたようだ。

「気を使ってくださってありがとうございます」

「いえいえ、アリス嬢が人見知りという事は理解しておりますので大丈夫です」

「うぅ……」

「フフフッ。それでは本題に移りましょうか」

ウォルターさんはそう言うと、紅色の鞘に納められた刀を実体化して机の上に置いた。

私はその刀を持って鑑定する。

紅椿（打刀）【装備品】

製作者：ウォルター
ATK＋43
追加効果：外皮特攻（微小）

「アリス嬢専用打刀『紅椿』。素材は以前使用した玉鋼を素材と配合率を変更して改良し、性能も向上しております。全長76㎝、重量780グラム。脇差に比べると重くなりますが、STRを高めているアリス嬢としては少し軽いと感じるかもしれません」

「玉鋼の素材と配合率を変更ってどういうことですか？」

「簡単に説明致しますと、鉄と言っても良い鉄や悪い鉄、更に性質も多少異なっております。そういったのを選定したりしているわけです」

「つまりその組み合わせ次第で性能や特性が変わってくるってことですか？」

「おっしゃる通りでございます」

ほぇ……。

相変わらず凄いことしてるなぁ……。

ともかく、せっかく作ってもらったのでアレを言わないと……。

「んんっ！……パーフェクトだウォルター」

「感謝の極み」

やっぱりこれを言うのは少し恥ずかしい……。

「それで値段はいくらですか？」

「はい、今回追加効果が付きましたので8万8000Gとなります」

んーまぁそれぐらいにはなるよね。

ウォルターさんから追加効果を聞いた時に、リーネさんから聞いたもの以外に外皮や内皮に対しての特攻効果が付けられる素材があるというのだ。

元々打刀は、【切断】が効かない敵に対して使うために作ってもらっていたので、そういった追加効果があるならそれを付けるべきだと考えた。

その分値段は跳ね上がったけどね。

「ではまたメンテナンス等が必要な時はお越しくださいませ」

「ありがとうございます」

「そういえば、喫茶店を開くそうですね」

「はっはい！」

「時間が空きましたら伺いたいと思いますので、その時はよろしくお願いします」

「いっいえいえっ！　こちらこそよろしくお願いします！」

ウォルターさんもお店に来るのか……。

色々料理増やさないと……。

さて、次はリーネさんのところに行かないと。

まぁ服とか色とかちゃんと言ったから大丈夫だよね！

「いらっしゃいにゃー」

「こんにちは」

私がリーネさんのお店に入ると、リーネさんは元気よく声を掛けてきた。

どうやら待ちわびていたようだ。

「じゃあさっそくなのにゃ」

リーネさんは私が依頼した着物を実体化させる。

以前言っていた通りで、緑色が基本のゆるっとしたドレスが入っていた。

それに裏地が薄緑色となっており、背中には百合の花の模様が描かれていた。

腕の長さは今まで通り七分程でお願いしていたので、ぶかぶかになりはしないだろう。

「どうにゃ?」

「はい、とっても気に入りました」

「それはよかったにゃ。じゃあさっそく着てみるかにゃ?」

「お願いします」

リーネさんからドレスを受け取り、装備を変えて着替える。

今まで着ていた装備と同じように、特に違和感を感じなかった。

絹のドレス(緑)【装備品】

製作者:リーネ

DEF+37

DEX+9

追加効果：ダメージ軽減（微小）

以前と比べると性能が格段に上がっていた。

まぁ以前がかなり前だから、それに比べたら上がってるよね…。


「これは……？」

私はそのお面を受け取って鑑定を掛けてみる。

狐のお面【装備品】
製作者：リーネ
追加効果：認識阻害（小）、気配遮断（微小）

ん？

認識阻害？


「これもセットで付けるにゃ」

一体何事かと思っていると、リーネさんは狐のお面を実体化させた。


「じゃあお支払いを……」

「あっ、ちょっと待つにゃ」

私が支払いの事を言うと、リーネさんは待ったを掛けた。

私はリーネさんにどういうことかを聞いてみた。

「そのお面を顔に付けると、アリスちゃんという存在を認識し辛くなるのにゃ」

「存在を……？」

「簡単に言えば、アリスちゃんをアリスちゃんって思わなくなるってことにゃ。まぁ看破系のスキルが高かったら、見破られちゃうかもしれにゃいけどね」

なるほど……。

って、そんなお面被ってたら逆に目立ちそうな気がするんだけど……。

「たぶんアリスちゃんが疑問に思っている事については、気配遮断の方で気にならなくなるはずにゃ」

どうやら気配遮断の効果としては、存在を希薄にさせるといったもので、認識阻害と効果が合わさって気づかれにくくなるらしい。

って、冷静に考えるとこれかなり良い物じゃないの⁉

「これは実験も含めてなのにゃ。アリスちゃんみたいな暗殺者タイプが使ったら、その結果がどんな感じなのかモニターしてもらいたいのにゃ」

あぁ、そういう実験でやるってことなのね。

そういうことなら引き受けましょう。

「じゃあお面を入れてのお支払いですね？」

「そうにゃ。まぁお面の方はテストも含んでるから、そんなに掛からないにゃ」

「……普通お面の方が掛かるんじゃ……？」

リーネさんの感覚が少しわからない……。

「えーっと、絹使って追加効果もあるから……全部で8万5000Gにゃ」

私はリーネさんにお金を支払ってから、先ほど受け取った狐のお面を頭に付けて装備する。

「うんうん、やっぱり着物美女にはそういうお面が似合うにゃ」

そんなに似合っているのかなぁ…。

まぁテストも含めるっていうし、明日挑む予定の山王鳥がいいテスト相手になるかな？

私はお礼を言ってお店を出た。

家に戻ったので、サイやリアにオニューの装備を見せたところ、リアは素直に褒めてくれたのだが、サイはなんだか照れてる。

なんでだろうか？

まぁ明日は1日お店に入れないから、今のうちに色々準備しとかないと。

山王鳥……うへへっ。

絶対卵手に入れてやる！

あっ、でも卵を手に入れてそれを育てた方がいいのかな？

まぁそれは手に入れてからサイと相談しよう。

ともかく、あれだけ下見したんだから、手に入れられるといいんだけどな……。


そんな感じで今後の事を考えながら日々を過ごそうとしていた私は、ある事件を知ることとなった。

その事件が起こったのはイベント終了から10日後。

とあるＰＫギルドがＮＰＣを殺めたという事件だ。

私はそんな事件など知らず、いつも通りに大学から帰ってきて食事などを終わらせてからログインした。

家に入ると庭や一階にサイとリアの姿が見えなかった。

２階かなと思って２人の部屋に入ってもいないため、私の部屋かなと思って部屋に入ると２人がベッドの上で震えていたのだ。

「サイっ！　リアっ！」

私は慌てて２人に駆け寄った。

２人は私に気付いて近づいた私にしがみついて来た。

「ご主人……様……」

「２人とも何があったのっ⁉」

「いっ……異邦人がっ……」

私はリアから話を聞いて愕然とした。

「嘘……でしょ……？」

「……本当だよ……ご主人様……」

「ひっぐ……ひっぐ……」

私は泣きじゃくるリアをあやす。

その傍らに聞いた話を信じきれなかった。

異邦人――プレイヤーがＮＰＣを殺めたという話を。

事件が起こったのは今から2日前、つまり現実での深夜から明け方の間ということだ。

被害者はヒストリアから王都へ移動中の行商人だったという。

元々王都へ行きたい者たちが護衛を兼ねて一緒に移動していたところをPKギルドに襲われたということだ。

襲われたプレイヤーたちは復帰後すぐにヒストリアにいたプレイヤーに増援をお願いして襲われた場所に向かったところ、既にPKギルドの姿はなく、行商人の変わり果てた姿だけが残っていたという。

襲われたプレイヤーたちは自分たちのせいだと後悔しながらも、これ以上の被害を出さないために各街のギルドに警戒するように伝えた。

その話を聞いて私は掲示板を覗くと、確かにPKギルドの情報を求めるスレが立っていた。

プレイヤーに広まるのだからNPCである住人たちにも伝わるのは当然である。

2人はその事件を知って部屋に閉じこもっていたということだ。

私は急いで家の管理システムから許可した者以外は入ってこれないように変更した。

そして2人に部屋で待っているように伝えて家を飛び出した。

目的地はナンサおばあちゃんの家だ。

私はナンサおばあちゃんの家に着くなり扉を開けてナンサおばあちゃんを呼ぶ。

「ナンサおばあちゃんいるっ⁉」

「なんだいアリス、そんな慌てて」

「いいから何も言わないで私の家に避難して！」

「……どうやら事件の事を知ったようだね」

「さっきサイとリアから聞いたの……だから早く！」

「こんな老いぼれはいいから他の者を匿ってあげときな」

「っ！」

私は問答無用でナンサおばあちゃんを抱きかかえる。

「アリスっ！　あたしはいいから他の者をっ！」

「絶対にやだっ！」

「アリス……」

「ちゃんと掴まっててね！」

私はナンサおばあちゃんを落とさないようにしっかりと抱えて家へと向かった。

幸い移動中に暴れなかったのでそこまで移動に手こずらなかった。

家に着いてからは私はヘルプを見ながら他に抜けている点はないかを確認し、3人の食料を用意していた。

サイが畑を気にしていたので確認したところ、どうやら畑も家に含まれるようで他のプレイヤーが近づいてもサイたちに触れられないということは確認できた。

だけど絶対に畑から外に出ないように口を酸っぱくして言った。

もし私から伝言を頼まれたなどがあってもそれは嘘で、本当に頼むならばショーゴかリンに頼むからついて行かないようにということを伝える。

他にもいくつもの注意点を2人に伝え、ナンサおばあちゃんには私がいない間の面倒をお願いした。

そして次の日の関係もあるため、3人を心配しながらも私は仕方なくログアウトした。

―とあるチャットルーム―

傲慢さんがログインしました。
暴食さんがログインしました。
強欲さんがログインしました。
色欲さんがログインしました。
憤怒さんがログインしました。
嫉妬さんがログインしました。
怠惰さんがログインしました。

傲慢：さて、皆揃ったところで始めるか
憤怒：そろそろ雑魚狩るのも飽きてきたし二つ名辺り狙うんだろ？
怠惰：二つ名とかだるい……
嫉妬：はー二つ名とか妬ましいわー
暴食：それで誰狙うんだよ
色欲：あんまり目立ってもあれですけどねぇ。現に今朝の事で大事になりましたし
憤怒：あのバカどもが！　ＮＰＣまでは狙うなっつってんだろ！　どんな教育してんだ暴食！

暴食：別に食いたいやつは食っとけっていってるだけだしNPC如きいなくなったところでどうともねえだろ
強欲：NPCがおっさんだったからまぁいいが、女だったらお前殺してんぞ
怠惰：強欲さんは相変わらず女好きだねぇ……あーねみぃ……
強欲：女は愛でるもんだろ 嬲るもんじゃねえよ 例えそれがNPCだろうがな
色欲：ともかく次のターゲットですね。誰か意見はありますか？
嫉妬：二つ名なら妬ましいから誰でもいいわ
憤怒：プレイヤーなら女でも構わんだろ 強欲
強欲：好きにしろ 俺は落ちる

強欲さんがログアウトしました。

傲慢：まったく、強欲は相変わらずだな
暴食：たかがゲームでいい子ぶってんじゃねえよ
憤怒：それで誰に結局すんだよ
怠惰：1人が多い二つ名って誰いるっけー……？
色欲：まぁ1人が多い二つ名は何人かいますが、ある程度名を上げるなら【首狩り姫】はどうでしょうか？
嫉妬：目立ってて妬ましいわー

憤怒：女か【首狩り姫】なら場所は森ってところか
暴食：なら俺が行かせてもらうぜ
憤怒：何勝手に決めてやがる 決めるならダイスだろうが
傲慢：まぁいいだろう 今回は暴食に譲ってやれ 他のやつは構わんか？
怠惰：いいよー……
嫉妬：構わないけど一番とか妬ましい
色欲：私は構いませんよ
憤怒：っち！

憤怒さんがログアウトしました。

傲慢：なら決まりだ【首狩り姫】は暴食、お前に任せた
暴食：よっしゃ！　わりいが獲物は俺のもんだぜ！

暴食さんがログアウトしました。

色欲：やれやれ。困ったお方ですね

色欲さんがログアウトしました。

嫉妬さんがログアウトしました。

怠惰：じゃあおやすみー……
傲慢：怠惰
怠惰：んー……？
傲慢：……いや、なんでもない　ゆっくり休め
怠惰：？　うんおやすみー……

怠惰さんがログアウトしました。

傲慢さんがログアウトしました。


チャットルームには誰もいません。


「そかそか、ターゲットは予定通りになったか。……おう、引き続き頼むわ」

月明りの下、男は掛かってきた電話を切り机の上に端末を置く。

「内容はなんと？」

「予定通りにターゲットは【首狩り姫】になったたって言っとったわ」

「はぁ……。ジャック、彼女とその友人から最低でも殴られるのは覚悟しといてくださいね」

「そんぐらいは覚悟してるっちゅーに。だがなぁ……」

ジャックは一呼吸空けて言葉を発す。

「やつらはＰＫギルドの理を破った。その落とし前はしっかりつけさせてもらわなならん。カニス君、グリムリーパー全構成員および情報屋に連絡つけときぃ」

「ではやはり……」

「あぁ、やつら……七つの大罪を潰す。徹底的にな」

「……わかりました」

ジャックからの命令を聞き、カニスは部屋から出て行った。

「すまんな嬢ちゃん……。だがこの際や、その裏に隠れたもん見させてもらうで」

これから生贄（スケープゴート）となる少女に謝罪と、不謹慎ながらも抱いてしまった何が起こるのかという期待を胸に抱きながら、ジャックは１人呟き部屋を出て行った。


「ごめん、私先に帰るね」

「あっアリサっ！」

講義が終わると、アリサは急いで帰り支度をして俺らに一言言って講義室を出ていった。

俺と鈴はこの後にもう１つ講義が残っているため一緒に帰れない。

いつもならば俺らが終わるまでアリサは待っているのだが、今日に限っては酷く焦っている様子だった。

「あいつ……やっぱり昨日の事件の事で……」

「正悟……」

鈴が心配そうに俺の服の裾をそっと掴んでくる。

俺もアリサの事は心配だが、講義をサボるわけにもいかない。

そのせいか鈴は少し気弱な状態になっている。

普段なら凛としている鈴がこうなるのも珍しい。

「私……なんだか嫌な予感がするの……」

「鈴……」

「でも私はログインしてもギルドで動かないといけないからアリサの方にいけない……。だから正悟……」

「あぁ……わかってる……」

そう言って鈴の頭を撫でてやる。

普段なら茶化してくるやつらもいるんだが、アリサと鈴の様子からそういう雰囲気ではないと察したのか誰もそういうことをしないでくれている。

まぁありがたいことだけどな。

……何ともなければいいんだけどな……。

だが胸騒ぎが止まらない……。

気持ちを落ち着けようと思って目を閉じた瞬間、アリサのあの表情がぱっと浮かんできた。

俺はつい身体をビクンと反応させる。

「正悟……？」

「あぁ……わりぃ……」

なんで今になってアレが浮かんでくんだよ……。

くそっ……。


大学から帰ってきた私は、朝のうちに早めにご飯やお風呂を用意してとお願いしていたのでさっさと済ませる。

そして急いでログインした私はまず三人が無事かどうかを確かめに部屋に行く。

「あっ！　ご主人様！」

「お帰り、ご主人様」

「アリスや、お帰り」

「ただいま……」

良かった……。

皆無事だった……。

「私がいない間に何もなかった……？」

「あぁ、大丈夫だよ。特に客も来なかったしね」

「そっか……」

ナンサおばあちゃんからいない間の事を聞き、その他の事を掲示板で調べる。

するとは事件についての犯人とまではいかないが、起こしたギルドはわかったそうだ。

どうやら犯人はPKギルドの七つの大罪ということだ。

以前キャンプでジャックが私に警告したギルドと同じ名であった。

「ジャックはこのギルドの事を知っている……？」

しかしジャックは必殺仕事人のようなことをする集団のグリムリーパーというギルド所属だ。

住人にまで手を出すような真似はしないだろう。

ならばグリムリーパーは七つの大罪と敵対関係にあるから知っていると言ったほうが正しいのだろう。

だから少しは情報を知っていた、ということならば納得できる。

だが、味方ということではないだろう。

とはいえ、連絡先すら交換していないので話もできないんだけどね。

しかしゲーム内時間にして6日でギルド名までしかわかってない感じかぁ……。

これは結構な量の食べ物貯めておかないとダメだなぁ……。

「じゃあ私少し外出てくるからお留守番お願いします」

「アリス、気を付けるんだよ」

「うんっ……」


食料を買いに街の中を歩いているが、見かけるのはプレイヤーばかりで住人の人がほとんどいない。

いても露店の人ぐらいで、近くに憲兵の人が立っているのが見えた。

おそらく警護としてあそこにいるのだろう。

そうでもしないと露店すら出せない状況なのだろう。

街を歩いていると、何人か集まっているのが見えた。

「西の森で一緒に薬草採取行く人はいませんかー？」

どうやら薬草を採りに行くために人を集めているようだ。

確か掲示板で注意として複数人で行動するようにっていうのもあったし、そういうので集めているのだろう。

まぁ薬草がないとポーション作れないで困るだろうし、少し手伝ってあげようかな。

「あの……私も手伝っていいですか……？」

「えぇもちろん！　有名な【首狩り姫】さんに手伝ってもらえるなんて光栄です！」

そこまで有名になりたくないんだけどなぁ……。

そして私が参加するということで、私以外に5人ほど参加表明がきた。

んー……私で効果があったならそれはそれでよかったのかな……？

「ではある程度人数集まったのでそろそろ向かいたいと思います」

合計7人かな？

まぁこれぐらいいればすぐ終わるよね。

普段ならぱぱっと移動するんだけど、他の人もいるしそこら辺は自重しよう。

門番さんも人数を増やしてかなり警戒してるようだ。

いつも通り挨拶をしても疲れているのか、素っ気ないように感じた。

やっぱり早いとこ七つの大罪をなんとかしないと……。

しばらく森を歩きつつ、薬草を回収していく。

最近は栽培してるからこの森には来てなかったけど、結構薬草が増えてるように感じた。

おかげで結構な数を採れている。

「さて、もう少し奥に行きましょうか」

「これぐらい採れたら十分じゃないかな？」

「いえいえ、数日あれば使い切ってしまう量ですしもっと採っておきましょうよ」

「はぁ……」

んー……。

何か引っかかるなぁ……。

確かに量はあったほうがいいけど、人を集める程警戒している人がそんな森の奥まで行こうとするかなぁ……？

まぁ気のせいならいいけど……。

「あんまり奥に行かない方がいいかと……」

「大丈夫ですよ。もう少しですから」

「もう少し……？」

そうして森の奥へ進んでいると、突然【感知】スキルに複数の反応が現れた。

「なっ!?」

私が反応した瞬間、左右からいくつもの魔法が飛んできた。

咄嗟に木の上に登って私は避けることができたが、他にいたプレイヤーは放たれた魔法に巻き込まれてしまった。

「酷い……」

「あーあー避けられちまったぜ」

「っ⁉」

下の方から声が聞こえたのでそちらの方を向く。

すると大柄な男が片手で斧を持ちながら下品な笑みを浮かべてこちらを見ていた。

「誰……」

「別に誰だっていいだろうが。お前はただ俺に狩られてりゃいいんだよ」

このタイミング…そしてPKを目的としている……となると……。

「七つの大罪……」

「なんだよ、俺らの事知ってんのかよ。なら一応名乗っといてやるか」

そう言うと男は自らが何なのかを名乗った。

「俺は七つの大罪の幹部、暴食のグラだ。あぁ、覚えとかなくていいぜ」

すると周囲からぞろぞろとプレイヤーが出てきた。

およそ20人弱だろうか。

「それにしてもお前にのこのこついて来たやつらも可哀想になぁ。ついてこなきゃやられなかったのにな」

グラがゲラゲラと笑うと、それに呼応するように他のプレイヤーも笑い出した。

「おら降りてこいよ【首狩り姫】！　可愛がってやるぜ。まぁPKでだけどな！」

「……」

落ち着け。

あいつらは私を挑発して下に降りさせようとしているだけだ。

なら今のうちに知り合いに連絡を取って……。

「そういやお前、NPCを雇ってるらしいな」

は……？

「調べじゃガキの兄妹らしいじゃねぇか。くっくっく、この前のおっさんはあんまり楽しめなかったしなぁ。ガキなら泣き叫んで少しは楽しめそうだしなぁ」

あいつは何を言ってるの……？

「お前を人質にでもすりゃあいつらのこのこ来んだろ。そしたらお前の目の前で殺らしてやるから楽しみにしとけ！　ガハハハハハッ！」

サイを……リアを……殺す……？

何を言っているのか理解できない……。

いや、頭が理解しようとするのを拒んでいる。

「あぁ、それよりもそのガキども人質にしてお前の幼馴染だっけか？　そいつをおびき出したほうが良さそうだな。あの女も良い感じだったから楽しめそうだぜ。まぁ男の方はつまんなそうだしお前と一緒に遊んでやった後PKしてやっから安心しな」

サイやリアだけじゃなくて……リンやショーゴも……？

「知ってるか？　性行為もこの世界じゃプレイヤー両者の同意がありゃできるんだってよ！　強欲のやつが言ってたから本当か知らねえが、ガキども人質にしてお前らで試すのもいいな！」

「グラさーん。そんなことしたら男のやつ泣いちまうじゃないですかー。まったく鬼だなーキヒヒっ！」

リンを……ショーゴを泣かせる……？

「あんないい女なのに手を出しとかねえからわりぃんだよ。まぁ順風満帆に育ったから世間っつーものを知らねえんだろ。まぁ俺が美味しく頂いといてやりますか！　ガハハハハッ！」

また……リンを……ショーゴをいじめるの……？

また……2人を泣かせるの……？

2人は何も悪いことしてないのに……。

2人を……2人を……2人ヲ…泣カセルノ……？

「おらさっさと降りてこいよ！　それともびびっちまったか！」

サイヲ……リアヲ……泣カセルノ……？

2人ハ……辛イメニアッタノニ……マタ……泣カセルノ……？

ナンデ……？

ナンデナンデ……？

アア……ソウカ……。

アナタガ……アナタタチガイルカラ……。

アナタタチガイルカラ……ミンナカナシム……。

アナタタチサエイナケレバ……。

契約内容に従い、契約者が対価を求めています。


頭の中に直接声が響いた。

対価……？

いいよ……全部あげる……。

だからアイツを……アイツラヲ……。

「――んだ……」

「あー？　つかあの蛇いつの間に出てた？」

キエロ……。

キエロキエロキエロキエロキエロキエロキエロキエロキエロキエロキエロキエロキエロキエロキエ
ロキエロキエロキエロキエロキエロキエロキエロキエロキエロキエロキエロキエロキエロキエロキエ
ロキエロキエロキエロキエロキエロキエロキエロキエロキエロキエロキエロキエロキエロキエロキエ
ロキエロキエロ……。

ワタシノタイセツナヒトタチヲキズツケルヤツラナンテ……。

ナカセルヤツナンテ……。

ミンナ……ミンナ……。

対価の受理――実行中――完了。

対価の譲渡――実行中――完了。

契約者の封印――解除中――解除完了。

大海魔リヴァイアサンの封印が解除されました。

大海魔リヴァイアサンのスキル修正――完了。

大海魔リヴァイアサンが本来の姿に戻ります。

大海魔リヴァイアサンの再封印まで残り00：20：00です。


「消えちゃえばいいんだぁぁぁぁぁぁぁ！」

私が叫んだ次の瞬間、レヴィはその小さな身体を眩く光らせ、クラー湖で私に見せていた契約前本来の巨大な姿を現し、足場となっていた木々を押し潰して降り立ち、同時に地面に強い衝撃を与えたため周辺に地震が起こったような強い揺れを発生させた。

私は本来の姿となったレヴィの頭に乗ったままグラたちを見下ろしている。

「GYUUUU！」

「なっなにぃっ⁉」

私は絶対に……あなたたちを……許サナイ……。

アナタタチモ……アナタタチニモ……イタミヲ……カナシミヲ……コウカイヲ……ゼンブ……ゼンブ……！

- -

先に帰ったアリサが心配になったので、帰りに電話をして晩飯などの用意を母にお願いしておいた。

そしてささっと食事と風呂を済ましてログインする。

ログインしてまず真っ先にアリスの家に向かう。

すると俺が来たことに気付いたのか、家の中からナンサさんが出てきた。

「おや、どうしたんだい？」

「えっと、アリスいませんか？」

「アリスならあたしらの食料を買いに行くって出て行ったよ。それにしては遅いねぇ……」

どうやらアリスはログイン後すぐに3人の食料を買いに出たらしい。

しかし、もう出てから一時間近く経っているという。

「仕方ねぇ、メッセージでどこにいるかを聞く……っ!? なんだっ!?」

アリスにメッセージを送ろうとした瞬間、大きな揺れと怪獣が出したのかと思わせるような鳴き声が西の森の方面から聞こえた。

「これは……まさか！」

「ナンサさんはこの怪獣みたいな鳴き声を知ってるのか!?」

「アリス……何故……」

ナンサさんは放心状態なのか、声の主が何なのか問いかけても答えてくれない。

しかし、アリスという名を呼んだことから何かしらの関係があるのだろう。

そしてアリスに関連した事として、迷宮イベントの時に見せたレヴィの姿がチラついた。

俺は急いでアリスの家から離れて森へと向かった。

リヴァイアサン。

旧約聖書にその名が記されている大海魔である。

その身体は恐ろしく巨大であり、泳いだだけで海を割るとされていた。

また、口から火を吐き、その際に鼻から黒煙を噴出すると言われている。

更に身体は硬い鱗で覆われており、あらゆる武器を撥ね返すとされていた。

その伝説はプロエレスフィでも同様だった。

しかし、プロエレスフィでは現実と異なり魔法も存在する。

では何故リヴァイアサンは恐れられたのだろうか。

その巨大さ故に恐れられた？

口から火を吐くから？

あらゆる武器を撥ね返すから？

生息地が海で魔法が使い辛いから？

確かにそれらは恐ろしいが、別の理由があったらしい。

かつてリヴァイアサンと対峙したことがある英雄はこう語ったとのことだ。

『リヴァイアサンですか？　えぇ、恐ろしい幻獣ですよ。魔法ですか？　もちろん効きましたよ。ですが物理攻撃はダメです。まったくダメージが通らない。あんなのがいるとは思いませんでしたよ。二度と戦いたくありません。いくらダメージを与えてもキリがないですからね』

『いえ、無敵ということではありませんよ。ちゃんとダメージは与えられました。ですが、攻撃しても攻撃してもすぐに回復されてしまうのですよ。あれがまだ子供ならなんとかなると思いますが、親なら無理ですね。あれは私が初めて出会った倒せないい化け物でしたね』


「GYUUUUUU！」

レヴィが七つの大罪たちを威嚇している。

最近取得したスキルの効果なのか、あいつらは足を動かせずにいた。

「うっ……うあああああ！」

立ち止まっている内の1人が、レヴィに恐怖したのか魔法を撃とうとした。

レヴィはその魔法を避けようとせずに尾を盾にして防ぐ。

そして防御に使った尾でそのPKを後ろの木まで叩き飛ばす。

「うがっ⁉　なっなんで痛みがこんなにっ⁉」

痛み？

あの驚き様だと痛覚軽減はかなり高そうだと思うけど、何かしたかな。

そういえば対価ってなんだったんだろう？

ステータスには異常ないし、身体にも変なところはない。

ということはスキルかな？

……あーなるほどね。

レヴィが嫉妬の悪魔だから、嫉妬する原因となるスキルが対価なのね。
そうだそうだ、レヴィのスキル見とかないと。

名前：レヴィ（大海魔リヴァイアサン）
―ステータス―
【牙】【渦魔法】【紺碧魔法】【紅蓮魔法】【物理無効】【物理遠距離反射】【偽りの仮面】【高度隠蔽】
【水術】【環境適応】【ＭＰ上昇＋＋】【自動回復＋】【状態異常無効】【ＡＴＫ上昇＋】【威圧】
特殊スキル
【体形変化】【痛みなくして得るものなし】

あぁ、ちゃんと封印解除されてるのね。
まぁそれは今はいいや。
たぶんあの痛みの原因はこれだね。

【痛みなくして得るものなし】：七つの大罪専用スキル。周囲５００ｍの痛覚軽減を50％に強制的に引き下げる。

まぁ私は常に痛覚軽減50％だからいいけど、あいつらはどうせ90％とか最低値にしているのだろう。
だから痛みに慣れていない。

「レヴィ」

「ＧＹＵＵ！」

「逃げようとしたやつを優先的に狙って。その時の殺し方はレヴィの好きにして。ただし、なるべく苦しめて」

「ＧＹＵＵＵ！」

さてと。

レヴィには指示をしたから私も動こうかな。

ＰＫたちは動こうとする度にレヴィが【威圧】を掛け、動きを封じる、もしくは鈍らせている。

私はそんな動けないやつらの四肢を切断していく。

まず足、そして立てなくなったら腕と。

次第に切り刻まれる恐怖を味わえばいいんだ。

そしてレヴィも、【威圧】の効果から逃げようとしたのを優先的に狙い、尻尾で叩き潰し、【紅蓮魔法】で焼き、それでも生き残ったのをその鋭利な牙で噛み裂いていく。

「うぎゃあああああ⁉」

「やっやめっ……ぐあああああ⁉」

「いてぇ……いてぇよぉ……」

「俺の腕が……足がぁぁぁっ⁉」

レヴィの【威圧】のおかげでそこまで時間を掛けずにグラ以外のＰＫを戦闘不能にさせることができた。

とはいえ、半分以上はレヴィが倒しちゃったんだけどね。

さてと、残りはグラだけだね。

あえて最後に残したんだよね。

レヴィも私の意図を読み取ったのか、グラには手を出さないでくれていた。

まぁそれで逃げるかもしれなかったのだが、レヴィの姿に驚いたのと【威圧】で動かないでくれたから無視してたのもあるけど。

「さて、残りはあんただけ」

「こっこんのクソガキィィィィ！」

グラは怒りのまま斧を持って私に向かってくる。

「GYUUU！」

「リンの分っ！」

「がっ⁉」

「ぐっ⁉」

私はレヴィの【威圧】によって動きを止めたグラの右足を【切断】した。

「ショーゴの分っ！」

バランスが崩れたグラの左足を【切断】すると、グラは正面から地面に顔を付けた。

「ぐああああっ⁉」

「そしてこれはサイとリアの分っ！」

「ぎゃぁぁぁぁぁっ⁉」

私は倒れたグラの背中に乗り、そのまま左腕と右腕を切断した。

「こっこのクソガキっ！　テメェこんなことしてタダで済むと思ってんのか⁉」

四肢を斬り落とされたグラが何か言っている。

とりあえずうるさいから肩を刺す。

「ぐぎゃぁぁぁぁっ⁉」

「あなたたちはいつもそうだよね……暴力を振るっておいて……都合が悪くなったら脅す……」

「なっなんのことだっ！」

「そうやっていつもいつも……悪びれることなくいじめる……」

「だからなんのことっぐがぁぁぁぁっ⁉」

私はそのままグラの肩に刺している脇差をグリグリと捻ったりする。

気付くとグラのＨＰが５割を切りそうなことになっていた。

いけない、と思って私はグラを上向きにさせる。

グラは何かと思って警戒するが、私は問答無用でポーションのビンをグラの口につっこむ。

「むぐっ⁉」

「あぁよかった。ＨＰ回復した」

「テメェっ！　何のつもりだっ！」

「だって、すぐに殺したらまた同じ事するでしょ……？　だから教えてあげないと……」

「なっ何をだよ……！」

「実感を伴わない痛みなんて理解するわけないってことを……。だから私が教えてあげるの……。あなたたちみたいなのに……」

グラはアリスをただのガキだと思って侮っていたことを後悔した。

そして恐怖した。

この少女の殺意と憤怒の目に。

「グッグラさんっ！　助けてくださいっ！」

「うっ動けねえんだよっ！」

「なんでこんなことになんだよっ！」

グラの部下たちは次々に悲鳴を上げ始めた。

さすがにうるさいので少し静かにさせよう。

「レヴィ、その一番右のやつ……」

「おっ俺っ⁉」

私はあえて一呼吸おいてレヴィに指示をする。

「丸呑みして消化して」

「ＧＹＵＵＵ！」

レヴィはその長い舌を使って右端の男を捕まえそのまま丸呑みする。

完全に呑まれる寸前まで叫び声を上げるが、次第にその声は聞こえなくなっていった。

グラの部下たちは顔を青ざめながら私に命乞いをし始めた。

「もっもうしないから許してくださいっ！」

「たっ助けてくれっ！」

「なっなんでもするから助けてくれっ！」

私はグラから移動し、先程何でもすると言った男に近づいた。

「なんでもするの？」

「あっあぁっ！」

「じゃあ……」

私は苗木を土で包むように右手に掴んで男の口の中につっこむ。

「そのまま後悔し続けて……？　【急激成長】」

「ゴブッ⁉」

一気に成長した苗木が男の身体を引き裂いていき、周りに血が飛び散る。

ちゃんと土に埋めてなかったためそこまで苗木は成長しなかったが、人１人を内部から引き裂く程度には成長していた。

私は飛び散った血に塗れた顔で残りの部下たちを見つめる。

「さて、あなたたちはどうしよっか……？」


悪夢だ……。

悪夢としか言いようがない……。

なんだあの女は……？

俺の部下を次々に惨殺している……。

木に逆さ吊りにされたまま頭を水の中に突っ込まれ溺死させられたり、【溶魔法】で徐々に身体を焼き溶かされたりされているやつもいた。

そして部下は全員殺され、残るは俺だけとなり、あの悪魔は俺の方へと戻ってきた。

「さて、残りはあなただけだけどどうしよっか……？」

「この……悪魔め！」

「……悪魔でいいよ……？　あなたたちみたいなのを消せるなら……」

ゾクッと恐怖した。

この女は善悪とかそういう区別じゃない……。

ただ自分の敵を消す事だけに盲進してやがる……。

「そうだなぁ……」

女は俺の処刑方法を考えているのか、うーんと声を出しながら悩んでいる。

そして何か閃いたのか手を叩く。

「あなたの手足がなくても苦しめられる拷問方法を思いついたよ……？」

処刑じゃなくて拷問だと⁉

あの女何企んでやがる⁉

俺はじたばたと暴れるが、女が俺の上に跨って動けないように身体を【植物魔法】か何かで固定した。

「さってと、行くよ……？　いーっち……」

「ぐっがぁぁぁぁっ⁉」

女はいきなり俺の左肩を脇差で刺してきやがった！

しかも最初に貰える初期武器でだ！

痛覚軽減が下げられてるのか、実際に刺されたような痛みが俺を襲う。

「にーっい……」

「ぎぃいいいいっ⁉」

「さーんっ……」

「がぁぁぁぁぁっ⁉」

「しーっい……」

「ぎゃぁぁぁぁぁっ⁉」

女は次々に刺す場所を変えて脇差を突き刺してくる。

痛みで頭がどうにかなりそうだ。

そしてもう何回目かわからなくなり、そろそろ俺のＨＰも無くなって死に戻りすると思いきや、女は俺の口にポーションのビンを突っ込んできやがった。

「よし、これでまだ大丈夫だね……」

嘘だろ……？

こんなのがまだ続くっていうのかよ……。

そして女は心が折れかけている俺に対して一言言った。

「ふふっ……大丈夫、ポーションはまだまだいっぱいあるからね……？」

その言葉を聞いた瞬間、俺の心は折れた。

死に戻りしてももうＰＫはやらない。

いや、ＮＷＯにすら入らない。

ただストレス解消でやっていただけなんだ。

もうPKなんて絶対にしないからっ！

だから誰かっ！　誰か助けてくれぇぇぇぇぇぇぇっ！


「アリスっ！　どこにいるんだっ！」

道中リンと合流した俺はひたすら鳴き声が聞こえる方角に足を進ませる。

「アリスっ！　どこにいるの！」

しかし、次第に鳴き声は消え、代わりに小さく叫び声が聞こえてきた。

俺たちはアリスと違って森での移動に慣れていないからどうしても時間が掛かる。

そして森に入って30分程経ったのか？

辺りに血が飛び散っている場所に出ることができた。

「アリスっ！」

俺はその惨状の場に1人立っている着物の女性を見つけた。

すると着物の女性もこちらに気付いたのか、走って駆け寄ってきて抱き着いて来た。

「ショーゴ！」

「アリス……これは一体……」

辺りには血だけでなく、プレイヤーの死骸などもそこらに落ちていた。

しかも五体満足ではなく、千切れたものや焼死体、更には水死体なども複数あった。

「ちょっとＰＫに襲われちゃったんだけど、もう大丈夫だよ。全員倒しちゃったからっ！」

「これをお前１人で……？」

「レヴィもだよ。今は再封印されちゃったけどね」

「レヴィに封印……？　アリス、何を言っているの……？」

リンは迷宮での事を知らないから困惑しているようだが、俺は嬉しそうに言うアリスの方に違和感を覚えた。

しかもこの様子……どうもいつものアリスとは違うように感じた。

「それにしてもあたしと一緒に来ていたプレイヤーには可哀想なことしちゃったなー……。まぁ、あたしを狙ってきたらしいし、今回は仕方ないよね」

「あたし……？」

「んっ？　どうしたのショーゴ？　具合でも悪いの？」

今ので違和感が確信に至った。

俺は抱き着いて来たアリスを剥がして問う。

「お前は……誰だ？」

「ショーゴ……？」

「誰って……あたしはアリスだよ？」

「違う！　本物のアリスをどこにやった！　答えろっ！」

目の前にいる女に対して俺は敵意を剥き出しにするが、女は少しため息を吐いて答えた。

「そんなに興奮しないでよ。アリスはあたしよ」

「お前いい加減にっ！」

「そう怒らないでよ。アリスはあたしで、あたしもアリスなのよ」

「そんな頓知に付き合うつもりはねぇ！」

目の前の女は頭を掻きながら困ったように尋ねる。

「じゃあ質問したら？　あの子しか知らないような事とかを」

「……今日のアリスの講義は何限までだ……」

「4限。それでショーゴとリンは5限まで」

「っ！　じゃあこの前俺の誕生日の日にお前の親が夜ご飯何にするか言ったよな！」

「お赤飯でしょ？　あの子は意味わかってなかったっぽいけど」

「……じゃあ……アリスが子供の頃入院した原因はなんだ……」

「……リンとショーゴがいじめられてたのを助けようとして取っ組み合いの喧嘩になった際、吹っ飛ばされて木に頭をぶつけて縫うことになったから。まぁそれ以外にも擦り傷とか色々あったけどね」

俺は信じられなかった。

目の前にいる女は紛れもなくアリスだということに。

それだけに気持ちが抑えられない。

「なら本当のアリスはどこにいんだよ！」

「これだけ説明しても納得しないのね……。まったく、久々に会ったっていうのに……」

「久々って何のこ……と……」

目の前の女は、昔アリスが稀に一瞬見せたような表情を見せる。

俺は身体の血が一気に冷めていくのを感じた。

まさか……。

「お前は……アリスの……」

「えぇ、そうよ。あたしはあの子……アリスの裏の人格……っていうのは少し違うわね……」

目の前の女は自分が何者かを説明しようと悩んでいる。

そしていい考えが浮かんだのか説明を続けた。

「あたしはアリスの負の感情からできた元々は薄っぺらい存在。でもこの不確かな世界によってちゃんと形になった存在。そうね……アリ……ウ……ク……ツ……うん、アリカって名乗っとこうかしらね。便宜上はね」

目の前の女、アリカは俺たちに対してそう答えた。


解離性同一障害。

所謂多重人格と言われるものだ。

原因としては幼い頃に大きな精神的ストレスを受けたことによって起こり、それらの苦痛から自身の心、すなわち精神を守る為に別の人格を生み出してしまうことである。

しかし、幼い頃からアリカがいたならば、何かしらのきっかけでアリサとアリカは入れ替わっていたはずだ。

それにも拘わらず、アリカが正悟や鈴と話したことは一度もなかった。

では何故だろうか。

答えとしては、アリカが今まで自我を持っていない表面的なものであったからではないかと思われる。

元々はアリサの強い暴力性が因となったのがアリカだ。

事実、アリサが退院してから学校へ行った次の日、正悟と鈴がいじめっ子から言葉による暴力があった際にアリサの意識が無くなり、いつの間にか箒の柄を持ってそのいじめっ子に襲い掛かろうとしていたのを正悟と鈴に止められていた事があった。

これが最初にアリカが出てきた時だと思われる。

しかし、その後にアリカが出てくる事はなかった。

これはアリカが出てくるきっかけが正悟と鈴に起因したため、2人が傷つけられなかった場合にはそのきっかけがないからアリカが出てこなかっただけではないのだろうか。

しかし、解離性同一障害はあくまで自身に対してのストレスが主な要因となっている。

それが他者のために起こるというのは特殊な例だと思われる。

では何故そのような事になったのか。

それはアリサの幼少期に起こった出来事がそのきっかけだった。

アリサの幼少期に彼女の母の姉が事故で亡くなってしまった。

当時3歳のアリサには、何故母が泣いているのかがわからなかった。

しかし1つだけ分かった事は、大切な人がいなくなるのは悲しいこと、ということだ。

これがアリカを生み出すための種火となったのだ。

そして幼馴染であり大切な人である正悟と鈴がいじめられた時、その種火が燃え上がりやがてアリカを生み出した。

しかし自身のためではなく他者のためという特殊な生まれ方。

それゆえにアリカには自我が作られなかった。

しかし、今回の七つの大罪による事件によって引き起こされた強い暴力性の発現、そして現実でなく仮想世界という不確かな電脳世界。

この二つが組み合わさった事により、本来形になるはずのなかったアリカが形となった。

そして今、自我を持ったアリカがショーゴとリンの目の前にいる。


「そんなに驚いた顔しないでよ。別に表層的なあたしは見たことあるんだから」

「そんなこと言われてもな……。それより……この現状を作ったのはお前か……？」

「……えぇそうよ。あたしがやった。まぁレヴィの封印解除まではアリス……わかりやすいようにアリサにしとこうかしらね。どうせ二人しかいないし」

「アリサは無事なのか！」

「えぇ。と言っても今は眠っているけどね」

その発言に俺は胸を撫で下ろす。

少なくともアリサは無事ということがわかった。

「さてと、七つの大罪も返り討ちにしたことだしそろそろ拠点に戻りたいんだけど、一緒に帰ろうよ正悟、鈴」

「……ちょっと待てアリカ……」

「なぁに？」

アリカは俺の横を通り過ぎてゆっくりと歩きだす。

そのアリカに俺は1つ問う。

「……お前がそのままログアウトしたらアリサに戻るのか……？」

俺がそう問うとアリカはくすっと笑い答えた。

「戻らないよ。ずっとあたしのまま。でも安心して。アリサが消えるわけではないからたまーにならら会わせてあげるから」

「なっ⁉」

「何を言っているの⁉」

「あったりまえじゃない。せっかく自由にできる身体を手に入れたのにそれをあっさり返すわけないじゃん。あっ、もしかして性格が変わったって不審に思われるんじゃないかって思ってる？　大丈夫、ちゃんと普段はアリサを演じるから！」

「そっそういうことじゃねえ！」

「じゃあアリサがやらないような事をすればいいのかな？　別にあたしは正悟に抱かれても全然問題ないよ。むしろ抱いてほしいぐらいだもん。あの子ったらそっち方面にもそこまで詳しくないもんだから今まで大変だったでしょ？　でも大丈夫。これからは一杯そういうことしてあげるからっ！」

「お前っ！」

「あっもしかして鈴も一緒じゃないと嫌だ？　そういう事なら先に言ってよー」

「そういうことじゃねえ！」

俺は大声で叫ぶ。

アリカは叫んだ俺をじっと見つめる。

「アリサを……返せっ！」

「嫌って言ったら……？」

俺は無言で新しく手に入れた剣を抜いて構える。

「ショーゴ……」

リンは心配そうに俺の袖を掴む。

「心配すんな。必ずアリサを取り戻す」

「へー……力ずくってことねぇ……。そういうのあたしは嫌いじゃないわよー？　でもその剣見たところ刃が無いように見えるけど、そんなのであたしを止められるとでも？」

「あぁ……必ず止める！」

「ふぅーん……」

そう言ってアリカは脇差を抜いた。

「リンにやる気はないようだし手は出さないでおいてあげる。まぁ苦しむ正悟を見るのも悪くないかもねっ！」

アリカは地面を蹴り俺に近づいて来た。

「くっ！」

俺は剣を横に振るが、アリカはそれをしゃがんで避ける。

「遅いよっ！　『アースシールド』」

「がっ⁉」

アリカはしゃがんだ際に地面に手を突き、射出台のようにアースシールドを俺にぶつけた。

そのせいで俺は後ろに飛ばされる。

「さすがの正悟も可愛い幼馴染は斬れないってことかしらね」

「アリカ……」

「まぁ倒しちゃったら逃げられたのと一緒だから倒せないってのはあるけどねっ！」

「くそっ！」

アリカは俺が倒せない事を良い事に攻撃を仕掛けてくる。

ＨＰが徐々に削られていく中、俺がアリカに当てられたのは2発だけだった。

変則的で型のない戦い方。

そして森というアリカの得意なフィールド。

これがアリサが積み上げてきた物なんだと実感させられた。

「それにしてもいい加減武器変えたほうがいいんじゃない？　まったくダメージになってないけどそれでいいの？」

「はぁ……はぁ……」

「……そっか、ならそのままあたしに倒されるまで意地を通してればいいよっ！」

「っ！　そこだっ！」

アリカが少し焦ったのか、すれ違い様に斬る事が出来た。

よし、これで時間内に3回目だ。

「まだそんなやる気があったんだ。でももう終わりにするよ！」

アリカは脇差で俺を袈裟斬りするように斬りかかってきた。

それを俺は剣を盾にして受け止める。

「……えっ……？」

斬りかかったアリカがその場に立ち止まった。

その右手に握られていた脇差が防がれた衝撃で後ろに飛んで行ったことに驚いたためである。

「なん……で……？」

何で攻撃したあたしが脇差を飛ばされたの……？

「はぁっ！」

「っ！」

あたしは攻撃してきた正悟の剣を避けて飛んで行った脇差を掴みに行く。

そして違和感に気付いた。

「握った……感触がない……？」

確かに今あたしは脇差を握っているはず。

なのに触っているという感触がない。

「ようやく気付いたか」

「正悟……これは一体……」

あたしが正悟に問うと、正悟は手に持っている剣を見せてゆっくりと説明してきた。

「この剣の名前は斬感剣。文字通り相手の感覚、五感を斬る剣だ」

「五感を……斬る……!?」

「斬ると言っても色々制限はあるがな。モンスター相手には使えないし、連続で効果が発動するまでの時間制限もある。それに攻撃力もほとんどない。いわば対人特化の武器だ」

「そっそんな武器どこで手に入れたのよ！　第一、そんなレアなアイテム手に入れられる場所なんて……て……！」

そうだ、1つだけある。

先の迷宮イベントの突破報酬のランダムアイテムボックス……。

確かランキング報酬にはあのような効果の武器はなかったからあれしかない……！

それにしても……。

「それを引き当てたっていうの……？」

「そうだ。そしてこの剣は相手を傷つけずに押さえつけるための武器だ。今のお前を止めるためにはぴったりの武器だ」

今の今まであたしは3回攻撃を食らっている。

3回目で触覚が無くなったとしたら、残りは視覚と聴覚ということになる……。

やばいっ！

そう思って木の上に逃げようと地面を蹴ろうと意識して更にまずいことに気付く。

「地面を蹴った感触が⁉」

普段と違う感覚で思った通りに力を入れているのかわからない。

先程までは無意識でやってたからなんとか動いていたが、意識してしまった今ではその感覚がわからなくなってしまった。

そのせいであまり飛ぶことが出来ず、正悟に追いつかれてしまう。

「はぁっ！」

「っ⁉」

正悟に斬られた瞬間、あたしの視界が闇に染まった。

斬られたせいで視覚が封じられたんだ。

少しするとどさっと何かにぶつかった音がした。

かなり近い事からおそらくあたしが地面に倒れたのだろう。

そして今度は音も聞こえなくなった。

どうやら5回斬られて聴覚も封じられたようだ。

まさか正悟があんな武器を持っていたなんて予想外だった。

少し嘘けるぐらいで済ます予定だったのに……これじゃ予定外だよ……。

でも五感を奪われるってこんな感じなんだね……。

自分がどこにいるかもわからなくて……声を発してるのかすらわからない……。

……怖い……。

一人は……やだ……。

……でも……これはあたしがやると決めたことだから受けなきゃいけない罰……。

どんなに怖くても逃げちゃいけないこと……。

だって……あたしが逃げたらアリサが……。

あの虐殺がきっかけで2人に嫌われたらあの子の心が壊れちゃうから……。

だからあたしがやったことにするんだ……。

そんな事を考えていると突然目に光が入ってきた。

それと同時に音や触覚などが戻ってきた。

「一体……何が……」

「正悟……鈴……?」

「ようアリカ、捕まえたぞ」

目が慣れてよく見てみると、あたしは正悟と鈴に抱き着かれて捕まっている状態だった。

正悟にハラスメント警告出てないなと思ったけど、正悟は真剣にあたしを捕まえるために抱き着いているのだから平気だったのか。

「それで？　あたしを捕まえてどうするつもりなの？」

「アリサを出してくれ」

「……嫌だって言ったら？」

「出してくれるまで逃がさない」

「あたしが悲鳴を上げれば正悟が襲っているように見える状況なんだけど？」

「それでも構わない」

「アリカも正悟の性格わかっているでしょ？」

はぁ……。

本当に変なところで頑固なんだから……。

あたしは少しため息をついて答える。

「わかった……」

「じゃあ！」

「ただし、1つだけお願い聞いてくれる？」

「……なんだ」

「アリサを……決して怖がったり嫌わないでちょうだい……。あの子は何も悪くないの……。あの惨殺を行ったのは全部あたしだから……だからアリサは……」

少し涙目になりながら正悟にお願いすると、正悟はあたしの頭を優しく撫でてきた。

「アリサを守ってくれてありがとうな……アリカ……」

「もう……そんだけ優しくするならいい加減アリサか鈴のどっちか決めなさいよ……」

「うっ……」

「ふふっ言われちゃったわね正悟」

「うっせえわい！」

なんか悔しいから少し嫌みを言ってやる。

これぐらいはいいでしょ。

「じゃあ……アリサを起こしてくるから」

「あぁ……」

「あっその前に……」

「あらあら」

あたしは軽く正悟の頬に口を付ける。

正悟はその行為に驚いていたが、これぐらいは許してほしい。

さてと、眠り姫を起こしてこないとね。

あたしはそうしてアリサの意識の中へと入っていった。


私は気が付くと真っ暗な空間にいた。

気温としては寒くもないし暑くもない。

でも何も聞こえないし何も見えない。

そして何故だかわからないけどここから動きたくない……。

「まったく……いつまで閉じこもってるのよ」

誰……？

「あたしはアリカ。あなたの負の感情からできた存在よ」

アリカ……？

「そうよ。いいから早く代わりなさい。正悟が待ってるわ」

いや……。

行きたくない……。

「何で？」

ショーゴに……リンに……嫌われる……。

「あの虐殺が原因で嫌われるってこと？」

だって……私あんな酷い事を……。

いくら頭に血がのぼってたからって……あんな何度も何度も……。

「あれはあなただけの責任じゃないでしょ……」

でも……私はあの殺戮を……楽しんでた……。

苦しめて……楽しんでた……。

「あれはあたしが合わさっちゃった部分があるから仕方ないのよ。だからあなただけが悪いわけじゃない」

それでも……あれは私がやったこと……。

「そうだとしてもそのまま逃げ続けるの？」

どういうこと……？

「連中があのまま引き下がると思う？　そんなことは絶対にないわね。きっと報復してくるでしょうね」

なんで……？

私何かした……？

ショーゴやリン、サイやリアたちが何か悪い事でもしたの……？

「してないわ。でもそんなの理屈じゃないのよ。ただあいつらはＰＫがしたいだけ。だから狙ってきた。ただそれだけよ」

なんで……なんでよ……。

私はただ静かに暮らしたいだけなのに……。

「誰の差し金かは知らないけど、あなたが狙われた事実は変わらない。それでどうするの？」

どうするって……？

「戦うの？　それとも逃げるの？」

逃げる……？

「そう。逃げて安全になるまで七つの大罪たちから逃げ続けるの」

そんなことできるの……？

「さぁどうでしょうね。でもあたしは連中を倒さないとこの問題は解決しないと思うわ」

でも……怖い……。

「……それは七つの大罪がじゃなくて、２人に……いえ、皆に嫌われるのが怖いんでしょ？」

なんでっ⁉

「わかるわよ。あたしはあなたなんだから」

だったら何で……。

私の代わりにあなたがいればいいでしょ……。

「なら……あなたは正悟や鈴、それにサイやリアを悲しませたいの？」

え……？

「あなたがいないことを知った皆は悲しむでしょうね。それにルカや海花、それにアルトさんたちもきっと寂しがるでしょうね」

なんで……そんな……。

「そんなこともわからないの？　皆あなたの事が好きだからよ」

あんなことをした私に……愛される資格なんて……。

「あんなことねぇ……。……むしろアリサの状況を知った彼女たちの方がより酷い惨状にしそうな気もするんだけどね……」

何……？

「なんでもないわ。そうそう、愛される資格って言ったわね」

うん……。

「そんなもの必要なの？」

えっ……？

「人が1人でいられないのと一緒で、人が人と一緒にいることに理由なんていらないのかしら？」

理由なんていらない……？

「じゃああなたは正悟と鈴と一緒にいる事に何か理由があるの？」

私は無言で首を振る。

理由なんてない。

私は2人と一緒にいたいからいるだけ……。

「それに、あたしじゃあなたの代わりにはならないから。それぐらいわかるでしょ？」

……ごめんなさい……。

「それは待たせてる人に言うべきでしょ？」

うん……。

「さて、じゃああたしは休ませてもらうわね」

うん……。ありがと……アリカ……。

……あっ……。

「どうしたの？」

また……会える……？

「大丈夫よ。あたしは今回の件で自我を持ったし、あなたが望まなければ消えたりしないはずだから。それにあなたがあたしを理解したから問題ないわよ」

そっか……。

でも……私の負の感情のわりには優しい気がする……。

「それはあなたが基だからよ。下地が優しいならあたしもその影響を受ける。いくら負の感情と言っても、下地が湖だとして負の感情が池だとしたらそこまで影響はないでしょ？　それと一緒よ。まぁ殺意や暴力性で池まで行く大きさぐらいはあるんだけどね……」

うっ……。

「でもそれはあなたの大切な人を守りたいっていう裏返しだから、そこまであたしに悪影響を及ぼしてないのよ。それはあなたの美徳でもあり悪徳でもある。それはわかってちょうだい」

うん……。

「ほら、さっさと行きなさい。正悟と鈴が待ちくたびれてるわよきっと」

うんっ……。

行ってきます……。

「行ってらっしゃい、アリサ」


「んっ……」

目を開けるとそこにはショーゴとリンの顔があった。

「ショーゴ……リン……？」

「アリサっ！」

「アリ……サ……か……？」

「うん……」

アリカが2人と何を話してたかはわからないけど、かなり心配をさせてしまったようだ。

「ショーゴ……あの……」

「アリサっ！」

「しょっショーゴッ!?」

急にショーゴが今までで結構強かったのにより強く抱きしめてくる。

「ショーゴ……苦しいよぉ……」

「バカ野郎……心配掛けやがって……」

「ショーゴ……」

「そうよ……心配したんだから……」

ショーゴとリンの悲しそうな声を聞いて、普通に謝るつもりだったのに涙が出てきた。

「ショーゴぉ……リン……ごめんなさい……ごめんなさい……ごめんな……さい……」

私もショーゴの身体を強く抱きしめるとリンも後ろからぎゅっと抱き締めてくれる。

そして涙でぐちゃぐちゃな顔を見られたくないため、ショーゴの肩に顔を隠す。

「怖かったの……。２人に皆に嫌われちゃうのが……怖かったの……。だから……私……」

「大丈夫……大丈夫だから……」

そんなに……優しくしないで……。

私は皆を心配させたんだから……。

叱ってよ……お願い……。

「ごめっなさい……ごめんな……さい……」

「まったく……このままじゃ歩けそうにないな……」

「そうね。じゃあアリスのことはお願いね。私は周りを警戒するから」

「あぁ、頼む」

ショーゴは泣いている私を横にして抱き抱えた。

私は少し驚いたが、ショーゴの首に手を回してその胸に顔を埋める。

「さて、帰るか」

「うん……」

ショーゴはそう言って街に向かって歩き始めた。

そして空耳か何かが聞こえた気がした。

私はそれを無意識に口にしていた。

「止まない雨がないように……雨もいつかは止む……。そしたら日が照らしてくれる……」

「ん？　どうしたアリサ？」

「ううん……なんでもない……。それより呼び方はアリスにしといてね……」

「そうよ気をつけてねショーゴ」

「あっあぁ……悪い……」

雨はいつかは止んで日が照らす……か……。

……そうだね……アリカ……。


「はぁ……」

もうため息しかでんわ……。

「ジャック……。彼女にどう謝罪するつもりですか……？」

「そもそも許してもらえるかどうかが怪しいわ……。なんなん？　隠し球はあると思っとったけど、あんなもん予想外や！」

「私に八つ当たりしないでくださいよ……」

「とりあえず嬢ちゃんの要求を全部飲んで、その後自分らを好きにしていいっちゅーところかねぇ……？」

「そこで私たちを巻き込まないでくださいよ……。そこは腹くくってジャック1人で殺られてください」

「カニス君！　それ絶対殺す方の意味のやられてくださいやろ！」

「ともかく！　謝罪するなら早めにした方がいいですよ……？　引き伸ばししたら余計酷くなる気しかしません…」

「あのなぁ……カニス君……。1つお願いがあるんやけど……ええか……？」

「一緒には行きませんよ。1人で地獄に行ってきてください」

「カニス君の鬼！　悪魔！　自分1人で行って無事で済むと思うとるんかい⁉」

「思ってないので行きたくないんですよ。いい加減観念してください」

「はぁ……」

ほんまに嬢ちゃんの隠し球があんなドラゴンなんて知らんかったわ……。

それに七つの大罪始末しとる時の殺害方法が中々エグかったしなぁ……。

……自分……暴食と同じ感じで延々と脇差刺されるんちゃう……？

あー……あとで神様にお祈りしとかんと……。

「あぁ、ちなみにこの世界では神様は運営ですので多分通用しませんよ」

……自分……生きて戻ってこれるとええなぁ……。


森から帰ってきた私とショーゴとリンは、街にいたプレイヤーに抱き抱えられている様子を見られながら家へと戻ってきた。

そして、家にいたサイとリアとナンサおばあちゃんに心配かけたことを謝罪した。

それでアリカの事を皆に紹介しようと思ったんだけど……。


「ふっ！」

「ぐっ……あぐっ……」

「ひっ⁉」

「あー……リア……見ちゃダメ……」

私はリアの目を隠すように抱きしめる。

そして今現在、ショーゴにマウントを取られて殴られ続けている男がいる。

ギルド、グリムリーパーの団長のジャックだ。

ジャックは今回の件で、七つの大罪が私をターゲットにするように工作をしたことを謝罪しにきた。

好きなだけ殴ろうが刺そうがしてくれていいと言っていたが、私としてはサイやリアたちに危険が及ぶ可能性もあったので、サイたちに謝罪するよう求めた。

その後、サイたちに謝罪するまでは耐えてたショーゴがキレて今この現状である。

てかショーゴあれマジギレだ……きっと……。

ショーゴは1発殴った後リアからポーションを買い取り、ジャックにPVPを申し込んでずっと殴り続けては回復させを繰り返している。

てかかれこれ5分は殴り続けてる気がするんだけど……。

他人がキレてるところを見ると自分は冷静になるってホントなんだね……。

さすがのリンも怒ってはいたけどショーゴの姿を見て冷静になったようでじっと見ている。

とは言ったものの、どう止めればいいだろうか……。

するとアリカが私に代わってほしいとお願いをしてきた。

まぁ私じゃ何も思いつかなかったので、アリカにお願いすることにして入れ替わった。


「……ふぅ」

「ご主人様……？」

「あー……あとで説明するからちょっと待っててね。今はショーゴを止めないと」

アリカはショーゴに近づいて、殴ろうと上げていた腕を押さえる。

「正悟、その辺にしてあげて」

「……アリカか……」

「もう気は済んだでしょ。アリスももう怒ってないし、やめてあげて」

「……」

アリカがそう言うと、ショーゴは殴るのをやめてジャックから退いた。

アリカはそのままジャックに近づいて軽く手当をする。

「傷は顔だけってとこね。ならポーション飲んでおけばいいでしょ」

「いつつっ……なんや嬢ちゃん雰囲気変わったなぁ」

「おかげさまでね。それで？　死に戻りさせたやつらはちゃんと調べたんでしょうね？」

アリカの発言にジャックは何故その事を知っているのかと驚いた。

「人を囮に使っといて調べてなかったなんて言ったらホントに刺すわよ？」

「そこはちゃんと調べとるって……。それにしてもほんま別人やなぁ……」

「まぁ別人だしね。それで？　結果は？」

「えっと……主犯の男は死に戻り後すぐ牢屋行きや。それでグラのやつはあれからすぐログアウトしてたわ。その他のやつらも何人かはすぐログアウトして、残りの半分以上がギルド抜けてたわ」

「それ以外の残りは？」

「街の外出た瞬間にうちらでPKしまくっとる」

「上出来よ」

そう言ってアリカはジャックに背を向ける。

そして首だけ少し振り向かせて一言言う。

「正悟の分はその仕事分でチャラにしてあげる。だから残りは頑張ってね」

「へ？」

ジャックは何の事かと思ったが、すぐ後ろから悪寒を感じてぱっと後ろを向く。

そこにはとてつもない威圧感を放っている者たちが数人いた。

「アリスを……囮……？」

「お姉さんもお話聞きたいわねぇ～……」

「これは処してもいいってことですよね……？」

般若と化しているルカにククルたちがジャックに迫る。

ジャックは必死で言い訳などを言っているが、今の彼女たちには通用しないだろう。

アリカはやれやれ、と思いながらリアたちの元へ戻ってきた。

「まぁあれは自業自得ってことで……」

「ごっご主人様っ！」

「ん？　リア、どうしたの？」

「えっと……その……いつもと雰囲気が違うような気がして……」

「そうだね。説明しなくちゃね」

アリカは、自分がアリスから生まれた人格ということをリアたちに説明した。

リアたちはその話に少し驚いたようだったが、サイやナンサおばあちゃんが普通に接するため、次第にリアも気にしないようになった。

「それにしても精神を入れ替えて身体は問題ないの？」

「そこは大丈夫よ。むしろ主導権はアリスが強いからその気になればいつでも戻れるわ。あの戦いの時のような嘘は決してないから安心して」

「心配してるのはそこじゃないけど……まぁいいかしら」

「お姉様ぁぁぁぁ！」

「うっ!?」

4人と話が終わったと思ったら今度は海花が飛びついて来た。

「海花痛いんだけど……」

「お姉様ご無事でしたかぁぁぁぁ！」

「あーもう大丈夫だから離れなさいって！」

引っ付いてくる顔を剥がそうとしていると、海花はキョトンとした顔でアリカの顔を見つめる。

「お姉様……何か雰囲気違いますね？」

「あー……今のあたしはアリスとは違う人格だから」

「違う人格ってどういうことですか⁉」

「あー……めんどくさい……」

とりあえずアリカは引っ付いて来た海花を引き剥がして説明した。

「ということで、今ちょっとアリスと入れ替わってるってことなのよ」

「ドSっぽいお姉様もそれはそれで……」

「はぁ……。もう疲れたしアリスに代わるから少し支えてて」

「はっはいっ！」

そしてアリカは海花に身体を預けて意識を交代した。


「んっ……」

「おっお姉様……？」

「海……花……？」

あれ？　なんで海花までここに？

てかなんで私、海花に支えられてるの？

「お姉様に戻ったんですか？」

「……あぁ、アリカが全部説明したの？」

「はっはい！」

んー……。

アリカの時の記憶がないってことは、アリカが故意に共有しようとしてないってことだし、聞かせたくないような事をジャックに何か聞いたのかな？

まぁそれはそれでいいとして、ジャックは今度はルカたちに説教されてるのか……。

頑張ってね。

「それで海花は何でここに？」

「それはお姉様が大変な目にあったって聞いたからですよ！」

「誰からそれを？」

「お姉様と一緒に薬草採りに行ってやられてしまったプレイヤーが呼びかけていたんですよ。それを知ってあたしたちも急いで来た感じです」

あー……。

彼らが掲示板やら街やらで情報を流したんだろうね。

「それで？　死に戻りしたＰＫたちはどうなったの？」

「あたしが知っているのは主犯の男が捕まった事ぐらいですね。他はわかりません。そこの怒られてる男に先程、アリカお姉様が何か聞いてたように見えましたけど……」

ふむ。

ならアリカはその詳細を隠してるってところかな？

まぁ必要なら記憶を共有するだろうし、知らなくていいってことだね。

そういえばジャックは七つの大罪の中にスパイがいるんだったよね。

なら1つお願いしとかないと。

「ジャック」

「はっはい……って嬢ちゃんか、なんや？」

「アリスにあんなことしておいてその言葉遣いはなんなのかしらねぇ……」

「リン、ちょっと今お願いしたいことあるからストップ」

ジャックの言葉遣いに反応したリンを押さえて、ジャックに1つお願いする。

内容はＮＰＣに手を出さないようにする、というやつだ。

これさえ守ってもらえれば、サイやリアたちに危害が加えられることはなくなる。

私をターゲットにできるぐらいなのだから、それぐらいはできるはずだと思ったため、ジャックにお願いする。

「まぁそれを指示するのは可能やけど、通るかは別やで？」

「それならそれで教えて。対処しないといけないから」

「りょーかいや。後で連絡しとくわ」

「よろしく。じゃあルカ、再開していいよ」

「ちょっ⁉　そこは助けてくれてもええやないか！」

それはそれ。これはこれ。

説教は説教で受けといてね。

「それでお姉様はこれからどうするんです……？」

「どうするって言われてもなぁ……」

海花が心配してくれているが、正直私がターゲットにされている以上、七つの大罪を諦めさせないとどうしようもない気がする。

とはいえ、ジャックを通じてサイたちには手を出さないようにはできるから、あとは私がどうにかなればいいかな？

すると海花が心配そうに私の手を軽く握った。

「お姉様……」

「ん……？」

「お姉様が傷つくことで傷つく人がいるんですよ……？」

「海花……」

どうやら海花に心配させてしまったようだ。

私は軽く海花の頭を撫でてあげる。

そして頭を撫でている内に、海花の顔が崩れてきたので手を離した。

手を離すと海花がしゅんとした感じになったが、まぁ無視しておこう。

とはいえどうするかなぁ……。

一先ずはジャックの返事待ちかなぁ……？

［ペット］ペット総合スレＰａｒｔ３［もふもふ］

１：名無しプレイヤー
　ペット使い魔召喚獣なんでもござれ。
http：//******************←通常ペットとユニークペットの違い
http：//******************←現在見かけられたモンスターおよびペット一覧

１６７：名無しプレイヤー
そういや結局ペットが戦闘に参加してくれるのって親密度っぽいんだよな？

１６８：名無しプレイヤー
せやな
と言っても厳密には決まってるわけじゃないから確定じゃないけどな

１６９：名無しプレイヤー
まぁ持ってて困るものでもないしな　ＳＰ余ってるし

１７０：名無しプレイヤー
でもうちの子ボア可愛いんご

１７１：名無しプレイヤー
は？　うちのカーバンクルの方が可愛いし

１７２：名無しプレイヤー
そう喧嘩するなって　まぁ俺のグリフォンは最高だけどな

１７３：名無しプレイヤー

とりあえずペットは可愛い　これは譲れない

174：名無しプレイヤー

お前らのペット愛はわかったからちょっと話戻すぞ

175：名無しプレイヤー

＞＞174うい

176：名無しプレイヤー

今んところ幼獣持ってるやつで【成長】スキルがもう50いったやついるか？

177：名無しプレイヤー

＞＞176まだ27ぐらいでやっと折り返しだわ

178：名無しプレイヤー

俺もおんなじぐらいだな

179：名無しプレイヤー

えーっと……38です……

180：名無しプレイヤー

＞＞179ふぁっ!?

181：名無しプレイヤー

＞＞179一体何した!?

182：名無しプレイヤー

＞＞179うまい飯や危ない薬でも与えたのか!?

１８３：名無しプレイヤー
いえ……うちの子が自分が戦闘してる時に参加してきて、危ないと思ったんですけど普通に戦っている内になんだかいつもよりスキルのレベルアップが早くて……それでたまに一緒に戦闘を……

１８４：名無しプレイヤー
なん……だと……!?

１８５：名無しプレイヤー
幼獣を戦わせる……だと……!?

１８６：名無しプレイヤー
そんな発想にいたらなかったぞ……

１８７：名無しプレイヤー
言われてみれば確かに動物って食事をするために狩りの練習したりするもんな……

１８８：名無しプレイヤー
でも幼獣を戦わせるなんて……俺にはできない！

１８９：名無しプレイヤー
俺にもできない！

１９０：名無しプレイヤー
でも有益な情報サンクス　しかしなかなかキツイな……

１９１：名無しプレイヤー
早く成長させるために戦わせるか……それともゆっくりでいいから安全に成長させるかか……

192：名無しプレイヤー
悩ましいな……

193：名無しプレイヤー
あーすまん　流れを切るようだが、エアスト周辺の西の森でいきなり怪獣のような鳴き声が聞こえたんだが誰か何か知ってるか？

194：名無しプレイヤー
すまん、今イジャードにいてわからん

195：名無しプレイヤー
俺はヒストリアにいるが特に何も聞こえんかったな

196：名無しプレイヤー
俺今エアストにいるが、いきなり地震起こったな　その怪獣が原因かな？

197：名無しプレイヤー
俺今ハーフェンだけどなんか港のおっさんたちが騒いでるわ
何やら昔暴れてた幻獣に似たような鳴き声らしいって

198：名無しプレイヤー
昔そんなのが暴れてたのかよ……こわ……

199：名無しプレイヤー
いやいや待て　そんなのがエアストの森に現れたんか……？

200：名無しプレイヤー

イベント発生かな……？（白目

201：名無しプレイヤー
てか別の情報で森に今話題の七つの大罪もいるらしいんだが……

202：名無しプレイヤー
まさかあいつらがその怪獣を……？

203：名無しプレイヤー
それならもっと前からやってるだろ　とすると……

204：名無しプレイヤー
うっかり封印を解いたか、森に誰か封印されてた幻獣持ちがいたか……か……

205：名無しプレイヤー
そもそも封印されてた幻獣持ちって誰かいるんか……？

206：名無しプレイヤー
あの怪獣のような叫び方とすると……ゲームでよく聞いたドラゴンっぽかったけど……

207：名無しプレイヤー
ドラゴンなんて誰も持っていなかったし……謎だ……

首狩り教本部［転用禁止］

1：首狩り教教祖
ここは我ら首狩り教の使徒であらせられる【首狩り姫】様を崇める場所である。

入信を希望する者の条件
1：【切断】スキルの所持
2：モンスターの首を本部に持ってくること
3：【首狩り姫】様に迷惑を掛けない
これら三点を守れる者を歓迎しよう。

54：首狩り教教祖
私も段々動きのあるものの首を斬る事ができてきました。
とは言ってもまだゆっくりなものですけどね。

55：首狩り教教徒
さすが教祖様！　私はまだ動きが封じられているのしか無理です……

56：首狩り教教徒
ですが、次第に自身の技術が向上しているのがわかります！

57：首狩り教教祖
私はかつて闘技イベントであのお方の戦いを拝見した。
そこで不遇とされていた【切断】スキルをああも見事に使いこなしている姿に感動を覚えた。
そして今、同じ志を持った同胞と共にギルドを作るまでに至りました。

58：首狩り教教徒
教祖様！

59：首狩り教教祖

私たちはただ新しい世界を求めてこの世界にやってきたのでしょうか？
60：首狩り教教徒
否！　否！
61：首狩り教教祖
私たちはただモンスターを作業のように狩る為にスキルを上げているのですか？
62：首狩り教教徒
否！　否！
63：首狩り教教祖
そう、私たちは新しい刺激を求めてこの世界にやってきた。
ただただ消費するだけの戦闘など無意味だ。
だからこそ一芸と言われた【切断】スキルの判定のシビアさと求められるＰＳに魅かれた！
64：首狩り教教徒
然り！　然り！
65：首狩り教教祖
ならばこそ我らはひたすら敵の首を狩る事だけに全能力を使うことも厭わない！
66：首狩り教教徒
然り！　然り！
67：首狩り教教祖
あぁ……我らが使徒の【首狩り姫】様よ。

貴女様のその身のこなし、そして敵の首を狩る時の華麗さ。
我らなど足元にも及びません。
ですが!
いつかその爪の先程の小ささでも届くように努力してまいります!
68:首狩り教教徒
しかし未だ教団の団員数は少ないです。
やはり我々の技術がないばかりに……。
69:首狩り教教祖
焦る事はありません。
私たちは少しずつ成長していけばよいのです。
70:首狩り教教徒
教祖様!
71:首狩り教教徒
お話し中のところすみません。
急ぎご報告したいことがありましたので報告させていただきます。
72:首狩り教教祖
構いません。
報告をどうぞ。
73:首狩り教教徒

ありがとうございます。

ではご報告をさせていただきます。

先程エアストに移動したところ、ＰＫギルドである七つの大罪に使徒様が襲われたという情報を手に入れました。

しかし、その数分後に七つの大罪と思しきやつらが教会で復活しました。

そしていつになっても使徒様が復活されないため、撃退したのではないかと推測されます。

74：首狩り教教祖

我らが使徒様を襲撃するとは……なんたる所業！

ですが使徒様がご無事であって何よりです。

お怪我の方はどうでしたか？

75：首狩り教教徒

はい。

教会を出た後に西の城門で待機していたところ、使徒様とその幼馴染の男性と女性が戻ってきました。

ですが……。

76：首狩り教教祖

もしや酷く傷ついていたと!?

77：首狩り教教徒

いえ……その……。

とても言いにくいのですが……。

……その幼馴染の男性の首に手を回してしっかりと抱き着いていたのです……お姫様抱っこをされながら……。

78：首狩り教教祖
…………。

79：首狩り教教徒
教祖様、やっぱり幼馴染の男は処したほうがよろしいのではないですか？

我々が使徒様の迷惑にならないようにすると決めていましても限度というものが……。

80：首狩り教教徒
>>79あなたも落ち着きなさい……。
確かに使徒様には男性と女性の幼馴染がいます。

ですが、七つの大罪に襲われて怯えていたのを彼が助けてくれたのかもしれません。

それを一方的に責めるというのは些か問題があると思います。

81：首狩り教教祖
そうですね。

しがみついていたのは怖がってたからかもしれませんね。

ここは冷静になりましょう。

そもそも私たちは技術を上げることを目標としていて、使徒様の恋路を邪魔するために教団を開いているわけではありません。

ですので、使徒様がどのようなお付き合いをされても私たちには邪魔をすることはできないのです。

いいですね？

82：首狩り教教徒
はっ！

些か頭に血がのぼっていたようです……。

反省として今日のノルマを1体増やして2体にします！

83：首狩り教教祖
わかればよろしいのです。

では皆さん、今後とも修練を怠らないようにしましょう。


―とあるチャットルーム―

傲慢：皆集まっているな
怠惰：暴食さんいないよー……？
憤怒：あいつ返り討ちにされたって聞いたがなんで来ねえんだ？
色欲：私は何も聞いていませんが、何かありましたか？
嫉妬：首狩り姫……妬ましい……
傲慢：暴食はNWOをやめるからギルドを抜けると連絡が来た。他にも数人脱退申請が来たため承認した

強欲：あいつに何があったんだ？　返り討ちに遭った程度でやめるやつじゃねえだろ
色欲：そうですね。一体何があったのですか？
傲慢：理由は話そうとしなかった。ただ首狩り姫の逆鱗に触れるな、という事だけを言っていた
怠惰：んー……なんだろうねー……
憤怒：首狩り姫が怒ったぐらいでやめるような奴じゃないと思うがな
色欲：事情はわかりませんが、彼女の逆鱗とはなんでしょうね？
強欲：大方NPCや友人の事だろ。あいつは自分の事より他人の事を気にするタイプだろ
怠惰：じゃあNPCやその友人には手を出さない方がいいねー……
色欲：では次は彼女だけをターゲットとして複数人で掛かりますか
嫉妬：なら僕も行く……
憤怒：複数でいいなら俺にも行かせろよ！　いいだろ！
傲慢：まぁ良いだろう。ただし、監視として色欲も付いていけ
色欲：わかりました

色欲さんがログアウトしました。
嫉妬さんがログアウトしました。
憤怒さんがログアウトしました。

傲慢：話は以上だ

強欲：傲慢
傲慢：どうした
強欲：このままでいいのか
傲慢：……そろそろ引き時かもしれないな
怠惰：ＮＰＣに手を出したのはまずかったねー……
強欲：少し大きくなりすぎたな
傲慢：そこは私のミスだ。けじめは付ける
強欲：変なところ真面目ぶりやがって
傲慢：別に二人とも抜けてもいいんだぞ？　今なら名前も顔も知られていないだろう
強欲：怠惰はともかく俺は知られているから今更だな
怠惰：僕はめんどくさいから動いてないだけだしー……
傲慢：それで？　スパイ活動はもう終わりにするのか？
強欲：何のことだ？
怠惰：んー……？
傲慢：いや、他のギルドのスパイならお前ら２人の内どちらかと思っただけだ。違うなら違うでいい。まぁ後でこのログは消しておくから心配しなくていい
強欲：要はＮＰＣの事件がきっかけで、うちらに制裁を仕掛けるためのスパイが俺か怠惰ってことか？
怠惰：スパイしたからって何か変わるのー？

傲慢：ターゲットを選ぶ事は出来ただろ？　あとは今回ＮＰＣを狙わないっていうところか
怠惰：それに何か違和感あったっけー……？
傲慢：いや、私が気になっただけだ。言っただろう？　違うなら違うでいいと。まぁ私としては最
高戦力がスパイだとしたら頭が痛いがな
怠惰：僕が最高戦力とかないないー……強欲さんと傲慢さんの二強だってー……
強欲：怠惰のそういう所が食えねぇよ。この昼行灯が
傲慢：っふ、そういうことにしておこう。ではログを消す作業があるから二人は先に落ちててくれ
怠惰：うんー……お疲れー……
強欲：おう

怠惰さんがログアウトしました。
強欲さんがログアウトしました。
メッセージを削除しました。
傲慢さんがログアウトしました。
チャットルームには誰もいません。

「うーん……」

私は自分のステータスを見て喉を鳴らしながら唸る。

—ステータス—

SP：14

【刀Lv7】【AGI上昇+Lv13】【MP上昇+Lv8】【STR上昇+Lv1】【感知Lv8】【隠密Lv6】【解体士Lv3】【切断術Lv4】【大地魔法Lv7】【重力魔法Lv6】

特殊スキル

【狩人】

控え

【刀剣Lv1】【童謡Lv1】【ATK上昇+Lv2】【料理Lv25】【調合士Lv2】【栽培Lv17】【錬金Lv1】【鑑定士Lv6】【採取士Lv9】【梟の目Lv6】【童歌Lv6】【漆黒魔法Lv5】【DEX上昇+Lv3】【収納術Lv7】【山彦Lv23】【成長促進Lv4】【急激成長Lv4】【水泳Lv28】【操術Lv3】【変換Lv7】【付加Lv15】【取引Lv14】【集中Lv3】【紺碧魔法Lv1】【紅蓮魔法Lv2】【霧魔法Lv1】【溶魔法Lv2】【植物魔法Lv1】【幻魔法Lv2】

「まぁそういうことなんだよね……」

【刀剣】と【童謡】のスキルレベルが1になっているということは、この二つが対価だったのは間違いない。

レヴィの封印解除時に1度見た記憶はあるんだけど、正直あまり覚えてなかった。

なので落ち着いた今、再度確認をしている。

レヴィの対価についてはおおよその見当は付いた。

おそらくだが、スキルレベルがカンストしているものが対価となるのではないかと考える。

あの時私は全部持っていっていいとレヴィに言っていたので、ランダムだとしたらその二つだけが選ばれたのはおかしいからだ。

となると、先程の考えが正しいのではと考えた。

しかし……。

「でもそうすると、レヴィの封印を解除するのは当分できないってことなんだよね……？」

もう対価となるカンストスキルがないため、レヴィの封印を解除する手段がないのだ。

「まぁそれもあるけどこれもだよねぇ……」

私は掲示板を見て失敗したなと思った。

それは私がグラたちに襲われた時に、レヴィの封印が解除されたため、近隣の街に色々と影響があったのだ。

そして掲示板では謎の怪獣が出現！　といった具合に色々な憶測が飛び交っていた。

しかもその怪獣はドラゴンではないかとも言われていた。

「レヴィどうしよっか……？」

「キュゥゥ……？」

まぁ言われても困るよね。

てかさ……。

「2人とも離れない……？」

「やっ」

「そうです！　嫌です！」

今私は、ルカと海花に挟まれる形でくっつかれていた。

ルカはジャックのお仕置きが終わってこっちに戻ってきた途端、私にしがみついて離れようとせず、海花は海花でルカがしがみついたのに対抗して私にしがみついて来た。

「それでジャックは？」

「今頃はレオーネ辺りにやられてる」

話を聞いてみると、どうやらジャックは銀翼のギルドホームの訓練場で皆からぼこられているようだ。

しかもその数は1人5回では済んでいないらしい。

ルカは7回で切り上げたので、このぐらいの時間になったとのことだ。

「でも2人ともいつまでもこうしてるわけにはいかないでしょ……？」

「やっ……」

「嫌です……」

どうしようかなと考えていると、しがみついている2人の身体が震えていた事に気付いた。

「2人ともどうしたの……？」

「……アリスが傷つくの、見たくない……」

「あたしも同じ気持ちです……ですから離さないようにしているんです……」

「私はどこにも行かないよ……？」

「そういうことじゃないっ！」

「っ⁉」

普段大人しいルカが突然大きな声を出した事に私たちは驚いた。

ルカの方を見てみると、ルカは目に涙を浮かべていた。

「ルカ……」

「そういう……ことじゃない……」

ルカの様子を見て海花が腕を離してくれたので、私はルカを慰めるために正面に抱き寄せる。

何でルカが泣いてるのかわからないけど、少なくとも私の事で泣いているんだろう。

私はそんなルカをそのまま放置することはできなかった。

「ルカも……海花もありがと……」

「お姉様は優しいですね……。……そんなお姉様だからあたしたちは……」

「海花……？」

「なっなんでもありません！　ともかくあたしたちはお姉様の味方ですから！」

「うん……ありがと……。……海花も来る……？」

なんだか仲間外れは可哀想だなと思ったので、海花も来るか聞いてみた。

私が提案すると、海花は少し躊躇ったが、少し照れながらゆっくりと抱き着いて来た。

まったく……仕方ない友人たちだなぁ……。

でも……なんだか温かいね……。

「で、私が戻ってくるまで3人でそうしてたの？」

「まぁ……そうなるね……」

最初はショーゴの件で怒りを抑えられていたリンだが、やっぱり1度きっちりお仕置きをしようということで席をはずしていて、ちょうどお仕置きという名の殺戮を終えて私たちの元へと戻ってきた。

私に抱き着いているルカと海花の様子を見て、リンはどうしようかと少し困っているようだ。

レオーネとクルルはどうしたのかと聞いたところ、2人は私に会うとまた怒りが込み上げてきそうだから今日はやめとくと言って、ショーゴたちを呼び戻して狩りに向かったらしい。ショーゴ、がんばれ。

「それにしてもベッタリねぇ～……」

「まぁ仕方ないかなって……」

2人は私を心配してこうなっているんだし、しばらくは好きにさせてあげようかなーと思ってる。

「それでアリス、今後どうするの？」

「どうするのって言われてもなぁ……」

今後も別の七つの大罪の人たちが私を襲ってくるかもしれない。

とはいえ、ジャックにＮＰＣは狙わない様にしてとは言っているので、私以外についてはなんとかなるのではと思っている。

だから私があの人たちにやられれば事が収まるかもしれない。

でもそれはリンやルカ、それに海花たちを悲しませることになる。

しかし、事が収まるまで引きこもっているわけにもいかないため、どうしようかなと悩んでいる。

「アリス、しばらく銀翼と一緒に活動しない？　あそこならそうそう手出しできないし、団長も事情を説明すれば許可してくれるはずよ」

「んー……」

正直ありがたい話なんだけど、それで大丈夫なのかなと不安が残る。

「迷惑なんてことはないから大丈夫よ？」

「嬢ちゃんの心配してる事はそうやないやろ」

「ジャック……」

悩んでいる私に先刻までボコボコにされていたはずのジャックが現れて口を挟む。

リンとルカはジャックに対して睨みつけると、ジャックは少しは気にしているのか気まずそうにするが説明を続けた。

「嬢ちゃんが心配なのはわかる。せやけど嬢ちゃんが逃げたところで今度は他がターゲットになるだけや」

「ジャック！」

「なんや暴風。アンタもわかってるんやろ？　嬢ちゃんがターゲットとわかっている今だからこそ七つの大罪を潰すチャンスなんやって」

「あなたそれでも！」

「ＰＫギルドにはＰＫギルドの矜持がある。やつらはそれを穢した。だから潰す。それの何が悪いんや？」

「だからってアリスを犠牲にしていい理由にはならないわよ！」

「ならアンタは自分の知らんやつなら犠牲になってもいいってことか？　まぁそうやろな。人間なんて自分の周りさえ無事なら関係ないもんな」

「それは……」

ジャックの発言に怒りを露わにしていたリンは次第に口数を減らしていった。

そしてジャックは話を続けた。

「確かにさっき連絡があって、ターゲットは嬢ちゃんで継続のままNPCは狙わないという方向で決まったそうや。だけどそこでターゲットが厳重に守られてたらどないすると思う？」

「……私を誘い出すために色々してくる……？」

「まぁ大体正しいな。それが嫌がらせ程度で済むならええけどな」

「どういうこと……？」

「……1度NPCに手を出したやつらが2回目以降も出さないいなんて保証できるか？」

「でもそれはさっき手を出さない方向で決まったんじゃ⁉」

「あくまでそれは幹部連中や。下のやつらまではわからん。事実、最初に手を出したのも下のやつだしな」

「そんな……」

私が逃げたらまた住人の人たちに被害が出るっていうの……？

もう……どうすれば……。

「だからアリスが犠牲になれってことなの⁉　ジャック！」

「大を生かすために小を殺す。それが自分らの方針や」

「っ！」

ペシンっと乾いた音が辺りに響いた。

今まで黙っていた海花がジャックの頬を平手で叩いたのだ。

さすがのジャックも、海花から来るとは思っていなかったらしく少し驚いている様子だ。

「言ってる意味はわかるわ。あたしもネットアイドルをやってるから切り捨てなきゃいけない物があることは理解してる。でも！　だからと言ってお姉様を犠牲にしていい理由にはならないわ！」

「海花……」

「でもあなたたちはその方針を変えるつもりはないのよね？」

「あぁ、変えるつもりはないで」

「……わかったわ。理解はした。でも納得はしてないからね！」

そう言うと海花はジャックを横切って歩き出した。

「お姉様、申し訳ありませんがこの辺で失礼します。やらなきゃいけないことがありますので」

「うっうん……」

一言言って海花はその場から去って行った。

「海花どうしたんだろう……」

「……完成させるつもりなんだ……」

「ルカは何か知ってるの……？」

「……一応。でも悪い事じゃない」

どうやらルカは何か知っているようだ。

それを言わないのはおそらく海花と約束しているからだろう。

だったらそれを無理矢理聞くのは失礼だろう。

するとルカも私に抱き着くのをやめて立ち上がった。

「私もやることできたから行くね」

「……うん、気を付けてね」

「ありがと。……アリス」

「ん？」

「私たちは、アリスの味方だからね」

「……うん……ありがと……」

そしてルカもこの場から去って行き、残ったのは私とリンとジャックだけとなった。

「なんや決意したような目やったなぁ、さっきの嬢ちゃんたちは」

「私の自慢の友達だしね。それよりジャック、私はどうすればいいの？」

「アリス⁉」

ジャックの言うことは確かにあっているだろう。

私が銀翼に守られてた場合、銀翼を相手にしてまで私を襲うだろうか。

それならば別の相手を探す方が楽だ。

ＰＫをやるやつらはストレス解消みたいなところがあるので、わざわざストレスを溜めるような事をしないだろうしね。

そうなると本当にどこに手を出されるかが読めなくなる。

だからこそジャックは私に再度囮になれと言っているのだろう。

「別に倒しちゃってもいいんだよね？」

「別に構わんで。殺ったなら殺ったで確認取りやすいしな」

「アリスっ！」

「でもこうしないと他の人たちに被害が出ちゃうでしょ？」

「でもそれじゃまたアリスが！」

「大丈夫……」

私はリンの頬を手でそっと摩る。

「私なら大丈夫だから……。それにアリカもいるから1人じゃないし」

「アリス……」

「しかも今度は来るってわかってるから大丈夫だよ」

「まぁおそらく1日2日ぐらいではこんやろ。警戒されてると思うとるやろうしな」

となると、大体1週間ぐらいが目安になるかな？

まぁそこは相手次第だから何とも言えないんだけどね。

っと、何かメッセージが2通来た。誰からかな？

「んぅ……？」

「どうしたの……？」

「えっと……ルカと海花から大体の平日のログイン時間教えてって来たんだけど……」

一体どうしたのだろうか？

まぁ大体ということだから特に教えても問題ないかな？

私は2人に大体のログイン時間を記載してメッセージを送る。

「それとジャック、他にも何か情報わかったら教えてね」

「それはもちろんや。んで、どう連絡取ればええんや？」

「別にフレンド登録してもいいけど……」

私がチラっとリンの方を見ると、リンはジャックを威嚇する。

まぁダメってことなんでしょ。

「じゃあ、私が雇っている子たちにでも伝えといて。後で言っておくから」

「了解や」

「あとは……」

「……なんでよ……」

「リン……？」

他に何かあるか考えていると、リンが急に私を後ろから抱きしめてきた。

「なんでアリスはそんなに強いのよ……」

「別にそんなに強いわけでもないよ。アリカがいるからなのかな？　他人が傷つくよりも自分が傷つくだけの方が気持ちが楽……というわけでもないけど、そっちの方がいいって思えるの」

「でもアリスが傷つくことに変わりないわ……」

「私が傷ついても、皆がその傷を癒してくれる。だから大丈夫」

「アリス……」

「それにリンが守ってくれるんでしょ？　だから不安な事なんてないよ」

これでリンもショーゴも誰もいなかったらこんな風に言えないだろう。

でも私には皆がいる。

だから前を向くことができるんだ。

と、大口を叩いたのはいいけど、正直どう戦おうかなぁ……。

やっぱりフィールドは森一択として、あとは戦法をどうするかだよねぇ……。

封印解除レヴィはもう使えないし、てか使わないけど。

まぁ森なら何とかなると思うし、後は本番次第かな？

あとは数が増えそうな気しかしないからそれの対策も考えないと……。

やる事一杯で大変だぁ……。


あれから5日経過したが、特に襲われることはなかった。

まぁ2日ぐらいは襲われないとは思ってたけど、まさか5日経過しても何もないのは少し不気味だ。

一応ある程度決まった時間に森に行ってるんだけどなぁ……。

あとルカと海花に森に入る前に連絡してって言われてるけど、2人とも少し心配しすぎじゃないかな？

でもあれ以降住人の人たちに被害は出てないようで、次第に街で住人を見かけるようになってきた。

まぁ今でも外には出れないようだから良くはないんだけどね。

それの影響もあるのか、サイたちもお仕事を小規模だが再開している。

「ご主人様、今日の収穫分入れとくよ」

「ありがと、サイ」

「ご主人様ー！　レッドポーション作った分こっちに移動しておきます！」

「あっ一気に運ばなくていいからね」

「アリスや、乾燥した薬草こっちに置いておくよ」

「ナンサおばあちゃんありがと」

と言った具合に、囮活動と並行して生産活動をしている。

しかし、来るなら来るで早くしてほしいんだけどなぁ……。

ジャックの話曰く、七つの大罪やＰＫはほとんどがステータスを隠す【隠蔽】とステータスを偽る【偽称】というスキルを持っており、普通に鑑定しただけでは名前やギルドとかが分からないらしい。

そこで【看破】スキルというそういったスキルを見破るスキルが必要となってくるとのことだ。

それを情報屋なども使って、片っ端から怪しい行動をしたやつらを調べているらしい。

だが、成果は芳しくないとのことだ。

私も【看破】スキルを取っておこうかなと考えたが、取得条件を満たしていないのかスキルを取ることができなかった。

するとお店の戸が叩かれたのでそちらに向かう。

どうやらお客さんのようだ。

「はーい、ポーションですか？」

「あぁ、レッドポーション購入できる分くれ」

「じゃあ10個なんで２１００Ｇになります」

「わかった」

私はトレードを行い、お金を確認しレッドポーションを10個送る。

しかし、購入客の男の人はじっと私を見つめている。

「どうかしましたか？」

「いや、やはりいい女だと思ってな」

「はっはぁ……」

えっと……ナンパなのかな……？

「まったく……あいつらは……」

「えっ？」

「いや、なんでもない」

そう言って購入客は去って行った。

一体なんだったのだろう……？

「すみませーん」

っと、またお客さんが来たから対応しないと。


「ここまで静かだと不気味だなぁ……」

もう1週間過ぎて8日経っている。

ジャックからは特に連絡もないし、どうなっていることやら……。

まぁ時間も時間だし、そろそろ森に行こうかな。

「ご主人様今日もですか？」

「うん。リアたちお留守番よろしくね」

「気を付けてくださいね」

「ありがとリア。行ってきます」

さて、森に行くことをルカと海花に連絡してっと……。

まぁ何もないでしょ。

あとはギルドホールで森関係の依頼を受けて出発っと。

依頼は採取よりも討伐が増えてたね。

やっぱりＰＫ関連であまり外に行けないのが原因だよね。

どうやらそのせいでモンスターが少し増えているようだ。

まぁ採取のついでに狩るからいいけどね。

西門に行くと憲兵さんが私の姿を確認したため、いつも通り門を開けてくれた。

もう完全に顔パス状態だね。


「よっと！」

依頼にあった狼の首を切断し、その死体を収納していく。

これで４匹目っと。

あとは熊だけど、今日は見つからないなぁ……。

まぁ薬草採取してから奥に行けばいいよね。

薬草の採取も終わり、途中で狼を狩りつつ奥を目指していると、ふと目の前を虹色の蝶のようなものが横切った。

「蝶……？」

するとその虹色の蝶は次第に数を増やし、私の周りを囲んでいった。

私はモンスターかと思って脇差を振ると、蝶たちは辺りに散っていった。

「なんだったんだろ……？」

私は何かの不思議現象かと思ってスルーして奥へ向かう。

しかし、いつまで経っても熊どころか狼すら見つからなくなったことに少し疑問を覚えた。

試しに近くの草を採取してみるが、採取してもアイテム名が出てこない。

「もしかして……」

さっきの蝶が敵の攻撃だとしたら、私は今敵の術中ということになる……。

しかし、採取自体もできないとなると……。

……まさか!?

「ここは幻覚で作られた世界……？」

【幻魔法】でそんなことが出来るなんて……。

でもあの蝶が発動のスイッチだとしても、人一人を幻覚世界に閉じ込めるような魔法に何も制約がないわけがない。

何かしらの条件があるはずだ。

そしてこの魔法も破る方法があるはずなんだ。

「まずは位置確認かな……」

私は【急激成長】で苗木を成長させて場所を把握しようとした。

しかし、上から見た周りの風景は一面森でどこも同じような配置だった。

「幻覚の破り方って、大体自分の意識を覚醒させるとかそういうのだけど……」

試しに自分の手を軽く脇差で刺してみたが、痛みはあるがダメージはなかった。

次にアリカに代わろうと呼んでみるが、反応がない。

ということは、この世界は私の身体ごと飛ばしたわけではなく、私の意識だけを飛ばしているのではないかと考えた。

だからアリカを呼ぶことができないし、ダメージもなかった。

「だとするとかなり厄介かも……」

意識だけっていうことは、私の身体は今無防備ということだ。

運よく私の意識がないからアリカが出ているとかだといいんだけど、それだったら既に私の意識が覚醒しているはずだろうし、それはないのだろう。

とすると、私の意識はないけどアリカが干渉できないような遮断状態が今の私の状態なのだろう。

そうなると完全に外部からの刺激による覚醒がないとダメってことなんだよね……？

「あれ……？　これって結構やばくない……？　もうこれダメ……って、なんだか気持ちが段々沈んでくような感じが……」

どうすることもできない状況に、私は段々と気持ちが沈んでいき、無意識に地面に座ってうずくまろうとしていた。

はっとして首を振って気持ちを上げるが、否定的な思考がどんどん溢れてくる。

「これもこの幻覚世界の効果……？……だめ……否定的な事を考えちゃ……」

ダメ……なんだか……意識も……遠く……なって……。

「ふぅ、ようやく完全に掛かりましたね」

シルクハットを被った男が眼鏡をクイっと直し、周りにいる男たちに説明する。

隣りにいた大柄な男は、シルクハットの男の手際を評価するように手を叩く。

「初めて目にしたが中々じゃねえかその魔法。なぁルクスリア」

「まぁ代わりに私はこの場から動けないんですけどね、イラさん」

ルクスリアと呼ばれたシルクハットは、大変なんですよと苦笑しながら説明する。

対してイラは、搦め手は性に合わねえと言った具合にニヤっと笑う。

そして彼らの前にはアリスが糸が切れた人形のように地面に膝を突き、目が虚ろなまま膝で立ったままぼーっとしている。

「それで？　このまま殺りゃいいのか？」

「ダメージによる刺激を与えてしまうと覚醒してしまうので、捕まえてからの方が確実ですね」

「こんなになってまで警戒されるなんて……妬ましい……」

大柄な男の逆側にいた暗そうな青年は、指の爪を噛みながら妬ましそうにアリスを見つめている。

「そう嫉妬しないでくださいよインヴィディアさん。まぁ私がお手伝いするのはこれぐらいにしておきますので、後はお2人とその部下たちのお好きなようにどうぞ」

「そうか。よし、お前ら。首狩り姫を動けないように押さえつけろ」

大柄な男に指示を受けたその部下たちは、嫌な笑いを浮かべながらアリスに近づいていく。

そしてその距離が１ｍを切ろうとした瞬間、彼らの身体に数本の矢が刺さった。

「「がっ⁉」」

男たちは驚いて後ろに後ずさると、アリスの後方から声が響いた。

「その汚らわしい手で誰に触れようとしているのですか！」

「誰だっ！」

するとアリスの側に10名程の男たちと、その男たちの前に立つ青色の髪をした女性が現れた。

そしてアリスの目の前には、弓を持った黒髪の小柄な女性が降り立った。

「下種どもに名乗りたくないですが、冥土の土産に名乗ってあげましょう！　あたしの名は海花！　お姉様のお味方であり、友である者です！」

「同じく、アリスの友のルカ。アリスに手を出したお前ら、絶対に殺す……！」

ルカは普段見せないような殺気を出し、イラたちを睨む。

海花も普段からは想像できない堂々とした様子を見せる。

彼女たちが何故ここにいるのか。

理由は単純である。

彼女たちは今、友のために、そして友を守るためにここにいるのだ。

彼女たちはかつて友が悩んでいた時に支えることができずに悔やんだ。

もうそんな事は絶対に嫌だと後悔した。

だからこそもう二度とそんなことはさせないと決意した。

そして今、その過ちを繰り返さないため、彼女たちは力を振るう。

子供の頃のあたしは特に話すのが苦手じゃなかった。

むしろよく人と話していた方だ。

でもそれが一部のクラスメートには嫌に感じたのだろう。

自分で言うのもなんだけど、容姿は整っていた方だと感じた。

その影響もあって、よく男子から声を掛けられることもあった。

すると段々女子の友達が減ってきて、最終的にはあたしは1人になった。

それからは中学に入ってからも目立たないように過ごしてきた。

そして高校3年生の時に進路を考えなくてはいけないと考え色々調べていると、ネットアイドルというのがあることを知った。

さすがに芸能界ということまでは考えていなかったが、ネットの中でなら目立っても大丈夫という考えから受験勉強と並行して始めた。

幸い滑り出しも悪くなく、特に批判的な事もなかったため少しずつ人気は上がってきた。

そしてファンの人からNWOはやらないの？　というコメントがあったので調べてみたところ、こならば広く宣伝できるのではと考えた。

あたしは急いで申し込みをした結果、第2陣で参加することが決定した。

元々ゲームは嫌いではなかったし、こういうファンタジー世界に少し憧れていた部分もあった。

この世界ではあたしは有名なアイドルになるんだ。

そう思って有頂天になっていた。

でもあたしは自惚れていたのだ。

それをあの人が気づかせてくれた。

『あなたがどんな存在であろうとも、この世界じゃ関係ない。あなたはただのプレイヤーの1人』

あの言葉がなかったら、あたしは今でも他人を見下していたかもしれない。

小学校の頃の女子たちのように……。

そして彼女にお願いしてイベント開始まで戦闘のやり方を教えてもらった。

あの時はなんて非常識な戦い方をする人なんだって思ったけどね……。

でもＰＫが襲ってきた時、彼女はＰＫからあたしを守ってくれた。

その時、あたしはこの人のようになりたいと思った。

側にいて支えたいと。

彼女の背中を守らせてほしいと。

そして、彼女の優しさに追いつきたいと。

そう思うようになった。

彼女を支えられるぐらい強くなりたい。

側にいられるように強くなりたい。

彼女を……お姉様を守れるように強くなりたいと。

そう望んだ。

そして、あたしは遺跡で綺麗な黒髪をした少女に出会った。

その少女が何なのかはわからない。

でもこの子はあたしの力になってくれると感じた。

偶然でも構わない。

それでもあたしはお姉様と共にありたい。

お姉様のお役に立ちたい。

そう願いながら彼女に触れた。

『その想い、確かに受け取りました』

こうしてあたしは黒花と出会った。

そして迷宮イベントのレイド戦で黒花たちと戦ってたら、何か二つ名っぽい名前が囁かれた。

【機巧兵団】だの【人形兵団】だの【人形姫】と言った具合に色々言われた。

と言っても、掲示板ではその話題は出てないから決定事項ではないんだけどね。

そういえばルカも何か二つ名っぽいの囁かれてたわね。

やっぱり目立つと二つ名って付いたりするものなのね。

でも二つ名が付くことで、お姉様に迫ってくるやつらに何らかの牽制になるならそれはそれでいいけどね。

そして今回、お姉様が七つの大罪とかいうＰＫギルドに狙われた事を知った。

正直言って腹が立った。

周りがあれだけ怒りを露わにしてなかったらあたしも結構やばかった。

周りが熱くなると、逆に自分は冷静になるってホントだったのね。

ジャックとかいう男はホントに何なのかと思った。

お姉様を囮にしたとか言い出した時には思考が停止したぐらいだ。

それで今後もお姉様を囮にするとか言うものだからつい引っ叩いてしまった。

あたしはジャックを引っ叩いた後、完成させなきゃいけない子がいるためその場を離れた。

いつお姉様が襲われるかわからないからだ。

それまでに完成させないといけないからほぼ徹夜で作製を急いだ。

今までの子たちの事もあるからある程度は慣れてたけど、色々こだわりを持って作ってたからかなり時間が掛かった。

というか、妥協なんてできないわよ。

幸い、完成までお姉様に何もなかったから良かったけどね。

そして今、お姉様は七つの大罪たちから襲われる寸前だった。

ギリギリだけど間に合ってよかったわ。


「お姉様！」

「……」

お姉様は虚ろな目をしたままぼーっとしていた。

きっと何かの状態異常に掛けられたのでしょう。

「海花様、アリスさんはどうやら幻覚状態で意識がないようです」

セルトがお姉様のステータスを見て異常を教えてくれた。

幻覚状態ということは……。

「何か刺激を与えれば目が覚めると？」

「おそらくは」

セルトはあたしに気付け薬を渡してきた。

彼らも色々とあたしをサポートしようと頑張っているのよね……。

他のメンバーもルカと一緒に七つの大罪たちを牽制してるし、早いとこお姉様を起こさないと。

あたしはお姉様に気付け薬を無理矢理飲ませた。

「けほっけほっ！」

「お姉様！」

「うっ……海……花……？」

「はいっ！　海花です！」

お姉様が意識を取り戻したので、現状の確認を説明した。

どうやら敵の魔法にやられてああなったということだ。

「仲間がいるなんて……妬ましい……。しかも人を引きつれるなんてもっと妬ましい……」

何やら根暗な男が悔しそうにしてるわね。

てかあれあたしの事言ってる？

「フハハハハ！　いいぞそこの小娘！　良い『憤怒』だ！」

「うるさい、黙れ」

大柄な男はルカに対して何やら興味を持ったようだけど、ルカはかなり怒ってるわね。まぁあたしもだけど。

「ふむ……。頭的な者がそれぞれ3名ですか……。しかも各々興味を持った相手がいるようですし、このまま分れて戦うのも一興ですね」

「なら俺はあの小娘を貰うぞ！」

「僕はあの女……」

「では私が【首狩り姫】ですかね」

どうやらルカが大柄な男、あたしが根暗な男、お姉様がシルクハットを被った男を相手にする流れになってる。

なんだか品定めされてるみたいで嫌な気分ね。

「テメェらは余ったやつらを好きにしやがれ！」

大柄な男の掛け声と共に、取り巻きの男たちが盛り上がる。

「……セルト」

「はっ！」

「あたしたちが頭を倒すわ。あなたたちは他を殲滅しなさい」

「仰せのままに」

念のためルカとお姉様に目配せをしたけど、特に問題はないようだ。

あたしたちはそれぞれ三方向へと散って行った。

それに合わせて七つの大罪の頭の男たちも散り、残った取り巻きたちがセルトたちに襲い掛かった。

「さて、この辺でいいかしらね」

「僕に勝てると思ってるその自信……妬ましい……」

ホントこの男すっごいめんどくさいわね。

「黒花、出てきなさい」

「イエス、マスター」

あたしが呼ぶと黒花が召喚された。

黒花はスカートの裾を持って小さく上に上げて挨拶する。

「そんなお人形1体で僕に勝つつもりだったなんて……」

根暗な男は【収納】か何かはわからないが、バッグから何体ものモンスターの死体を取り出していった。

すると外に出された死体が小さく振動したと思ったら、突然動き出した。

「これは……」

「そうだよ……【死霊魔術】だよ……」

「また趣味の悪い事を……」

死体が動くというのはどうも気味が悪いわね。

種類としては狼や熊、鷹といったのがほとんどだけど、人型のもあるし。

おそらくＰＫされたプレイヤーの死体でしょうね。

悪趣味にもほどがあるわね。

「残念ながらプレイヤーが死体になると、持ってた魔法とかは使えないんだよね……」

「プレイヤーの死体まで操るなんて随分悪趣味ね」

「どうせ君の死体も僕に使われるんだから気にする必要はないよ……ヒヒッ……」

はぁ……。

もう話してるのすら億劫だわ。

「……蒼花、白花、藍花。来なさい」

「「「我らが主の命にて参上いたしました」」」

あたしは黒花のスキルで作製した子たちを呼ぶと、3つの召喚石から3人の機巧人形が現れた。

彼女たちの顔は黒花をベースにしたためかなり似ている。

分かりやすく髪の色と服の色をそれぞれの名前に対応した色にした。

彼女たちは黒花と違って、あたしの目の前に片膝を折って控えている。

「ヒヒッ……たった4体で20を超える僕の軍勢に対抗するつもりなのかな……？」

「たった4体？　あなたは何を勘違いしているのかしらね。ねぇ、黒花」

「イエス、マスター」

黒花がスカートを少し広げると、服の下にポトポトと20㎝程の小さな人形が次々に落ちてきた。

その人形の数は優に50を超えていた。

根暗な男はその数に驚いて声を荒げた。

「そっそんな数操れるはずがない！　ぼっ僕を驚かすためのはったりを掛けるなんて姑ましい！」

「そうね、普通なら操れないわ。普通ならね。……黒花」

「イエス、マスター」

あたしが黒花の名を呼ぶと、黒花はあたしに抱き着いてきた。

「マスターの想い……マスターの願い……私はそれを叶えるために存在する」

「あたしはお姉様の役に立ちたい。お姉様の側にいたい。お姉様と共にありたい。それを叶えるために黒花、力を貸しなさい」

「イエス、マスター。……マスターの想い、受け取りました。これより、リミッターを解放します」

黒花はあたしから離れると、その黒髪を赤黒い朱殷色の髪に変化させた。

黒花の髪の色が変わると、地面で寝ていた人形たちが次々に動き出し始め、列になって並びだした。

その人形の手には小さな剣が埋め込まれており、まるで小さな兵士のようだった。

「さぁ、あなたの死体とあたしの人形。どちらが上か決めましょうか」

「そっそんなっ！　ユニークモンスターなんて聞いてない！」

何であなたたちに言う必要があるのかしら？

まぁ動揺してるならしてるで動きが単調になるからいいけどね。

てかよく考えたら【死霊魔術】って死体だからアンデッドなのよね？

白花だけで足りたんじゃない？

あの子【聖魔法】付加してるし。

まぁ、あっさり倒してもこういうねちっこそうな男はまた来そうだし、徹底的に潰した方が良さそうね。

「あら、ビビッて動けないのかしら？」

「うっうるさい！　ユニークモンスター持っているなんて妬ましい！　いけっ！」

根暗男が指示をすると、死体が動き始めた。

と言っても、生きてる頃に比べると動きが少し鈍いのかしら？

まぁ生前とスペックが同じだったらそれはそれでやばいけどね。

さて、こちらも始めましょうか。

「黒花、迎え撃ちなさい」

「イエス、マスター。『アタックサークル』『スピードサークル』」

黒花は配下の人形たちにＡＴＫとＡＧＩ強化の魔法を掛けて前進させた。

【傀儡術】【命令術】【思念伝達】の効果により、黒花は言葉を発することなく配下の人形たちを操る事が出来る。

そして黒花は配下の人形たちにある命令をしている。

それは『近づいてきた敵を攻撃しろ』という命令だ。

この命令により、人形たちは近づいてきたアンデッドに対して攻撃を仕掛ける。

対して根暗男は細かい命令はいちいち掛けないといけない。

そして黒花が何も言っていないにも拘わらず、人形たちが臨機応変に動くことに苛立ちを覚える。

しかし、指揮官というのは冷静さを欠いてはいけない。

視野が狭くなると、それだけ戦場の把握が出来なくなってしまうからだ。

黒花の配下の人形たちも数を１体、２体と少しずつ減らしていくが、男の操るアンデッドは既にその数を半分近く減らしていた。

男は本当ならば倒した敵をそのまま操って数を増やすことができるのだが、今回は相手が悪い。

倒しているのが道具扱いとなっている人形のため、【死霊魔術】では操る事が出来ないのだ。

とはいえ、飛行系のアンデッドモンスターは人形たちの大きさも関係して未だ倒せずにいる。

そこで海花は前で静かに待機している3体の機巧人形の内の1体に命令する。

「蒼花、あの飛んでいるやつらを倒しなさい」

「仰せのままに」

蒼花は少し前進し、飛んでいるアンデッドモンスターの鷹たちがいる方角に対して手を翳す。

「『アイシクルランス』」

蒼花が魔法を唱えると、氷でできた複数の槍がその方角に飛んでいく。

「なっ⁉」

根暗男はその氷の槍の威力と速度に驚いた。

男は【氷魔法】で同じものを使っているやつを知っていた。

だが、アンデッドモンスターを2発で仕留められたことはなかった。

いくらアンデッドになったため耐久が減ったとしても、そこまでの事はなかった。

蒼花には現在、『アタックサークル』と『スピードサークル』のバフが掛かっている。

しかし、それ以外にももう1つ表記されないバフが存在している。

蒼花は今、黒花の近くに待機しながら魔法を放っている。

つまり、黒花の特殊スキルである【配下強化】の効果が高い場所にいるということだ。

その効果により、蒼花の魔法の威力は上がり、アンデッドモンスターを2発で仕留めることができたのだ。

そして飛行型は比較的耐久が低いという特徴があったのも倒せた要因でもある。

「黒花のスキルがここまでとは思わなかったわ……」

正直【配下強化】の効果がここまでとは思わなかったわ。

近いほど効果が上がるってあって、精々1・5倍と思ってたけどあれ2倍ぐらい上がってるんじゃないかしら？

でもルカのユニークペットの解放条件よりはマシよね。

まぁあんな告白させられたんだし、それぐらい上がってもいいわよね。

あれは流石にドン引きだわ。

てかあたしはあんなの絶対やりたくないわ。

でもルカキレてるし、絶対解放するでしょうね。

まぁ哀れには思うけど同情はしないわ。

って、なんだかんだでもうアンデッドモンスター全滅してるじゃない。

お姉様に手を出したのだから、それぐらいは受けて当然ですけどね。

こっちも人形が……えーっと……1／3は壊れちゃったのかしらね。

また作らないと……。

あの人形作るのに色々材料費掛かるのよねぇ……。

ホントこの戦闘スタイルお金が掛かって大変だわ……。

まぁ白花に藍花も戦闘に出さなかったし、大したことなかったわね。

「ぼっ……僕のアンデッドが……」

さて、次はどんな手で来るかわからないから一旦人形を下げましょうかね。

あたしは黒花に人形を下げる様に指示すると、黒花は人形を後退させて再度整列させた。

さぁどう出るのかしら？

「くっ……！　『ブラックカーテン！』」

「なっ⁉」

根暗男は突然【漆黒魔法】の目くらましの魔法を使った。

そのせいで辺りは暗くなり、暗視スキルを持っていないあたしは周りが見えなくなってしまった。

「白花っ！」

「はっ！　『ライト』」

白花が辺りを照らしてくれたおかげで少し周りの状況が見えてきた。

だが……。

「マスター。目標を見失いました」

黒花から根暗男が消えたことを聞くと、あたしはため息を吐く。

まさか攻撃じゃなくて逃げのために魔法を使うとは思わなかったわ……。

あんだけ大口叩いてたなら来ると思うじゃない……。

まぁ元々予想はしてたけどね。

「黒花、予定通りに配置はしてる？」

「イエス、マスター。リミッター解放時に退路になりそうなところに配置しておきました」

「さすがね、黒花」

「ありがとうございます」

さて、止めはあの子に任せましょうかね。

- - -

くそっ！　あの女あんなの持ってるなんてずるい！　妬ましい！

また死体を集めてあの女を倒してやる！

今度はもっともっと死体集めて……！

そのためには早くこの場から逃げないと……！

後ろを振り返っても特に誰も追いかけてきてない。

やっぱりさっきの目くらましの魔法が効いたんだな。

今の内にっ！

そう考えて前を向いた瞬間、バランスが崩れて倒れてしまった。

「いたたっ……石にでも躓いたのか……？　ホント運が悪い……運が良い奴が妬ましい……」

ぼやいて立とうとするが、うまく立てない。

変だなと思って足を見ると、僕は悲鳴を上げた。

「うぁぁぁぁ!?　僕の足がぁぁぁぁ!?」

いつの間にか僕の右足が切断されていたのだ。

驚いて周りを見渡すが、特に人影は見えない。

「だっ！　誰かいるのかっ！」

しかし、声は返って来ず、森は静かなままだった。

なんとか立とうとして杖を足代わりにしようとした瞬間、またガクッと身体が倒れ込む。

そして再度足の方を見ると、今度は左足が切断されていたことに気付く。

「くそっ！　誰だ！　誰なんだよ！」

なんで僕がこんな目に遭うんだよっ！

くそっ！　くそっ！

なんとか這いずりながらも進もうとするが、手を伸ばした時、何かが手に当たった。

そして背筋に力を入れて上を見上げると、そこにいるはずのない女がいた。

「お前……なんでここに……」

お前はルクスリアと戦っていたはず……。

まさかもうやられたっていうのか……？

「くっ……くっそぉぉぉぉぉ！」

僕は手に持っていた杖で女を殴ろうと横に振った。

しかし、動けない僕では当てることが出来ず、外れてしまう。

そして回避された後、杖を持っていた右腕を切断された。

「うぁぁぁぁ⁉」

痛覚制限は高いため痛みはそこまでではないが、恐怖はどうしようもない。

ただただインヴィディアは恐怖した。

自分を虫けらのように処分している目の前の女に。

「あっ……あっ……」

そして残った左腕すら切断されてしまい、もう動くことができない。

できることは叫ぶ事だけであった。

「うっ……あぁぁぁぁぁぁぁぁ⁉」

そして僕の意識は首を切断されてなくなった。


「マスター、銀花が対象を始末しました」

「なら呼び戻して。いつまでも1人にさせておくわけにはいかないわ」

「イエス、マスター」

予定通り始末できたようね。

まぁいきなりあの子がいたら驚くでしょうね。

あの子は作るのにかなりレアな材料使ったし、性能的にも高いのよね。

っと、戻ってきたようね。

「銀花、戻りました」

「お帰りなさい、銀花」

銀花はほとんど無表情で戻ってきた。

色々凝ったせいで少し素っ気ないところもあるけど、頭とか撫でてあげると照れるけど喜ぶのよね。

そういうところも可愛いけど、やっぱり……。

「どうしました？」

「やっぱり銀花可愛いー！」

「やっ！　やめてくださいっ！」

お姉様に許可を得てお姉様似にしただけあってとっても美人なのよね。

ルカに銀花をお披露目した時、かなり羨ましそうにしてたのを見るのは良い気持ちだったわ。

さすがにお姉様そっくりにしてしまうと色々ありそうなので、すこーし変えましたけどね。

服もリーネさんにお願いしてお姉様と似たようなのにしてもらいましたから、正直遠目だと間違えられるんじゃないかと少し心配なのよね。

まぁその時はその時でお姉様に土下座をしましょう。

お姉様ならきっと許してくれるはず！……ですよね……？

まぁこれであたしの担当分は終わりましたし、他の援護に行きましょうかね。

それに今回色々試したいことも増えましたしね。

まだまだ実力が足りてないのはわかりましたし……。

正直今回は相性が良かったから圧勝出来た形ですけど、相性が良くもなく悪くもなかったらもっと危なかったでしょうね。

やはりあたし自身も黒花たちに任せるだけではなくて、何か出来るようにしないといけないわね。


「ここらへんでいいだろう！　俺の名はイラだ！　小娘！　倒す前に名前を聞いておこう！」

あーうるさい。

私は静かな方が好きなんだ。

こういううるさいやつは嫌い。

シュウもうるさいけど、そこまでじゃないからまぁいいけど。

私が黙っていると、イラはしつこく名前を名乗るように言ってくる。

うるさいし、キリがないから仕方なく名乗る。

「ルカ。もう黙って、うるさい」

「フハハハハ！　いいぞその『憤怒』！　それを叩きつぶすのが俺の楽しみなのだ！」

うわぁ……趣味悪い……。

七つの大罪って趣味の悪いやつらの集まりなんじゃないの？

「うざいから早く死んで」

私はイラに対して矢を数本放つ。

「ふっ！　『アースシールド！』」

イラは自分の目の前に土壁を作り出し、私の攻撃を防ぐ。

「うざい」

私はそのまま直線と山なりに矢を放つ。

「その程度か！　『ファイアランス！』」

今度は山なりの矢を火系統の魔法で防がれた。

ということはこの男は……。

「【溶魔法】も使える……」

「ハッハッハ！　火と土が使えたらそう考えるだろうよ！　その通りだ！」

【溶魔法】ってことはこの一帯火山みたいにされるのか。

ホントめんどくさい。

私は平地戦をやめて木の上に移動する。

「逃がさんぞ！　『ボルケーノランス！』」

イラは先程の『ファイアランス』よりもグツグツとしたマグマの槍を放ってきた。

スピードは幸いそこまで速くなかったので避けることができたが、当たった樹木はその部分が溶ける様に発火し燃えていった。

どうやら【溶魔法】にはオブジェクト破壊の効果も含まれているようだ。

てか森で火系統の魔法を使うとかバカなの？

森林火災になるってわからない？

まぁＰＫたちにとってはどうでもいいんだろうね。

火災の処理しないといけないから早く始末しなきゃ。

「アレニア、出てきて」

私が呼ぶと、無事成長した土蜘蛛のアレニアが出てきた。

子蜘蛛の頃よりだいぶ体型が大きくなり、映画に出てきそうな２ｍぐらいの大きさになっている。

「アレニア、糸の配置よろしく」

アレニアは１本の足を挙げて了承の合図を出して移動した。

さてと。

「『アローレイン』」

私は上に向かって矢を何本か放つ。

そしてその矢がスキルアーツの効果により何本かに分かれ、雨のように降り注ぐ。

数が分かれた分威力は減るけど、その分広範囲を攻撃できる。

「小癪な！　『ボルケーノスプレッド！』」

イラは上に向かって溶岩の弾が広がるように放って矢の雨を防ぐ。

さすがに木製の矢だから貫くとかは無理だ。

でも金属製の矢は重いし、作るのも大変だから嫌なんだよね。

「どうした！　こそこそ撃ってないで掛かってこい！」

遠距離武器持ちが近づいてどうするの。

これだから無駄に熱い奴は嫌い。

私は乗っている木を変えながら矢を打ち続ける。

しばらくするとアレニアが戻ってきた。

じゃあもう時間稼ぎはいいかな。

「『ポイズンショット』」

先程までの普通の矢での攻撃ではなく、【毒魔法】で作られた毒の矢を放つ。

【毒魔法】の特殊な点としては、矢や投げナイフといった投擲武器に毒を付与することができることだ。

海花に教えてもらった【操術】スキルから出てきた【付加】スキルを使わなくても、矢にそういった効果を付与できるのは大きい。

「っち！　今度は毒か！」

イラは毒の矢を相殺するように【溶魔法】を放つ。

しかし、矢に付いている毒が【溶魔法】で気化し、紫色の煙が辺りに漂った。

「厄介な事をしやがって！」

私が再度毒の矢を放つと、イラは相殺せずに回避に移った。

あの様子からすると、どうやら【毒耐性】は持っていないようだ。

「せこい事ばっかりしやがって！　『ボルケーノスプラッシュ！』」

すると今度は私が矢を放つ前に攻撃してきた。

そして槍といった大きめの弾で点での攻撃ではなく、小さめの弾で面での範囲攻撃を仕掛けてきた。

「っ！」

私は直撃コースの弾を毒の矢で相殺するが、広範囲のためどうしても撃ち漏らす弾もある。

そのため掠ってしまう弾もあった。

しかもオブジェクト破壊の効果もあるため、防具としているパーカーの一部が焼け落ちてしまった。

「っち！　直撃はしなかったか！」

「……」

今の私の姿は、少し右側のへそ辺りが見えてる感じになっていた。

「勢い余って防具を燃やしてしまったか。幼児体型に興味はないがそこについては悪かったな」

「……す……」

「何か言ったか？」

「殺す……！　アレニア！」

私はアレニアを近くに呼び、左手を伸ばして腕を噛ませた。

アレニアが私の腕を噛むと、次第に噛まれた場所から紫色の刻印のようなものが左半身に浮かび上がってきた。

「っ！」

さすがにアレニアの能力解放の条件は痛い。

【毒耐性】とかがなかったら1分も持たないような毒とかを受けるからね。

でもあいつは絶対に殺す。

「……はぁっ……！」

「一体何をした！」

刻印がようやく定着して痛みも次第に減ってきた。

イラは突然私の左半身に紫色の刻印が出来たことに驚いている。

まぁ教えるわけないけど。

「『デッドリーポイズンショット』」

私は先程使っていた毒よりももっと強力な毒を使用して矢を放つ。

イラも何かやばいと思って避けると、突き刺さった地面が腐食した。

「さっきの毒とは違う⁉」

「『デッドリーポイズンレイン』」

私は攻撃の手を緩めず、アローレインと同系統の猛毒の矢の雨を降らす。

「っく！　『ボルケーノスプラッシュ！』」

イラは広範囲にマグマの弾を撃ち、迎撃する。

しかし、マグマの弾と当たった猛毒の矢は気化し、先程よりも濃い紫色の煙が漂う。

「っち！　毒状態になっちまった！　しかも普通の毒よりも回りが早い!?」

まぁ解放状態のアレニアの毒を使ってるからね。

普通の毒よりも強いよ。

まぁそれだけじゃないんだけどね。


くそっ！

あの女毒使いだったのか！

しかも厄介な毒使いやがって！

反撃しようと顔を上げると、視界が少し歪む。

「ってなんだ……？　急に眩暈が……それに頭がぼーっとしてきたぞ……？」

眩暈で膝を折った際に地面を見ると、何やら小さな蜘蛛が俺の近くにいた。

そして足の方をよく見ると、その小さな蜘蛛が何匹も俺の足を噛んでいたのだ。

「くそっ！」

俺は慌てて小蜘蛛を払うように手を振る。

しかし、異変はすぐ起きた。

「がっ⁉」

突然口から血を吐くこととなった。

それに症状も頭痛や吐き気までしてきた。

意味が分からねえ！

こんな状態異常聞いた事ねえぞ⁉

「見た感じ結構症状出てる」

「っ⁉」

重たい頭を上げると、目の前に女が大蜘蛛を隣りに引き連れて立っていた。

「なんなんだ……これは……！」

「さっき小蜘蛛に噛まれたでしょ。それが原因」

原因だと⁉

あんな小蜘蛛にそんな能力があるっていうのか⁉

女は動けない俺に対して小蜘蛛を襲い掛からせた。

「説明する気はない。そのまま苦しんで死ね」

小蜘蛛に噛まれた俺は、次第に身体も動かなくなり呼吸も苦しくなってきた。

痛覚軽減が作用してないのかと思ったが、ふと窒息などはあまり影響がないという情報を思い出した。

「がっ……あっ……」

俺は必死に女の方に手を伸ばして助けを求めるが、女は俺をゴミを見るような目で見下ろしていた。

次第に視界も暗くなっていくが、意識はなくならなかった。

俺はＨＰが尽きるまでこの苦しみから逃れられないのかと恐怖した。

この苦しみから解放されるのはいつになるのだろうか。

そして俺の目の前は真っ暗になった。


さて、ちゃんとアレニアの小蜘蛛たちの能力で状態異常与えられたし、あとは勝手に死ぬでしょ。

それにしてもアレニアの特殊スキルの【病付加】は恐ろしい。

しかも召喚した小蜘蛛にその能力を付加できるんだからね。

てか私も【病耐性】なんていうスキルがあることを、アレニアの能力解放するまで知らなかった。

しかも【毒耐性】と【病耐性】の２つがないと私が死ぬっていうね。

ホント恐ろしい。

そういえば海花にアレニアの解放条件見せた時はドン引きされたけど、私としては敵の前で想いを告白する方が死にたくなる。

しかも戦い方がアリスに少し寄ってない？　とか言われたけど、正直真似してるところはある。

私もアリスみたいに森で戦うのが性に合ってるようだし。

あと弓ってなると森の方がいいし、アレニアも障害物ある方が動きやすいしね。

さて、私は終わったしアリスの援護に行こうかな。

私はアレニアの解放を止めて、左半身に出ていた刻印を消してアリスの元へと向かった。

ルカと海花の2人と別れ、私はシルクハットの男と場所を移動していた。

まぁルカと海花の事だし多分大丈夫でしょう。

しばらく歩いたため、他の戦闘音とかも聞こえない場所に来たようだ。

「さて、ここら辺にしましょうか」

「別に私は構わないよ」

「そういえば自己紹介がまだでしたね。私は七つの大罪、色欲のルクスリアと申します」

「知ってると思うけど一応言っておく。私はアリス」

「正直なところ、私は直接戦闘型ではなく後方支援型なのですよ」

「だから？」

「はっきり言って見逃してほしいなと思ってます」

「随分都合がいい事言うんだね」

人を襲っといて見逃してほしいとかふざけてるよね。

私は脇差を抜いて構える。

「まぁそういう事になるとは予想していましたがね」

ルクスリアはステッキを出して地面をコツンと鳴らす。

私は地面を蹴ってルクスリアに斬りかかる。

ルクスリアはステッキで私の脇差とつば競り合いをする。

「いやぁホントに残念ですよ。見逃してほしかったのに」

「上辺だけの発言はやめたほうがいい……よっ！」

私の方がＳＴＲが高かったため、押し勝ち脇差を振るが、ルクスリアは後ろに下がって回避する。

そして手に持ったステッキを地面に何回か当てる動作をする。

「『イリュージョンファントム』」

ルクスリアが何かを呟くと、突如ルクスリア側から植物の蔦が迫ってきた。

私は咄嗟に脇差に【紅蓮魔法】を付加して向かってきた蔦を切り裂く。

しかし、そこで違和感に気付いた。

「手ごたえが……ない……⁉」

そしてその瞬間、今度は黒い球体の弾に攻撃された。

なんとか反応して脇差の刃で受けることができたが、今度は衝撃があった。

「さっきのは……」

蔦には手ごたえがなく、弾には衝撃があった。

ということは……。

「幻覚使い……」

「おや、気付きましたか。まぁ先程食らってたので気づいてはいたでしょうけどね」

ってことはあの時の幻覚空間を作ったのはこいつってことか。

でも幻覚を混ぜて攻撃してくるってのは厄介だね。

「あなたも【幻魔法】を使うから知っていますでしょ？」

そう、【幻魔法】は相手がそれを実体と認識する程、効果が上がっていく魔法だ。

逆に幻覚だと分かれば効果は下がっていくけど、実体を混ぜられるとそれは難しくなる。

「ではどんどん行きますよ！」

「っ！」

すると【漆黒魔法】で作られたであろう槍が次々に飛んでくる。

私は木の陰に隠れつつ攻撃を回避する。

さすがにあの量でどれが幻覚かなんて判断できない。

だからあの槍は全て実体と思って対処するしかない。

「嫌な感じで嵌ったなぁ……」

あれを実体と認識してしまった以上、これからの攻撃も全部実体となってしまうだろう。

となると、最初の蔦での攻撃も私が疑ってしまうと実体になる。

【植物魔法】を持っている『かもしれない』。

あれは実体『かもしれない』。

そういった疑心が【幻魔法】の脅威なんだよね。

「さぁどうしますか！」

まったく面倒だなぁ……。

……仕方ないね。

使えるようになったばかりだけど、今なら周りに誰もいないから巻き込む心配はないよね。

私はスキルを入れ替えて立ち上がる。

「おや、観念しましたか？」

「……『昔者荘周(むかしそうしゅう)夢に胡蝶と為る……』」

「何の真似ですか？」

ルクスリアが聞くが、私は無視して言葉を続かせる。

「『栩栩然(くくぜん)として胡蝶なり……。自ら喩(たの)しみて志に適えるかな。周(しゅう)たるを知らざるなり』」

「これは……」

何かに気付いたようだが、ルクスリアは私に近づくと首を斬られる恐れがあるため近づけずにいる。

「『俄(にわか)にして覚むれば、則ち蘧々然(きょきょぜん)として周なり』」

「確かこの詩は……」

「『知らず、周の夢に胡蝶と為れるか、胡蝶の夢に周と為れるかを』」

そして私は最後の一文を発する。

「『周と胡蝶とは、則ち必ず分有らん。此れを之物化(これぶっか)と謂う！』」

次の瞬間、ルクスリアが展開していたはずの漆黒の槍はそのほとんどが姿を消した。

「なっ⁉」

「どうやらうまくいったようだね」

「一体何をしたのですか⁉」

「特に変わった事はしてないよ。ただ私は言葉を紡いだだけ」

「言葉を……紡ぐ……？」

「言葉には魂が宿る。そしてそれは言霊となり事象に様々な影響を与える」

「だがあなたは童謡といった昔話物しかできなかったはず！」

「以前ならね」

今の私は、童謡以外にも戯曲や詩といったものにも効果を付けることができる。

その種は【童歌】と【山彦】の派生の【言霊】スキルから出てきた【詩人】スキルのおかげなんだけどね。

これにより、私が使えるものの幅が一気に広がった。

【詩人】スキルはある意味吟遊詩人のような事が出来るスキルで、戯曲や詩に効果を付ける以外に、詩曲を作ることが出来るって能力なんだよね。

でもこの詩曲を作るって言っても、人々の認知度で効果の強さが変わるんだよね。

だからどんな詩曲を作っても、誰も知らなければ何も効果がないとかもある。

そして今回歌ったのは『胡蝶の夢』で、これは現在の幻覚効果の打消しと幻覚耐性を得るものだ。

まぁこれ使うと周囲にも効果あるから、【幻魔法】使ってる人いたら迷惑になっちゃうんだよね。

てかまだ全然詩の効果を全部把握してないんだよね。

だから色々調べないといけない。

「くっ！『イリュージョンファントム！』」

おそらくまた幻覚を作り出したのだろうけど、私には何も見えない。

この幻覚耐性って【幻魔法】使いからしたら天敵だよね。

私はそのままルクスリアに近づいていく。

「何故避けないっ⁉『ダークランス！』」

今度は実体も混ぜて攻撃するつもりだろう。

でも私には1本しか見えないのでそれを避ける。

そして私はルクスリアにあと数歩の距離まで近づいた。

「なっ何故だ⁉　何故幻覚が判断できた⁉」

ってそうか、私が幻覚耐性を得てることに気付いていないのか。

まぁ教えてあげる必要もないけどね。

「さぁなんでだろうね？」

「ぎゃぁぁぁ⁉」

私は怖気づいて尻もちをついたルクスリアのステッキを持っていた右腕を切断した。

ルクスリアは悲鳴を上げるが、私は構わず左腕、右足、左足と切断していった。

「もっもうやめてくださいっ！　降参しますからっ！」

降参？

私は少しため息を吐いてルクスリアの顔を掴む。

「降参してそんな簡単に済むと思った？」

「ひっ！」

「あなたたちはもっと人の痛みを知るべきだよ」

私はルクスリアの顔を掴んだまま言葉を発す。

「『私の望みの品……それを今すぐ銀の皿に載せてほしい……』」

「やっやめっ！」

『そう……それはヨカナーンの首……』」

「やめてくれぇぇぇ！」

「『私は彼の首が欲しい……だから早く……早く……』」

ルクスリアは逃げようとして身体を動かそうとするが、四肢がない今、私に顔を掴まれた状態では逃げることができないでいた。

「『あぁ…私はあなたの口に口づけをしました……。あなたの唇は苦い味がしました……。あれは血の味だったのでしょうか……？』」

「それ以上はやめてくれぇ！」

「『いいえ……あれは恋の味かもしれません……。恋は苦い味がするしね……。でも……それがなんだというの……？』」

「誰かっ！　誰か助けてくれぇぇ！」

ルクスリアは恥も外聞もない様子で必死に助けを呼ぶ。

そして最後の一節を私は口ずさむ。

「『私はあなたの口に口づけしたのよ……ヨカナーン……』」

その瞬間、触れていたルクスリアの首が切断され、私が掴んでいた頭部の切断面から血を流し、支えのなくなった身体はそのまま地面に倒れていった。

私はその頭部をそこら辺に投げ捨てて手を叩いて軽く背伸びをする。

やっぱりお仕置きにはサロメみたいなやつが有効だね。

他にも色々調べて試さなきゃ。

でもサロメの接触相手の首切断っていう効果はいいんだけど、なんか台詞がヤンデレみたいでちょっと恥ずかしい……。

まぁ、これで私の相手は終わりっと。

んー……ルカと海花のどっちに向かうべきか……。

「わー……凄いなー……」

「っ⁉」

2人の元へ向かおうと後ろを向いた瞬間、後ろの方から声が聞こえた。

ぱっと後ろを向くと、木に寄りかかっている男がいた。

「誰……」

「えーっと僕は……あー……やっぱりめんどくさい……」

えぇ……。

そこで止めるのはちょっと……。

「ちょっと頑張って名乗ってよ……」

「んー……」

木に寄りかかってる男は私をじーっと見つめる。

「噂以上に君可愛かったから頑張ろうかなぁ……」

「なんか頑張る基準が気になるけど……頑張って……？」

「うん……」

なんか調子狂うなぁ…。

「えっと……。僕は七つの大罪の……怠惰の……アケディア……。あー……疲れた……」

七つの大罪⁉

私は咄嗟に脇差を構えた。

しかし、アケディアは構えずそのまま木に寄りかかったままだ。

「あー……僕は戦いに来たんじゃないから……」

「……」

一体彼は何をしに来たんだろう……？

しかし……。

「あー……もう疲れた……帰りたい……」

少し……いや、かなり調子が狂う。

これが油断させるための演技ということならわかるのだが、正直あれは本気でやっているのだろう。

でも何故ゲーム内でそこまで疲れてるの……。

「なら早く用件言えばいいんじゃ……？」

「あー……うん……頑張る……」

ホントになんだろう……。

「えーっと……今回でもう襲撃はないだろうし安心していいよー……ってことを言いに来ただけー
……。あー……疲れた……」

「えっ？」

襲撃はもうない？　それってつまり……。

「七つの大罪が私から手を引いたって事？」

「んー……ちょっと違うかなぁ……。正確にはもう解散するって感じかなぁ……？」

「解散ってどういう……」

「お姉様ぁぁぁぁぁぁ！」

私がアケディアに問おうとした瞬間、後ろから海花の声が聞こえた。

そして海花は私を庇うように前に出る。

「お姉様には手出しさせません！」

「いや海花ちょっと落ち着いて……」

すると今度はルカが現れた。

「アリス、無事だった？」

「私は無事だけど……」

「大丈夫、すぐ倒すから」

「いやだからあの人は……」

私の制止の言葉も聞かず、ルカは矢を放つ。

「んー……あー……避けるのもめんどくさい……」

「えっ？」

驚いた事に、アケディアはルカの矢を避けようとせず、そのまま身体に矢が刺さって勢いのまま地面に倒れた。

「よくわかりませんがチャンスです！　銀花っ！」

「まったく、人形使いが荒い主なことで」

海花が自分のペットを呼んだと思ったら、私に似たような子が出てきた。

てかその手に持ってる武器も似てるんだけど？

海花にはあとでＯＨＡＮＡＳＨＩしないとね。

って！

私を真似てるってことはスキルもってことだよね⁉

「アケディア！　避けなさい！」

「えっ？」

海花はキョトンとするが、銀花は構わずアケディアに接近する。

しかし、次の瞬間銀花が地面に倒れ込む。

「かっ身体に力が……」

【重力魔法】かと思ったが、特にその様子は見られなかった。

「銀花っ！」

「海花！　行っちゃダメ！」

海花が銀花の元へ走っていくと、銀花の手前で海花も倒れ込んでしまった。

「っ！『パワーショット！』」

ルカが離れてスキルアーツをアケディアに対して放つが、アケディアは一向に避けず、大人しくその矢を食らった。

「あっ……がっ……」

「あっ……主……」

「アケディア！　何をしたの！」

アケディアがルカの攻撃を食らったあと、海花が更に苦しそうにしている。

私はアケディアに何をしたのかを問い質す。

するとアケディアはやる気なさそうに答えた。

「僕は何もしてないよ……。むしろ何もしてないからこうなってるだけ……」

「だからそれを説明して！」

アケディアは地面に倒れながらめんどくさそうに頭を掻く。

「仕方ないなぁ……。今そこの子が倒れてるのは、【怠惰】スキルの効果のせい……。あーめんどくさい……」

「【怠惰】スキル……？」

「簡単に言うと――……僕がありとあらゆる事象にだらければだらけるほど、範囲内の人やモンスターの活動が弱まるってことー……」

活動が弱まる……？

それと海花が苦しそうにしてることと何が関係あるの……？

「生命としての活動……つまり神経の伝達や呼吸、それに心臓の拍動とかがどんどん弱まるってことー……。てか早くしないとその子死に戻るよー……？」

「っ!?　『アースシールド！』」

私は慌てて海花と銀花をこちらに飛ばすように、土壁を土の射出台として出す。

「がっ⁉」

「ぐっ⁉」

飛ばされた海花を私、銀花をルカが受け止める。

「はぁ……はぁ……」

【怠惰】の効果範囲から出た海花は、息を切らしながら次第に呼吸を整えていった。

とりあえずもう大丈夫そうだ。

それにしても恐ろしいスキルだね……。

つまりあの【怠惰】スキルは、無抵抗だったりすればするほど周囲の人やモンスターを窒息等で倒すことが出来るものなのか……。

普通は敵が迫ってきたら、何かしら抵抗はするものだ。

それをアケディアは自分の意思で抑え込んでるということになる。

「あー……もう説明疲れた……もうやだ……このまま寝たい……」

自分の意思で……抑え……込んでる……？

「あれはめんどくさがりなだけ」

あの様子を見る限り、ルカの意見に同意せざるを得ない……。

でもルカの矢とかには影響がないことから、遠距離攻撃には弱いってことかな？

まぁ知られなかったら、近づいてしまって【怠惰】スキルの餌食になるのか……。

とりあえず2人にアケディアは敵として来たのではない事を伝えた。

すると2人の反応は。

「まぁ騙すならスキルの事言わない」

「お姉様！　最初に説明してくだされればあんな苦しい思いをせずに済みましたのに！」

だから説明しようとしたのに話聞かないから……。

「でももう来ないから安心していい？」

「セルトの方も今終わったとの連絡が来ましたし、一安心ですかね？」

「ってことでいいの？」

「んー……たぶんー……」

たぶんって……。

もっと信用感ある感じで言ってよ……。

「だってスペルビアとアワリティアの動きはわからないんだもんー……」

えーっと……スペルビアが傲慢でアワリティアが強欲だっけ？

「あなたはどうなんですか？　さっきもスキル使ってましたけど」

「僕はそういうのめんどくさいからやらなーい……。でもこのスキル楽だよー……？　ごろごろしてるだけでモンスター倒せるしー……」

あぁ……。

こういう人だから【怠惰】スキル取れたんだな……。

普通ゲームしといてあそこまでさぼろうっていう人いないしなぁ……。

「それで？　解散ってのはどういうことなの？」

「そのまんまの意味――……。スペルビアが大きくなりすぎたから解散するって言ってたからー……」

大きくなりすぎると解散する？

どういうこと？

私がわからない内容を海花は理解したのか補足した。

「おそらく収拾がつかなくなったんだと思います。ですので、1度解散して再度集めるってことだと思います」

「解散してどうにかなるの？」

「その集まる場が無くなれば、それに便乗してた人たちは消えます。まぁそれでも個人でやる人はやりますが……」

解散しても迷惑掛ける事をする人は残るかもってことか……。

「スペルビアも困ってたよー……。大事になりすぎたーてー……」

「それについてはあなたたちが原因でしょ！　それを他人事みたいに！」

「海花落ち着いて」

「ですが……」

私は海花を止め、アケディアに1つ質問する。

「……解散するだけで終わらせるわけないよね？」

「そこはスペルビアがけじめは付けるって言ったし、何かやるんじゃないー……？」

「……わかった」

もう話すことはなさそうだし、私は2人の手を掴んでこの場から去る。

2人は突然の事に驚いたが、大人しく私に引っ張られていった。

「……もう行ったよー……」

アケディアは誰もいないはずのところに向けて声を掛ける。

すると、木の陰からバンダナをした男が出てきた。

「おう、てか【怠惰】スキル解除しとるよなぁ？」

「一応ねー……。あー……疲れた……」

「お疲れさん。んで実際に見てどうやった？」

「僕としては、なんだかんだ面倒見てくれそうな首狩り姫か弓の子がいいなー……。あの人形使いの子はうるさそうー……」

「誰も好みの話なんて聞いとらんわ！」

ジャックはため息をついて本題を話す。

「んで、いつ頃戻ってくるんや？」

「んー……スペルビア次第……？　あとアワリティアは多分単独でPKを続けると思うー……」

「強欲の方は自分でルール決めとるっぽいしまぁええやろ。んで傲慢の方はどうするんや？」

「……たぶん全部の罪被って粛清されに行くんじゃないかなー……？　ある意味必要悪としてやるつもりだと思うー……」

「お前から傲慢の人となり聞いとったが、そないな事するんやなぁ……。まったく難儀なやつやなぁ……」

「七つの大罪を潰すって言ってたやつが言うことじゃないよねー……」

それは言葉の文っちゅーもんもあるんやで？　とジャックは説明するが、アケディアは興味なさそうにふーんっと返事をする。

「まぁけじめ付けるっちゅーならそれに越したことはないしな。こっちでもメンバーのリストある程度できとるしな」

「あー……擁護するわけじゃないけど、中にはちゃんと決まり事を守ってるのもいるからねー……」

「わーっとるわ。そういうのはうちが吸収する予定やし、ちゃんと名前覚えときぃよ」

ジャックもただ潰すだけでやっているわけではない。

ギルド、七つの大罪の中にもきちんとルールを守っているのもいる。

そういう比較的まともなやつを自分たちのギルドに引き込み、自身の勢力を拡大する計画もあった。

まぁその代償はなかなか大きかったが。

「んで、首狩り姫に賠償金いくら払うの……？」

「……600万や……」

「それはギルド資金の何分の1……？」

「半分や半分！　情報屋とか使ったからかなり金飛んだんや！」

「まぁ人数そこまで多いわけじゃないしねー……」

正直なところ、第3陣のプレイヤーを引き込むという手もあったのだが、あまり大きくないところに入るかと言われても、初心者としては大きめなギルドに入りたがる者が多い。

そこで今回の事件を利用してメンバーを増やそうということになった。

しかし、潰すにしてもうまい手があるということではない。

だが、ターゲットが分かっていればそれで対処ができると考え、森での戦闘に秀でており、猶且つソロで行動しているアリスを利用しようと考えた。

とはいえ、流石に利用するだけしてポイっというのは良心が痛むため、ギルドで相談して賠償金を払うこととなった。

それがギルド資産の半分ということだ。

だが、これは囮にしたという迷惑料ということにしている。

本当の事を知られた場合、今度はこちらが潰されかねないからである。

主に銀翼に。

なのでこの事実は墓場まで持っていくつもりである。

「正直嬢ちゃんのためにあそこまで動くのがいるとは思わんかったわ……」

「まぁ可愛いし……」

「しかも余計なのまで目覚めさせちまったようやしなぁ……」

「自業自得ー……」

ジャックはため息を吐きながら、アケディアと一緒にこの場から去って行った。


【荒らし禁止】二つ名命名スレＰａｒｔ３【報告は慎重に】

１：名無しプレイヤー
http://******************** ←既出情報まとめ

次スレ作成　＞＞980

304：名無しプレイヤー
結構第2陣にも二つ名付いてきたな

305：名無しプレイヤー
結局二つ名が付くような奴は遅かれ早かれ付くもんだしな

306：名無しプレイヤー
最近だとネットアイドルの海花か

307：名無しプレイヤー
＞＞306あれイベントで一緒にレイド行ったが人形が凄かったわ

308：名無しプレイヤー
【人形姫】は少しベタすぎたかな？

309：名無しプレイヤー
ベタでいいんじゃね？　それが体を成せば

310：名無しプレイヤー
私も早く二つ名が欲しい！　アルトばっかりずるい！　今に見てなさい！

311：名無しプレイヤー
＞＞310いや……二つ名は自然に付けられるもんで……

312：名無しプレイヤー
諦めろ＞＞311

ああなった>>310はしばらく止まらん
313：名無しプレイヤー
【高速剣】の知り合いってなると数限られるから特定されるんだよなぁ……
314：名無しプレイヤー
>>313俺らも誰かはわかってるがあえて言わないんだ。それ以上は言うな
315：名無しプレイヤー
>>314なんでNWOには残念美人の割合が多くなるんですかねぇ……
316：名無しプレイヤー
>>315おい【不沈棺】については何も言うな　あれはマジでド変態だからな
317：名無しプレイヤー
（あれはさすがに）ないです
318：名無しプレイヤー
あれもある意味趣味を追求しているが……さすがにドン引きだわ
319：名無しプレイヤー
マゾにもほどがあんだよなぁ……
320：名無しプレイヤー
そういや【人形姫】で思い出したんだけどさ、あの集団の中で小っちゃい弓使いの小動物的な子おったやろ？
321：名無しプレイヤー

そういやいたな確かルカだっけ？

322：名無しプレイヤー

その子がどうした？

323：名無しプレイヤー

七つの大罪のやつがその子と戦ったらしいんだが、別スレであの子には手を出さない方がいいって言ってたわ

324：名無しプレイヤー

つまり七つの大罪のやつがやられたっつーことか

325：名無しプレイヤー

んで、ＮＷＯをやめる前に忠告って形で書き込んだっぽい

ついでに情報も

326：名無しプレイヤー

あの子そんなに怖かったのか……

327：名無しプレイヤー

とりあえずあの子のスキルとしては毒と症状？　みたいな効果を持ったスキル持ちらしい

328：名無しプレイヤー

症状ってどういうこっちゃ？

329：名無しプレイヤー

えーっと、吐き気やめまいや頭痛とか、ついでに吐血とか呼吸困難とかになったらしい

３３０：名無しプレイヤー
＞＞３２９まるで病気みたいだな
３３１：名無しプレイヤー
ってことで、この際だからその子の二つ名を決めようと思います
３３２：名無しプレイヤー
異議なし
３３３：名無しプレイヤー
とりあえず、毒と病気の病の字は入れたいな
３３４：名無しプレイヤー
なかなか難しい組み合わせだな
３３５：名無しプレイヤー
あとは【首狩り姫】と【人形姫】に近しいから姫の字も入れてもいいかもな
３３６：名無しプレイヤー
＞＞３３５更にハードルを上げるスタイル
３３７：名無しプレイヤー
毒姫……病姫……厄病姫……厄災姫……
難しくね……？
３３８：名無しプレイヤー
単純に【病毒姫】じゃ駄目なん？

３３９：名無しプレイヤー
＞＞３３８お前天才か
３４０：名無しプレイヤー
＞＞３３９つい閃いてしまってな
３４１：名無しプレイヤー
他に意見あるやつおるかー？
３４２：名無しプレイヤー
＞＞３３８の案に賛成
３４３：名無しプレイヤー
同じく酸性
３４４：名無しプレイヤー
＞＞３４３酸性にしてどうするｗｗ
３４５：名無しプレイヤー
ということで、プレイヤー名ルカの二つ名は【病毒姫】に決まりましたー
３４６：名無しプレイヤー
じゃあ二つ名確定スレに書き込んでくるわー
３４７：名無しプレイヤー
＞＞３４６あざす

［荒らしと］【首狩り姫】アリスちゃんに関するスレＰａｒｔ３［転用禁止］

１：名無しプレイヤー

http://******************** ←アリスちゃんまとめ

次スレ作成　＞＞９８０

７２４：名無しプレイヤー

さぁお前らの罪を数えろ！

７２５：名無しプレイヤー

我らは神の代理人 神罰の地上代行者 我らが使命は我らが女神に危害を及ぼす愚者を その肉の一片までも絶滅すること エィメン！

７２６：名無しプレイヤー

＞＞７２４＞＞７２５とりあえずお前ら落ち着け

７２７：名無しプレイヤー

＞＞７２６今来たんだが何があった？

７２８：名無しプレイヤー

＞＞７２７アリスちゃんが再度七つの大罪に襲われた

７２９：名無しプレイヤー

やろうぶっ殺してやるぅ！

７３０：名無しプレイヤー

お前らの沸点の低さがやばい件について

731：名無しプレイヤー
まぁ無事だったようだし落ち着け

732：名無しプレイヤー
正直アリスちゃん以外も無事とは思わなかったわ

733：名無しプレイヤー
ルカちゃんと海花ちゃんだっけか？

734：名無しプレイヤー
＞＞733そうそう　正直2人はやられると思ったわ

735：名無しプレイヤー
それにしても2人も可愛いよなぁ

736：名無しプレイヤー
ルカちゃんは小動物的な感じがあるし、海花ちゃんはツンデレっぽい感じあるしなぁ

737：名無しプレイヤー
個人的にルカちゃんがいいです

738：名無しプレイヤー
幼馴染感ある海花ちゃんがいいです

739：名無しプレイヤー
天然系幼馴染のアリスちゃん一択

740：名無しプレイヤー

俺は寝坊したら起こしに来てくれそうなアリスちゃんかルカちゃんだな

741：名無しプレイヤー

海花ちゃんはデレるまで長そうだしな

742：名無しプレイヤー

＞＞741しかしデレたらめっちゃ可愛くなる模様

743：名無しプレイヤー

お前らの妄想力の高さに草

744：名無しプレイヤー

てかあの3人でチーム作らないかなぁ……

745：名無しプレイヤー

美女3人衆みたいな感じか？

746：名無しプレイヤー

でも海花ちゃんは親衛隊おるし、2人はソロやろ？　組むのかねぇ？

747：名無しプレイヤー

＞＞746でもキャンプの時にアリスちゃんとルカちゃんは組んでたようだぞ？

748：名無しプレイヤー

なら組む可能性もあるのか

749：名無しプレイヤー

ならば姫を守る親衛隊を……

７５０：名無しプレイヤー
＞＞７４９とりあえずやっても程々にしとけよ　初期の海花ファンみたいになる
７５１：名無しプレイヤー
＞＞７５０あれはなぁ……
てかあれで抜けたやつら何してんだ？
７５２：名無しプレイヤー
＞＞７５１ＰＫギルドとか入ってそうだな。アイテムとかそういうの目的にして入ってたやつら
もいたらしいし
７５３：名無しプレイヤー
別に他人の力を頼るのはいいが、頼りっきりなのはちょっと……
７５４：名無しプレイヤー
＞＞７５３まぁ好きに遊ばせてやれ　あとで辛くなるだけだから
７５５：名無しプレイヤー
さて、アリスちゃんのお店でポーション買いに行くかなっと
７５６：名無しプレイヤー
＞＞７５５抜け駆けはさせねえぞぉ！
７５７：名無しプレイヤー
先に行くのは俺だぁぁぁ！
７５８：名無しプレイヤー

いや！　俺たちだ！

759：名無しプレイヤー

なんだこの流れはｗ

「で、この子はどういうことなの？」

「えっと……その……」

今私は銀花を膝に乗せて、正座状態の海花に話を聞いている。

「あの、銀花はここにいていいの？」

「うん。あなたは大丈夫だよ」

現在、話の原因となっている銀花は少し不安そうにしたので、頭を撫でて落ち着かせてあげる。

私が頭を撫でると、甘えるように身体を預けて大人しくなった。

普通に可愛い子じゃん。

「あぁ……お姉様が銀花を可愛がっている……。すっスクショを……」

「海花……？」

「はっはい！　すいません！」

まだ話は終わってないのに何動こうとしてるのかな？

それとも少し説教を増やしたほうがいいのかな？

どっちがいい？　と海花に聞くと、「お話でお願いします……」と言うので話を続けさせた。

「つまり、迷宮イベントが終わった後に撮ったスクショを基に、この子の顔を作ったってことね？」

「はい……」

「？」

あのスクショをこの子を作るために使うとは……。

私は別にいいけど、この子としてはどう思っているんだろ？

一応姉に当たる黒花たちとは顔のベースが違うことになるし、何か思うことがあるんじゃないだろうか。

「銀花の顔？　別に姉たちと違う事は気にしてないよ。だけど、随分とあなたと似ている気がするね」

「私の顔と似ててもいい事ないし、黒花にお願いしてお姉ちゃんたちと似た顔にしてもらう？」

「実は……銀花としてはこの顔気に入っているんだけど……駄目かな……？」

銀花が不安そうに上目遣いをする。

何この可愛い子。

このまま私の妹にしちゃってもいいかな？

「おねかわって言えばいいのかしら……」

「性格もなるべくアリスをベースにしてるから、ある意味双子の妹みたいなもんなんだけどね」

なんか海花とルカが言った気がするけどうまく聞き取れなかった。

まぁこの子の可愛さに免じて許してあげよう。

「それでこの子のスキルはどう選んだの？」

「うっ……」

銀花のスキルの事を聞くと、海花は目を逸らした。

「……海花……？」

「せっ【切断】スキルを付けてます……」

……えっ……？　ちょっと聞き間違えたかな？

もう一回聞いてみよう。

「今何付けてるって言った？」

「【切断】スキルです……」

「……」

おっと、ちょっと意識を失いかけてしまった。

仕方ない……ここは銀花のために【解体】スキルを勧めないと……。

「海花……その……スキル枠は余ってる……？」

「いえ……全部埋まってますが……？」

どうしよう……。

私は頭を抱えて考える。

膝に座っている銀花がオロオロとしているが、どうしてあげよう……。

「でっでも銀花もそこまで困ってる様子はありませんよ！【影魔法】もありますし、料理面でも【解体】とか【料理】もありますから助かってます！」

「えっ？」

「ですから【影魔法】や【解体】に【料理】もありますと……」

私はその発言を聞いてほっとした。

偶然でも【解体】スキルを取ってくれていてよかった……。

「海花、よくやった」

「はっはぁ……？」

海花はよくわかってないけど、そのスキルを持っているなら戦闘でも問題ないね。

私はよかったね、と言って銀花を撫でる。

銀花も何が何だかわかっていないが、私にされるがままになっている。

「それにしてもあの銀花が大人しくしてますねぇ……」

「えっ？　銀花いい子だよ？」

「あたしには全然デレてくれないんですよー」

「銀花、そうなの？」

「だって……主なんか暑苦しいから……」

銀花の発言に海花はショックを受ける。

まぁ海花少し暑苦しいところあるしね……。

でも私も結構くっついてるけど平気なのかな？

「あなたはなんだか落ち着くので……」

「どこら辺が？」

「なんと言うか……こう……ポカポカして……」

「……」

「どうかした……？」

「銀花、私のところに来よう」

「お姉様っ⁉」

私の発言に海花がストップを掛ける。

「ほら、私の方が銀花に懐かれてるし」

「いやいやいや！　銀花はあたしのですから！」

「海花に銀花は預けられない」

「預けるも何も主はあたしですよ⁉」

「あの……一応あれでも銀花の主だから……」

まぁ銀花がそう言うなら……。

そんなこんなで話していると、ジャックがやってきた。

ルカと海花はジャックが来た事で警戒する。

「何の用？」

「囮の件で助かったもんやから、その報酬……というか賠償金やな。それを渡しに来たんやで」

ジャックはそういうと、私にトレードをしてきた。

一体いくら貰えるのかと見ていると、そこには6が1つに0が6つ付いていた。

私は驚いてジャックの方を見る。

「色々迷惑掛けたからその分や」

「いやいや多すぎない⁉」

「だから報酬分も含んどる言うたやろ」

だからって600万渡す⁉

なんか逆に怪しく思えてきた……。

じーっとジャックを見つめると、ジャックは「ほなさいならー」と言ってそそくさと去って行った。

今度捕まえて問い詰めてやる。

まぁともかく突如入ったこの大金の使い道を考えよう。

まずは家の借金の返済で100万程飛んでいく。

次に生産設備とかを調えたいから……たぶん200万程かな……？

何に使おうかな……。


「ご主人様、新しく採れた蜂蜜入れておくよ」

「ありがとねサイ」

サイは新しく購入した、蜂用の防護服を纏った姿で私の前に現れた。

最初は2人であたふたしながら操作していた機器も、今ではサイ1人で操作できるようになっていた。

「ご主人様ー、レッドポーションの追加できましたー」

「リアもありがとね」

「えへへー！」

追加のレッドポーションを作ってきてくれたリアの頭を撫でてあげる。

するとリアは嬉しそうに喜ぶ。

その様子を見たサイが何か言いたそうだったので、防護服を脱いだサイの頭も撫でてあげる。

サイは恥ずかしそうにするが、満更でもないようだ。

「それにしても色々設備増えたよな」

「まぁお金一杯入ったからね」

ジャックから受け取った賠償金で家の借金も完済し、装備分の金額を残して設備を調えまくった。

おかげで賠償金は50万ちょいぐらいになったが、これだけあればまた何かあった際にも使えるだろう。

今では養蜂に畜産に解体場、更に追加で畑も個人フィールドに作ることができた。

しかし機器よりも、畜産関係の動物や設備の方がお金掛かるとは思わなかった……。

でもおかげで卵やミルクなどは定期的に手に入れられるようになったし、動物たちも個人フィールドのためのびのびと動くことができる。

さすがに養蜂設備にはいけないようにしてるけどね。

「まぁ店だからカウンターはわかるんだけど、この席とかはなんなんだ？」

そう、実はお店の方も改装をしている。

今までは窓のようなお店だったが、きちんとお店の中に入れるようにした。

そして追加でカフェのようにくつろげる席も用意した。

これについては、私が作った食べ物を売るのもあるが、ここで食べれるようにするためだ。

むしろ知り合いと食事をする時というのが大きいかな？

そのことをサイに伝えると「なるほど」と言って理解したようだ。

「だから鶏とか牛を仕入れたのか」

「これでケーキとかそういったのも作れるようになるからね」

「そのための卵で山王鳥か……何で高いところからわざと落ちる必要があるのかずっと疑問だったし、リアがすげえ心配してたんだけど……」

あれについては【落下耐性】スキルを上げる必要があるからやっているんだよね。

そうでもしないと山王鳥の卵を手に入れるのが無理そうなんだもん。

1回挑戦してみたら即行で卵割られたし……。

「それでなんで俺は仕事の時こんな服着るんだ？」

「嫌だった？」

「なんか恥ずかしいし……」

サイは今仕事着となる執事服を持っている。

もちろんこれはリーネさんに作ってもらった。

リアにはもちろんメイド服を着てもらう。

ウェイトレスと言ったらメイド服だよね。……偏見じゃないよ？

だってほら、リアは気に入ってもう着てるし。

「まぁオープンにはまだ品物が決まってないし、もう少し先になるかな？」

「どういった物出すんだ？」

「一応デザート系を基本にしようかなって思っているんだけど、やっぱり普通の食べ物もいるかな？」

「ならサンドイッチやパン系でいいんじゃないか？　あれなら無難に売れるだろうし」

サンドイッチってなると具はやっぱり卵とかかな？

野菜も自分たちで栽培してるし、そういうので作りやすいもんね。

それに味噌と醤油も作れたから料理のバリエーションも増えたしね。

だからあとは米さえあれば……。

……レヴィに乗って南にずっと進めば何か見つかるかな……？

まぁそんなことしたら途端に強いＭＯＢとか出てきそうだから行かないけどね。

強い敵といえば、私は火山と雪山に行ってないけど、少しずつ開拓が進んでいるようだ。

そして奥までたどり着いたプレイヤーの情報によると、最深部がダンジョンになっているということが判明した。

つまり火山と雪山ダンジョンの２つが存在しているということになる。

まぁだからと言って私が行くということにはならないんだけどね。

行くとしても当分先かなとは思うけどね。

とはいえ、未だレッドポーションの需要は上がっているので販売する物は変わらない。

でもそろそろレッドポーションの上位ポーションの作製も視野に入れておくべきかな。

まぁ材料がわからないからどうしようもないんだけどね。

いつまでもナンサおばあちゃんに聞くっていうわけにもいかないし、自分で見つけないといけないもんね。

でもポーションに色が付いたってことは、上位ポーションも色が関係しているはずなんだよね。

問題は赤の次は何かっていうことなんだけど……。

大抵のゲームだと赤だとしたら次は青とかだけど、青っぽい薬草みたいなのあったっけ……？

一応サイとリアにも聞いてみたが、２人とも知らないと言っていた。まぁそうだよね。

「でも今以上にお客さん増えたら、リアちゃんと接客できるかな……？」

「んー……そんなに劇的に増えないと思うから大丈夫だと思うよ？」

「一応俺も接客やれるが、どうしても農場とかの方やらないといけないからな……」

「どうしてもきついようなら他に雇うけどどうする……？」

一応住み込みができるような部屋はいくつか余ってるし、資金も多少余裕はできてきたからもう1人ぐらいなら雇えそうだけど……。

でも雇うとしても、サイやリアと仲良くできる人がいいよね。

んー……なかなか難しい。

「アリス、いる？」

「ルカどうしたの？」

ルカが私を呼びながらドアをノックしたので、ドアを開けてルカに何があったかを尋ねる。

「ちょっと相談」

「相談？」

「家についてちょっと聞きたい」

どうやらルカも家を持ちたいようだが、設備や土地とかの代金がいくらぐらい掛かるのかがわからなかったため、既に家を持ってて知り合いである私に聞きに来たらしい。

ギルドの人に聞かないのかな？　と思ったけど、人見知りだから聞けないのか……。

「ルカも何かお店開くの？」

「一応。人見知り少しは治したい」

「そっか。とりあえず設備とかを後回しにして土地だけ購入すれば、大体２００万ぐらいあれば足りると思うよ」

「２００万……」

ルカが金額を聞いて見てわかるぐらいしょんぼりとした。

とはいえ資金はどうしようもないしなぁ……。

居候とかできればいいんだけど……。

「わかった……ありがと……」

「うっ……うん……」

そしてルカはしょんぼりとしながら去っていった。

どうにかしてあげられないかなぁ……。

って言っても資金は手伝えないし、できることとしたらルカの作った品物を置いてあげるぐらいだけど……。

でもルカがお店を開くのは、人見知りを治すためだから、私が代行するのは違うしなぁ……。

んー……どうしようか……。


「ということなんですけど、何かいいアイデアありませんか……？」

「んー……なかなか難しい相談にゃ。資金を貸してあげるのは簡単にゃ。でもそうするとルカちゃんのためににゃらにゃいし、ルカちゃんもその事で色々と悩んでしまいそうにゃ」

私は今リーネさんに何かいいアイデアがないか相談に来ていた。

1人で考えるよりも、実際にお店を開いているリーネさんに相談した方がいいかと考えたからだ。

とはいえ、そうそういいアイデアが出るわけがなく、2人で喉を鳴らして唸っていた。

「アルバイトとかできればいいんですけどね……」

「それは結構難しいと思うにゃ。日当ならともかく時給となると今度はアリスちゃんが支払えなくなるかもしれないにゃ。正直、私も月額ってなってるから支払えてるのもあるのにゃ」

確かに1日8時間労働として、時給1000Gとした場合8000Gとなる。

これが3倍となっているNWOで3日丸々入ったら2万4000G。

それが1ヶ月続いたとしたら単純計算で72万Gとなってしまう。

さすがに全部丸々は入らないにしても、1日8時間×20日としても16万Gとなる。

現在レッドポーションを1個210Gで売っており、先ほどの仮代金を払うとしたら760個近く売らないといけない。

それも1月でだ。

1時間当たりの生産量が大体20個なので、38時間使うことになる。

2日あればできるじゃんとか思うけど、生産活動って意外に精神を削られるものだ。

しかも同じ物を延々と作るなんてなると発狂しそうになる。

同じ作業を黙々と続けるというのは、かなり大変な事なのだ。

だからこそ【集中】スキルというのがあるのだろうけど、あれは使った後の反動がやばいので正直あまり使いたくない。

「となるとやっぱり代売りが今のところいいかにゃ……？」

「そうですね……。私もルカを雇ってもいいんですけど、どうしても資金面が……」

「まぁそこが難しいから仕方ないにゃ。生産した物を仕入れてそれを売るっていうことじゃないから、どうしても生産活動が必要になってくるにゃ……」

そこなんだよね……。

彼方を立てれば此方が立たず、という状況なんだよね……。

「これじゃあ料理売り出すのももう少し先かなぁ……」

「……アリスちゃん、ちょっと待つにゃ」

「え？」

私何か変なこと言った？

「今料理を売り出すって言ったかにゃ？」

「はい……言いましたけど……」

「それなら手があるにゃ」

「えっ……？」

なんで料理を売る事だとなんとかなるの？

「アリスちゃんは今ポーションを毎日販売してるにゃ。それはあってるかにゃ？」

「はい、私がいない日はリアに任せてますけど……」

「でも料理となるとアリスちゃんがいる時しかできないにゃ」

「まぁ……そうなりますね……」

「ってことは、ある一定の日だけをルカちゃんのバイト日にすれば資金もそこまで必要にならないにゃ。それと並行してルカちゃんの品物を代売りしてあげればいいにゃ。それならルカちゃんも生産できるし、アリスちゃんも色々活動できるにゃ」

確かに急いでルカにお金を稼がせる事だけを考えてたから、リーネさんが言うように一定の日だけルカを働かせるという事を考えられなかった。

例えば週2にすればそこまで無理でもないし、ルカも自分の事ができる。

お金としてはそこまで稼げないかもしれないけど、その分生産できたものが売れれば資金も貯まっていく。

ポーションを毎日売ってたから、毎日開かないといけないと思ってたのがダメだったね。

「でも1つ問題があるにゃ」

「なんですか？」

「そもそもプレイヤーを雇う事ってできるのかにゃ？」

「……」

言われてみればそうだよ。

そういうのの手伝いをしてもらうためにサイやリアたちみたいな子や、リーネさんが雇っている人たちみたいな人もいる。

ということでここはGMコールで聞いてみることにした。

リーネさんもGMに聞いた方が確実にゃ、という事で早速呼び出してみた。

『はい、こちら運営スタッフです。どういたしましたか？』

『えっと……知り合いをお店で雇いたいんですけど、そういうのって可能ですか？』

『知り合いというのはプレイヤーということでよろしいですか？』

『そっそうです』

『そういったことについては可能と言えば可能です。ですが、その場合は雇う方のお店がある街のギルドで契約書を交わす必要があります』

『それはギルドホールで言えば大丈夫ですか？』

『はい、大丈夫です』

『わかりました。ありがとうございます』

『ではまた何かありましたらお問い合わせ、もしくは緊急性が高い場合はＧＭコールをご利用ください』

どうやら大丈夫なようだ。

「なら後はいつ料理屋を開くかかにゃ？」

「そうですね。それも含めてルカと相談しないと……」

こっちが勝手に決めちゃってるけど、ルカだって予定あるもんね。

まずは連絡しないと……。

「まぁ解決してよかったにゃ」

「リーネさん相談に乗ってくれてありがとうございます」

私はリーネさんにお礼を言ってルカに連絡を取った。

ルカに連絡を取ってお店に来るように言った後、簡単なパン料理を作って席に座ってルカを待つ。

しばらくするとルカがお店に着いたのか、ドアをノックした。

「来たよ」

「入っていいよ」

「失礼します」

「そう緊張しないでいいよ。ほら、席に座って」

「うん……」

ルカが席に座ったので、先ほど作った皿に載せたパン料理を差し出す。

「これは……?」

「今度お店で出す料理の1つ。今回は卵サンドにしてみた」

ルカは卵サンドを手に持ってその小さな口に運ぶ。

「っ〜!」

「美味しい?」

ルカはコクコクと頷いた。

どうやら美味くできたようだ。

ルカが卵サンドを食べ終わったのでさっそく本題に移る。

「ルカ、私のお店でバイトしない?」

「バイト……?」

「まぁバイトと言っても、現実の週2日ぐらいだからそこまでお金貯まらないいんだけど……」

「それは別に構わない。でもいいの？」

「お店開くに当たって人手が欲しかったからね。あとルカの作った物も代売りしても大丈夫だよ」

「いいの……？」

「まぁたぶん手数料を取らないといけないかもしれないから、そこはごめんだけど……」

「それぐらい当然の対価。でも……」

ルカが少し心配そうにこっちを見る。

おそらく自分のことで迷惑を掛けていると思っているのだろう。

私は席を立ってルカの隣に移動する。

そしてルカの手を両手で握ってあげる。

ルカは不思議そうにするが、私は微笑んで声を掛ける。

「困った時はお互い様でしょ？　それに私はルカに助けてもらってばっかりだし、少しぐらい手伝わせて」

「助けたって、何かしたっけ……？」

「ポーション作製のためのビン作ってくれたり、私が大変な時に助けに来てくれたし、他にも色々あるよ？」

「そんなことで？」

そんなことっていうけど、実際かなり助かったんだよね。

「まぁともかく、ルカがいいなら私のところでバイトしてくれる？」

「じゃあ……お願いします……」

「うん。よろしくね、ルカ」

ということでルカにもあの服を……。

後でリーネさんにお願いしとかないと。

ふふっ、楽しみだなー。

ルカの衣装のことを考えて私はクスっと笑ってしまう。

その事にルカが不思議に思ったのか首を傾げたが、何でもないよと言ったため特に追及されることはなかった。

「ということで、バイトとして入ってもらうルカだよ」

「よろしく」

私はギルドホールで正式にルカをバイトとして雇う契約を交わした。

バイト日や時給、それに代売りの手数料とかはお互い納得のいく値段にすることができたし、あとはちゃんと売れるかだけが問題だ。

そして今、正式に雇ったルカをサイとリアの2人に紹介している。

「ってことは、リアは販売に回った方がいいですか？」

「そうだね。ルカが来てくれたおかげでフロアの方が回るようになるからね」

「俺は収穫とかが終わったらそっちを手伝う形でいいのか？」

「うん、お願いね」

まぁ料理を作れるのが私だけだから、そこはいいかな。

「ってことで、ルカはフロアで接客お願いね」

「頑張る……」

ちゃんと注意書きとか書いておくから……。

「でもまだ料理の材料が揃いきってないから、お店を開くのは来週ぐらいからかな？」

「その来週ってこっちでの？」

「んと、こっちでの来週にするとまだ食材足りないからあっちでの来週かな？　ルカは大丈夫？」

「だいじょぶ」

3週間あればある程度の食材も揃うし、ルカも売る品物を作る時間もできるもんね。

それにルカの接客用の服もね……ふふっ。

既にリーネさんに手配済みなのだ。

もちろん支払いは私がやるけどね。


開店準備や料理の試作をしている内に、あっさり1週間が過ぎていった。

そしてお店を開くということなので、いっそのこと店の名前も考えようとリンやショーゴたち、それに知り合いたちにも勧められた。

案としては『アリス・イン・ワンダーランド』といったのが挙がったが、不思議の国のアリスを直訳したみたいだったので却下しといた。

とはいえ他に浮かぶものがなかったが、誰かが言った『お茶会』というのは気に入った。

まぁ喫茶店みたいなものだもんね。

あとはそれに何を付けるかということだが、ピンとくるものがイマイチなかった。

そこで、私のイメージと付け合わそうということになった。

そして誰かがボーパルバニーとか言ったが、それは看板にしようと満場一致で勝手に決められてしまった。

でもウサギは可愛いし、いいかなと思ったのでその事を伝えると、アリスが気に入ったのならそれにするといいと言われたのでウサギで決定した。

『ラビット・ティーパーティ』

これが私の喫茶店の名前となった。

単にウサギとお茶会を英語に直しただけなんだけどね。

まぁ喫茶店とは言ってもまだ紅茶やコーヒーはないんだけどね。

「んでこの物騒な看板は……」

「皆監修、私作製」

そして店の前に看板が置かれたのだが……。

「なんで刀を持ったウサギが血まみれの看板なの……」

「アリスをイメージして作った」

えぇ……。

これで人来るの……？

「世論調査も済んでる。アリスの店って一目でわかるから親切って出た」

「私のイメージどうなってるの⁉」

そもそも食事をするのに、血まみれの看板なんて見たくないよね……？

でもせっかく作ってもらったし……。

まぁ客足に響くようなら悪いけど取り外すことにしよう……。

「ということで、開店まであと1時間切ってるわけです」

「お品書きとかの確認、だいじょぶ」

「ってことでルカ、この接客用の服に着替えてね」

「わかった」

そう言って私はルカにメイド服をトレードする。

ルカは身に付けていた装備を受け取ったメイド服に替えた。

「っ!?」

ルカは着替えてびっくり、メイド服だったことに気づいて顔を赤く染める。

デザインは一般的な白と黒が基本のメイド服でお願いした。

ちなみにリアとお揃いだ。

「なにこれ……」

「えっ？　メイド服だよ？」

「それはわかってる……でも……」

ルカはメイド服姿に恥ずかしがっており、もじもじとしている。

私の服装はメイド服ではなく、いつもの着物にエプロンを付けて調理を行う。

「アリスだけずるい……」

「私は接客じゃないからね」

「てかこの服……私にサイズ合ってるんだけど……」

「まぁルカにサイズ合わせて作ってもらったからね。あっ、代金は私が払ったから気にしないでね」

「うっ……」

私が代金を払って作った物ということで、ルカも観念したようだ。

さてと。

「こんなことやってる間に開店時間近くなってきたから、ルカは扉の前に待機してね」

「むぅ……。わかった……」

私が指示すると、ルカは扉の近くに待機した。

だが、やっぱり恥ずかしいのかそわそわしながら辺りを見回している。

まぁ初日だし、特に情報公開もしてないからポーション買いに来た人ぐらいしか来ないでしょ。

と思っていた時期が私にもありました。


「おーい、アリスー。来たぞー」

「せっかくだし来たぞ」

「あら～ルカちゃんその服似合ってるわよ～」

「ルカさん可愛いです！」

「ルカちゃんマジ可愛い！」

Rabbit Tea Party

開店と同時にショーゴたちがお店に入ってきた。

そして早速ルカは顔を赤くして5人の接客を始めた。

「いっ……いらっしゃいませ……。アイテムの購入ならあちらへ……。お食事ならご案内致します……」

ルカ……後半声が消えかかってるよ……。

でも恥ずかしがりながらも頑張った！

「5人も席座っちゃ邪魔だろうし、今日はアイテムだけでいいや。あとパンをテイクアウトで」

「でってはカウンターへどうぞ……」

そう言ってショーゴたちはリアのいるカウンターへ向かった。

あちらにはテイクアウト用の食べ物の一覧が置いてあり、リアがその注文を取ってくれる。

「ご主人様ー！　卵サンド5つお願いしますー！」

「はーい」

私は注文された卵サンドを調理する。

その間にも別のお客さんがお店に入ってきてルカが接客している。

今度のお客さんは知り合いではなく、本当にお店に来るお客さんだった。

「いっ！　らっしゃい……ませ……」

ルカが緊張して声が跳ね上がったのが聞こえたが、いま私は料理を作ってるから手伝えないんだ。

ごめんね。

「はい、卵サンド5つできたよ」

私が渡した卵サンドをリアが受け取ってショーゴたちに渡す。

そして代金を払ってショーゴたちはお店から出て行った。

すると今度はルカからメッセージが届いた。

現実みたいに注文の時に使うデバイスはないので、メッセージをそのデバイス代わりに使うことにした。

これなら履歴も残るので間違いも起きにくいからである。

「さて、ハムサンド2個にアップルジュースね」

私は注文された品物を急いで調理する。

てか次々にお店に人が入ってきて大忙しだ。

席もそんなに多くないのだが、食べたら早めに出るお客さんが多いので、無駄に回転率が高い。

おかげで私も休む暇がない。

午前3時間、休憩1時間、午後4時間の計7時間労働が終わり、喫茶店側のお店の看板をOPENからCLOSEに変えた。

私とルカは椅子に持たれかかって休憩していた。

「やばい……これやばい……」

「人……多すぎ……」

多めに食材を揃えていたはずなのに、全体の8割近く消費していた。

そして料理も比較的値段を少し高めに設定していたのだが、普通に売れまくった。

なんで1日で売り上げが8万近くいくの……。

しかも喫茶店側だけで……。

「これ……週1にして正解だった……」

「確かに……消費がやばい……」

さすがにこれを週3とかやったら食材が尽きるし、私たちの方も倒れる。

「結構消費したな。少し植える数増やした方がよさそうだな」

「ありがと……サイ……」

サイは消費した食材の数を見て、畑の調整を行うようだ。

ほんと頼りになる。

「リアも……もう少ししたら休憩していいからね……」

「えっと……リアは大丈夫ですので、ご主人様たち休憩して平気ですよ……？」

死屍累々の私たちの様子を見て、リアが気を使ってくれている。

とはいえ、小さな子にそこまで気を使わせてはいけない。

私は気合を入れてリアの隣に移動し、アイテム販売を行う。

結果的に、本日の売り上げは20万を超えていた。

ルカのアイテムも結構売れたようで、数万いっていた。

この調子なら結構早めにお金貯まりそうだね。

でも……なんで広告もしてないのに、あんなにお客さん多かったんだろう……？


カフェ開店から数日が経ったある日。

「ご主人様ー。サンちゃん元気に育ってますー」

「そっか。じゃあちゃんと面倒見てあげるんだよ？」

「はーい」

ディセさんと山王鳥の卵を採りに行き、採ってきた卵をどうしようかと相談した結果、リアが育てる。というので任せてみた。

育てる前に色々と情報を集めた結果、過去に卵を手に入れた人たちが同じことを考えて育てようとしたが、まったく懐く気配がなく、育って卵を産むようになっても近づくとすぐ卵を割られてしまっていたようだ。

その話を聞き、懐く様子がないようならば逃がすという事を考えたのだが……。

リアに凄く懐いたため、今後は全部リアに任せることにした。

リアが教え込ませたのかわからないが、私とサイに対しても一応警戒はしていないので、卵を貰っていっても大丈夫にはなりそうだ。

育てるに当たって餌や成長速度についても調べてみると、餌は食べ物なら何でも食べるらしく、成長もかなり早いようですぐ成体になるそうだ。

不死であるが、卵が育てにくい山王鳥はこのように数を増やしているらしい。

まぁ、山王鳥をうまく育てられそうな気配があるので、採れた卵を市場に出すということを考えたが、貴重な山王鳥の卵をそうそう出してしまうと値崩れしてしまう恐れがある。

なので、本当に資金に困った時だけ市場に売り出そうということになった。

ということで、山王鳥の卵を使った料理は私の店限定の商品という形になりそうなのだ。

そんな感じで私の店の商品が増えたのは良いことだ。

しかし、これから向かう場所は未踏の地であり、入り方すらわかっていない。

ということで。

「サイ、リア。お留守番よろしくね」

「わかった」

「ご主人様！　行ってらっしゃい！」

そう。

私がこれから向かう場所は調和の森だ。

あれからスキルも増えたし、おそらく条件を満たしているであろうという考えでリベンジしにいくのだ。

また失敗した時に飛ばされ対策のアイテムもいくつか用意してあるし、何が来ても大丈夫！……のはず！

「キュゥ！」

「大丈夫だよ。イカグモさんたちのご飯も持ってるから」

「キュゥゥ！」

「まーま。ネウラもごはんあげたい」

「そうだね。行くのも久々だもんね」

レヴィもネウラもイカグモさんと会うのが楽しみなようだ。

まぁ急いでるわけでもないし、少しゆっくりしていいかもね。

ということで到着しましたクラー湖。

相変わらず湖は綺麗だなー。

クラー湖に着いたので、レヴィとネウラを召喚すると、レヴィは真っ先に湖に向かっていった。

ネウラはじっと待っていたので、イカグモさん用のご飯を皿に載せて置いてあげる。

その皿を器用に蔦で持ち、湖の岸辺に移動して近づいてきたイカグモさんたちにご飯を与えている。

「まーま。もっとちょうだいー」

「今行くよー」

どうやらイカグモさんたちも楽しみに待っていたようだ。

私は岸辺に近づいて追加のご飯を皿に載せて、イカグモさんたちの食事の様子をじっと見つめる。


「んー……ちょっと久々だからって貰いすぎな気が……」

「キュゥ？」

「まーま？」

ご飯のお礼として糸を貰えたのはいいんだけど、23個は一度に貰いすぎな気しかしない……。

きっとイカグモさんたちも私たちが来ないと暇なのだろう……。

クラー湖に遊べるような遊具を設置するべきなのだろうか……？

てか、そもそもフィールドにそういうアイテム設置ってできるのかな？

まぁそこは実験しないといけないね。

「さて、そろそろ調和の森に近づくから2人とも召喚石に戻ってね？」

「キュゥ！」

「やー！」

えぇ……。

なんでそこ拒否るの……？

「えっとね……？　もしかしたら飛ばされちゃうかもしれないし、危ないから2人は戻っててほしいんだけど……」

「キュゥ！」

「ネウラもまーままもる！」

どうやら2人は私を守るといって聞かないようだ。

どうしようか考えていると、以前聞いた声が森の中に響いてきた。

『侵入者』

『侵入者』

『だが』

『だが』

『以前感じた』

『気配』

うそっ!?

まだ霧も出てないし、気分は悪くなってないためそんな深く入ったつもりはない。

もしかしてスキルが成長したせいで、なんらかの耐性ができてたの!?

『だが』

『だが』

『以前とは違う』

『違う』

『資格』

『所持』

『それに加えて』

『眷族もいる』

『いる』

眷族……？

レヴィとネウラのこと……？

『ならば』

『ならば』

『我らは』

『我らは』

『汝を』

『汝を』

『『歓迎する』』

その瞬間、私たちは突風に襲われた。

咄嗟にレヴィとネウラを抱きしめて飛ばされないようにした。

しばらくすると突風が止んだため、ゆっくりと目を開ける。

「えっ……?」

目の前には大木の上に家が建てられていたり、その大木を繋ぐ用に橋などが架けられて移動できるようになっている街のようなのがあった。

「どっ……どういうこと……?」

私たちは何が何やらわからず困惑していると、橋の上にいた人が私たちに気づいて声を掛ける。

「おや、人が来るなんて珍しいな」

「えっと……ここはどこですかー?」

「ん? わかっててここに来たんじゃないのか? ここは調和の森の中にあるエルフの里だよ」

えっエルフー!?

確かに言われてみれば、あの男の人の耳が少し長い気がする。

ってことは……。

「私たち……気づかずにエルフの里に来たってこと……?」

やばい……これどう説明しよう……。

主にショーゴとリンに……。

うーん……どうしよう……。

知らずにエルフに出会ってしまった。

しかも里も含めて……。

これって情報開示していいものなの……?

もし秘密にしてたりしたらあっちも迷惑だし、たぶん一部の層が絶対騒ぐ。

確かに気持ちはわからなくもない。

男性ですらすらっとした体形に美形だ。

これが女性なら更にスタイルがいいとくる。

まぁ元々そっち方面の人だとエルフ好きって聞くし、仕方ないところもあるのかな？

ぶつぶつと考えていると、先ほど声を掛けてきたエルフの男性が問いかけてきた。

「君はどうしてこの里に来たんだ？」

「えっと……前回調和の森に来た時に吹っ飛ばされたので、そのリベンジに……」

「ということは、意図して里に来たわけではないと？」

「はい……」

まぁ傍から見ると何しにきたんだって感じだよね。

あっ、そういえば1つ確認しておきたかったことがあった。

「あのー。調和の森を抜けるためにはどうすればよかったんですか？」

「ん？　わからずに抜けてきたのか？」

「前回資格の欠片はあると言われましたけど、はっきりとはわかっていないもので……」

「そういうことか。ともかく、調和の森を抜けるためには【植物魔法】の所持、もしくは大樹の眷族がいることだな。そのどちらかがないと門番として入口にいるシルフに吹き飛ばされることになる」

大樹の眷族？

大樹ってことは樹木系の事を指しているんだよね？

ってことはネウラの事を言っているのかな？

確認の意味でネウラの方を見ると、ネウラは首を傾げている。

どうやらわかっているわけではないようだ。

「あと、以前来た時には霧で覆われていたのですけど、今回は霧が出ていなかったんですけれども、それも何か関係あるんですか？」

「霧については大樹が結界代わりに展開しているが、眷族がいるとその周囲を避けるようになるらしい。まぁ私は見たことはないんだけどね」

ということは、前回はネウラを呼び出さなかったため入れなかっただけで、今回はスキルも持ってネウラも出ていたからスムーズに行けたということか。

まぁ【植物魔法】なんていう特殊なのはあんまり取る人いないし、ネウラみたいな樹木系統のモンスターをペットにしている人もほとんど見てないし、そういうことなのだろう。

「まぁこんな入口で話しているのもなんだろう。里に入りたまえ」

私はエルフの男性の言われるまま、エルフの里に入った。

森の民と言われているだけあって、木造の家や木々で造られた建造物が目立つ。

街の人も、人が珍しいのか異邦人が珍しいのかわからないが、興味津々な目でこちらを見ている。

あんまり注目されるのは苦手なんだけどなぁ……。

少し早歩きでその場を離れ、静かになれそうなところに移動した。

そして少し上を見上げてみると、高層ビルかと思える大きな木が聳え立っていた。

あまりの大きさに呆然としていると、近くにいたお年寄りのエルフが声を掛けてきた。

「おや、人が来るとは珍しいことですね。どこから来たのですか？」

「えっと……エアスト……ここから東にある街から来ました」

街の名前を言ってもわからないかもしれないし、方角で言った方がいいよね。

「そうでしたか。この里に人が来るなんてもう久しくなかったため、大勢から注目されたんじゃないですか？」

「まぁ……そうでしたね。なので少し落ち着けそうな場所に向かっていたら、ここに着いた感じですね。それより、あの大きな木はなんですか？」

私は大きな木を指差して尋ねる。

「あれは世界樹から分かれた種の1つが育ったものだね」

「えっと……あれと比べて世界樹はどれぐらい大きいんですか……？」

「私も見たことはないが、聞いた話によれば山よりも大きく、天まで届くと思うぐらい大きいらしい」

ほえー。

そんなでっかい木があるのか。

ゲームみたいに、大きな木を中心に街を作っているとかもあるのかな？

まぁまだオルディネ王国にしかいないから、そういった国もあると思うし、いつか行ってみたいな。

「……」

「ネウラ？」

「なんだか……なつかしいかんじがするー……」

そういえばネウラが大樹の眷族とかどうとか言ってたし、そういうのと関係があるのかな？

「おや、大樹の眷族ですか」

「おじいさんは何か知っているんですか？」

「昔話になりますが、その子みたいなモンスターは元々世界樹が生み出した眷族とされているのですよ」

モンスターにも誕生とか関係しているんだ。

ってことは、レヴィにもそういう誕生の元とかがあるのかな？

私がレヴィの顎を軽く摩ると、小さな唸り声を上げる。

まぁ気長に探すとしよっか。

「少しゆっくりしよっか。ネウラも故郷に戻ってきたんだもんね」

「んー……？」

ネウラを膝に乗せて少しリラックスしながら大樹を見上げる。

んー。

やっぱり大きい。

でもこれだけ大きかったら外から見えると思うんだけど、木の上にいてもこんな大樹は見えなかったしなぁ……。

その事を聞いてみると、大樹には霧以外にも幻覚で見えないようにする力があるらしい。

道理で見えなかったのか。

「そうそう、せっかく大樹の近くまで来たのですから一緒にお参りにいきませんか？」

「お参りですか？」

「えぇ。我々エルフは大樹と共に育ってきたと同時に、大樹に守られているのです。なので、お参りを行っているのです」

「じゃあせっかくですし、ご一緒させていただきます」

私はおじいさんについていき、エルフたちがお参りしているという根元に来た。

「それで、お参りと言ってもどうすればいいですか？」

「そんなに難しい事ではありませんよ。この根元に触れてMPを吸わせてあげるだけでいいのです。触れたとしても急激に吸われる事でもありませんし、怖がることはないですよ」

つまり、MPを栄養として取り込んでるっていうことなのか。

私は言われた通りに大樹の根元に触れる。

すると、確かにMPは緩やかに減少していった。

おじいさんの言う通りで、ほんとにミリぐらいしか減っていないので危害を加えられるということではないようだ。

まぁせっかくだし、少しぐらいMPを分けていってもいいだろう。

そう思ってスキルを入れ替える。

「【成長促進】」

私はスキルを使ってMPを多めに注ぎこむ。

まぁそんなに影響あるとは思わないけどね。

さて、と手を離して離れようとすると、上から光に包まれた丸い小さな球がゆっくりと落ちてきた。

私はそれを落とさないように両の手の平で受け止める。

「これは……？」

「おや、大樹が喜んだようですね」

どうやら、たまにお参りに行っていると、このようにアイテムを落としてくるようだ。

私は手の平にあるアイテムを鑑定してみる。

大樹からの贈り物【消耗品】
大樹からの感謝の気持ち。開封することでアイテムが1つ入手できる。

おぉ。

こういうアイテム入手もあるのか。

ということで早速開封っと。

魔力の苗【消耗品】
魔力を持った葉が付く苗。苗が育つと定期的に収穫できる。

えっと……これは……？

魔力を持った葉ってことは、魔法関係に使えるってことでいいんだよね？

んと……とりあえず……。

大樹さん、ありがとうございます！

さて、帰ったらサイにお願いしなきゃね。

「リアー、サイー。お土産だよー」

私はエルフの里で買った宝石が埋め込まれた木彫りのネックレスを2人に渡した。

「これなんです？」

「首飾り？」

「えーっと、2人にあげたのはお守りだよ」

「こんなのどこで買ってきたんだ？」

「えー……それは……」

「もっもしかしてとっても高いものなんですか!?」

「そっそんな高くないよ！」

まぁ1つ1万Gぐらいしたけど……。

精霊の加護とかいう効果付きだったし、二人にもそういう加護があった方がいいかなーと思って……。

「てかご主人様どこ行ってきたんだ？　調和の森とは言ってたけど」

「そんな森にこんなのがあるんですか？」

2人が疑問を持って私に問いかける。

んー……これは正直に話した方がいいだろうね……。

リアはともかく、サイはきっと疑うだろうし。

「『エルフの里だとー（ですかー）!?』」

「あー……うん……」

まぁそうなるよね。

私はどうやってエルフの里に辿り着いたのかを2人に説明すると、2人は更に驚いていた。

「あとサイにもう1つ渡す物があって……」

「まだあんのかよ……」

サイがまだ何かあるのかよといった具合に苦い顔をする。

ごめんね、サイ。

私は大樹からの贈り物の苗木をサイに渡す。

「んで、これは？」

「えっと……魔力の苗っていうやつで、育てると葉が収穫できる苗なんだけど……」

「一応聞くけど、育て方とかって……」

そこは大丈夫！

ちゃんとわかる人に聞いてきたから！

聞いてきた育て方をサイに説明する。

するとサイは、少し考えた後にまぁ大丈夫だろう、と言っていたのでお願いしよう。

まぁ収穫できたら色々試してみるとしよう。

魔力というからにはきっと魔法関係なんだろうし、そこらへんの回復アイテムっていうのが定番だろうね。

……さすがに上級系素材ということはないよね……？　ね……？

「で、何で私のところなのかにゃ？」

「情報と言ったらリーネさんかなーと思って……」

「また頭が痛くなりそうにゃ……」

毎度恒例の事ながら、私はリーネさんにエルフの里についての情報の取り扱いを尋ねに来た。

「調和の森ってだけでもほとんど情報がないのに、更にそこを越えてエルフの里に辿り着いたにゃんて……。まったく、アリスちゃんは相変わらずだにゃ」

「いやぁそれほどでも……」

「褒めてないにゃ！」

リーネさんはため息をつき、片ひじをついて頭を掻く。

「んで、そのエルフの情報について相談したいから来たということかにゃ？」

「まぁ……そうですね……」

「1つ言えるのは、確実に一部……で済むかわからないけど、騒ぐ層は出てくると思うにゃ」

「ですよねー……」

それについては私も予想ができていたから驚くことではない。

問題はその情報をどう扱うかだ。

「今のところ色んな場所を探索しているプレイヤーが増えてきてるにゃ。その中にはクラー湖を見つけたプレイヤーもいるし、調和の森に入ることができたのもいるにゃ」

「その割にはあまり騒がれていませんね？」

「クラー湖を見つけたプレイヤーはイカグモちゃんたちに会ってないにゃ。だから糸については知られてないのにゃ」

　イカグモさんたちって警戒心が高い感じはしなかったけどなぁ……。

　単に運が悪かっただけかな？

「調和の森については、問答無用で吹き飛ばされたっていう事にゃ」

「何か言われなかったんですか？」

「んと、資格がないとか言われて飛ばされたらしいにゃ。アリスちゃんはその資格があるから行けたということかにゃ？」

「まぁそういうことですね」

「ちなみにその資格っていうのは言ってもいいのかにゃ？」

　エルフの人に聞いた時も特に隠してる様子もなかったし、言っても大丈夫なのかな？

「たぶん大丈夫だと思います。えーっと、資格は【植物魔法】か植物系の眷族……つまりペットがいることですね」

「ふむふむ……となると今のところ入れそうな人はかなり少ない感じかにゃ？」

「そもそも植物系のペットをあまり見ませんからね」

「ＰＴに資格持ちがいれば入れるのかにゃ？」

「そこまでは聞かなかったですけど、眷族が一緒だと入れるってことは、ＰＴでも大丈夫なんじゃないかなと思います」

「まぁそこは検証すればわかる事にゃ」

「後は迷惑かけないように注意お願いします……」

出禁とかになったら流石に困るからね……。

まぁ報告としてはこれぐらいかな？

後は大樹から貰った苗ぐらいだし、特に報告の必要はないもんね。

「そういえばアリスちゃんは運営のお知らせは見たかにゃ？」

「お知らせですか？」

リーネさん曰く、来週に第3陣が入り、その1週間後に小規模イベントが開始されるらしい。

まったく運営のお知らせを見てなかったから気づかなかった。

今後はちゃんと注意しないと。

「ってことは、普通のポーションとかも用意しないといけないじゃないですか！」

「調合持ちは大変だにゃー。私は依頼が来た分だけやればいいからまだ楽にゃ。……まぁデスマーチ的なことになりそうな気はするけどにゃ……」

デスマーチ？

よくわからないから後で調べてみよう。

それにしても小規模イベントかー。

てか小規模ってどういうこと？

闘技イベントみたいなやつのことかな？

ともかく準備はしといた方がいいね。

「じゃあそこら辺の準備も兼ねて、そろそろ戻りますね」

「はいはーい、情報ありがとにゃー。また何かあったらよろしくにゃー」

「はーい」

さて、今日も今日とて頑張るぞい！

名前：アリス
―ステータス―
ＳＰ：12
【刀Ｌｖ10】【ＡＧＩ上昇＋Ｌｖ16】【ＭＰ上昇＋Ｌｖ10】【ＳＴＲ上昇＋Ｌｖ２】【感知Ｌｖ10】【隠密Ｌｖ８】【解体士Ｌｖ４】【切断術Ｌｖ５】【大地魔法Ｌｖ８】【重力魔法Ｌｖ７】
特殊スキル
【狩人】
控え
【刀剣Ｌｖ１】【童謡Ｌｖ１】【ＡＴＫ上昇＋Ｌｖ３】【料理士Ｌｖ２】【調合士Ｌｖ７】【栽培Ｌｖ23】【錬金Ｌｖ１】【鑑定士Ｌｖ７】【採取士Ｌｖ11】【梟の目Ｌｖ８】【童歌Ｌｖ７】【漆黒魔法Ｌｖ６】【ＤＥＸ上昇＋Ｌｖ５】【収納術Ｌｖ10】【言霊Ｌｖ１】【成長促進Ｌｖ５】【急激成長Ｌｖ５】【水術Ｌｖ１】【操術Ｌｖ３】【変換Ｌｖ７】【付加Ｌｖ17】【取引Ｌｖ14】【集中Ｌｖ３】【紺碧魔法Ｌｖ２】【紅蓮魔法Ｌｖ３】【霧魔法Ｌｖ１】【溶魔法Ｌｖ２】【植物魔法Ｌｖ１】【幻魔法Ｌｖ２】【詩人Ｌｖ２】【落下耐性Ｌｖ18】

番外編 VS【昼行灯】

七つの大罪の件がある程度落ち着き、自分のお店で皆とくつろいでいる時ふと海花に聞いてみた。

「そういえば海花」

「お姉様、どうしましたか？」

「七つの大罪と戦った時なんだけどさ、私たちはともかくセルトさんたちよく取り巻きたち倒せたよね。確か向こうの方が数多かったでしょ？」

「あー……まぁあの時はセルトがいましたし……」

えっ？　セルトさんそんな強いの？

「とてもそんな強そうには見えない」

「まぁそうよねぇ……あたしも最初はそう思っていたもの……」

何故か海花が遠くを見るような目をしている。

一体何があったんだ……。

「そもそもセルトってどっかで聞いた名前だと思ったけど、もしかして『あの』セルトか？」

「ショーゴ、セルトさんの事知ってるの？」

「知ってるというか一方的にだけどな。NWOの前にやってたゲームで同じような名前の軍師で有名なやつがいたんだよ。そいつも名前がセルトだったんだよ」

ってことはセルトさんも結構ゲーマーだったのかな？

「たぶんその認識で合ってると思うわよ。あたしのファンもセルトはとあるギルドで軍師やってたって言ってたし」

「まぁよく考えりゃ第2陣が主な集まりだったら現時点で色々できてはいないよなぁ……」

「やっぱりギルドの運営って大変なの？」

私はそういうのに入ってないから詳しいことはわからないんだけど、ショーゴがそう言うってことは大変なんだろう。

「そもそもギルドの運営ってのは1人でやるのとは大違いだしな。人数分のアイテムや武器防具の整備、更にはメンバーのレベル上げスキル上げ。更には施設の購入資金だったりとやることが多い。その中でも最も厄介なのが人間関係だ。だから普通のギルドとかは不特定多数ではなく感性や方向性が一致したやつを勧誘したりする」

「ほうほう」

簡単に聞いただけだけど大変そうだ。

特に人間関係……。

「にしてもあのセルトがなぁ……。ってことは指揮はほぼセルトが執ってるわけか」

「あたしも一応指揮執る立場だけど、セルトには好きに動いていいって言われてるわ」

まぁ海花に悪いけどそういう細かい指揮はイメージ的に無理そうだもんね……。

んっ？　でも指揮をセルトさんがほぼほぼ執るのに何で海花はセルトさんのこと強いって思ってるんだろ？

「セルトさんそんなに強かったら何で私と最初にＰＶＰした時戦おうとすらしなかったのかな？」

「んー……そん時の状況がわからねぇから何とも言えねぇけど、たぶん仮にセルトが勝っても余計話がこじれると思ったんじゃねぇか？　初期の海花ってだいぶ態度デカかったらしいしな。ある意味良い機会だと思ったのかもな」

「うっ……最初の頃の態度が当たってるだけに悔しい……」

まぁホントに態度デカかったもんね……。

「まぁともかく、セルトのおかげで成り立っているのは間違いないわね」

「あんまりセルトさんにストレスを溜め込ませすぎないようにするんだよ？」

大人しい人って爆発すると大変って聞くし……。

「そこは気を付けます……。てかセルトって噂だと二つ名付いてるらしいしこっそり暴れてるのかも……」

「セルトさん二つ名あるの⁉」

「えぇ……確か【昼行灯】だったかしら？　そんな感じの二つ名が付いてるって聞きましたわ」

昼行灯って忠臣蔵の大石内蔵助のことだっけ？

でもセルトさんが昼行灯？

「セルトさんって赤穂浪士の末裔とかなの？」

「そういう事ではないと思いますが……恐らく実力を隠してるからとかそういうことかと」

なるほど。つまり単純に強いってことなんだ。

「じゃあ海花もセルトさんに特訓とかしてもらってるの？」

「特訓……特訓……えぇ……してもらいましたわ……」

何故そんな虚ろな目を……。

特訓してもらっただけなんだよね……？

黒花を手に入れ機械人形を使う戦略を考える中、あたしは自身の攻撃方法について悩んでいた。

「あー……どうすればいいのかしら……」

今のアタシの武器は杖で、魔法寄りのスタイルであった。

しかし機械人形たちも魔法がメインであり、前を張れるようなスキル構成にはなってなかった。

一応かなり良い素材を使う予定の子には近接装備……というかお姉様のスタイルにしようとは思ってはいるけど……。

「これでいいのかしらぁ……」

「海花様？　どうなさいましたか？」

「セルト……」

悩んでいるとセルトがあたしに声を掛ける。

セルトなら戦闘職だし何かアドバイスくれるかしら？

「ねぇセルト、相談があるんだけど」

「なるほど、戦闘スタイルで悩んでいるのですね」

「えぇ。【暴風】と違ってあたし棒術のセンスないからそれもなぁって思ってて……」

「確かに海花様の近接センスは正直……」

わかってるわよ！　そんなあからさまに顔逸らさなくてもわかってるわよ！

「かといってルカさんみたいに弓といった遠距離武器かと言われますとどうですかね……」

「確かに遠距離の方が合ってるかもしれないけど、なんかピンと来ないのよね……。いっそ人形遣いだから糸遣いとかの方がいいのかもしれないわね。まぁそんなスキル聞いた事ないけど」

「ありますよ？」

「あるの⁉」

セルトの説明曰く、所持している鋼線を消費して使える【鋼線】という武器スキルがあるらしい。

取得には【道具】【操術】【格闘】のスキルが必要らしい。

何故【格闘】スキルかと思ったが、グローブなりリングなり手に付ける関係でそれが必要となっているらしいとの推測だ。

「まぁ格闘以外は持ってるし取ればすぐ手に入るのよね」

「はい。しかしまたお金が掛かりそうなことをしますね」

「うぐっ……」

し、仕方ないじゃない！　人形だってコスト掛かるし鋼線だって作ってさえもらえれば問題ないじゃない！

「物は試しですし、一先ずやってみましょう」

「そうね」

まずは鋼線を準備するところからね……。

「で、何で訓練場になるのかしら」

「ここでならアイテム消費もないですし、好きなだけ試せますからね」

「試すも何もあたしまだ何もしてないんだけど⁉」

「それを含めての試しです。どうぞ好きに掛かってきてください」

そう言ってセルトは剣を抜いたまま脱力して立っている。

全く言いたい放題言ってくれちゃって！

こうなったら目にもの見せてやるんだから！


「はぁ……はぁ……はぁ……はぁ……」

「海花様、もう終わりですか？」

地面に膝をついて肩で息をするあたしにセルトは淡々と尋ねる。

「セルト……貴方容赦がなさ過ぎるんじゃない……？」

「ある程度実力差があった方が身に付きますからね。正直鋼線は攻防一体の武器ですからね。攻撃だけではなく防御もきちんとできないといけません」

「てか貴方強すぎるわよ……下手するとお姉様に対抗できるんじゃないの……？」

「アリスさんとは相性が悪いですからね。私では相手になりませんよ」

「そもそも【磁力】ってそんなこともできるの⁉」

セルトはまさかの【磁力】魔法を使う魔法剣士だった。

「今は初期に比べてだいぶ鉄製品も増えましたからね。色々と応用が利きます」

「あれを色々で済ますの⁉　四方八方から飛んできてビビったわよ⁉」

「まぁあれには種がありますが、そもそも接近された時点で減点です。もっと敵を近付けないようにしてください」

セルトったら容赦がなさ過ぎるわよ！

何で今日に限ってこんなやる気が違うのよ！

誰か助けてー！


海花様との訓練が終わり、私は1人先に退出する。

すると同じ第1陣の仲間が私に声を掛ける。

「海花様と訓練だっていうからどんなのかと思ったら、結構厳しくいくのな」

「俺はてっきり手取り足取り教えるもんだと思ってたぞ」

「それでは海花様のためにならないでしょう。本気なようでしたし私も本気でぶつかったまでです」

セルトの発言に2人は苦笑いをする。

「本気ってお前……ガチの本気だったじゃねえかよ。【昼行灯】の二つ名に偽り無しって感じだったしな」

「俺だったら海花様にあんな厳しくできねえぜ……」

「推しに厳しくするのもファンの役目ですよ。皆さんも海花様が間違った時はきちんと言うんですよ」

「「はいはいわかりましたよ」」

全く、ちゃんとわかっているんですかね。

まぁ海花様のためにももっと頑張らなくてはいけませんね。

あとがき

初めまして、naginagiです。

この度、「Nostalgia world online3 ～首狩り姫の突撃！ あなたを晩ご飯！～」を御手にとって頂き有難うございます。

一巻発売から早一年が経とうとしております。そして今回とうとう三巻が発売ということでアリスの過去や闇について触れるようになってきました。担当様にも「そろそろ物騒な展開増えますが大丈夫ですか？」と尋ねましたがGOサインが出たのでそのまま突っ走って行く所存です。アリスも多種多様な技を持ち始めて本当にこの子はどこを目指しているのかと思いますが、作者である私もどこ目指してるんだろうね……ということも思いますが、アリスが思うまま突っ走ればいいんじゃないかなと思い放置している部分もあります。まぁだってアリスだもん。

それにしてもアリスの新衣装可愛いですよね。Web版とは色の流れが全く違いますので、担当様と一緒に服のデザインや色の相談を行ってました。正直緑という選択肢は自分にはなかったのですが、実際見てみてとても気に入りました。和服のアリスもいいですが、洋服のアリスもなかなかのものですね。こうなってくると新衣装をどんどん入れていきたくなりますが、そこは要相談となりそうです。

そして並行してコミカライズの件ですが、遂に始動ということで私も楽しみです。私は絵が描けないので漫画やイラストを描ける人を尊敬しております。これからも皆様に小説やコミカライズを楽しんでもらえるよう頑張りたいと思います。

　今回もイラストを担当して下さったのは夜ノみつき様です。素敵なイラスト、本当に有難うございました。最後にこの本の出版に携わってくださいましたTOブックスの皆様、各関係者の皆様に感謝いたします。皆様の御協力のおかげで無事にこの本を世に送り出す事が出来ました。心から御礼を申し上げます。

　最後にこの本を手に取って読んで下さった方に心から感謝いたします。

　またお会い出来る事を楽しみにしています。

二〇二一年十一月　naginagi

Nostalgia world online

巻末おまけ

《コミカライズ第一話》

《Nostalgia world online》

首狩り姫の突撃！
あなたを晩ご飯！

漫画：葉星ヒトミ
原作：naginagi
キャラクター原案：夜ノみつき

KUBIKARI HIME no
Totugeki!
Anata wo BANGOHAN!

第1話

じっ…

ダッ

ばっ
ぽゆっ

ゴロッ
ふう…
まずは1匹っと
グルルルル
警戒
警戒
警戒
んー…少し
警戒してるかな
グルルルル

【集中】
スキル発動
目標
周囲のエアストベアー3匹

ぱっ
ざっ
りっ
警戒
グルルルル
警戒
じ
『ハートの女王
タルトつくった…♪』
『夏の日
1日中かけて…♪』

『ハートのジャックタルト盗んだ……』
『タルトを全部持ってった…♪』

逃がさない
タッ
タ

よっ
ドン

ズドオオオーン

『Off with his head』（この者の首を刎ねろ）
『Off with his head』（この者の首を刎ねろ）
ズバッ
ゴロ

ふぅ〜〜
ふぅ…お腹すいた…
出ておいでレヴィ
にょろ
ぽんっ
きゅっ！

きゅっ！
逃げたもう1匹も追いかけないと
ぱっ
戻ってくるまで処理お願いできるかな？
ロープ置いていくね

きゅっ
わかった!
ザッ
ザッ
ドッ
ドッ
ドッ
ドッ
恐怖

かーごめかごめ…♪
ビクッ
!
籠の中の鳥は…♪

キョロ
キョロ
いーつーいーつー
出ーやる…♪
夜明けの晩に
鶴と亀がすーべったー…♪
後ろの正面だぁーれ♪?

くるっ

シン…

にっ
!

『あぁ残念』
『もう狩る首がない…♪』

ふき
ふき
じゅばっ
アイテムボックスへ
転送しました
ぽわっ
アイテムボックスへ
転送しました
さてと
レヴィのところに
戻らないと

ぽた
ぽた
レヴィ血抜きと洗浄終わった？
キュウゥ！
これからやるのね？じゃあこっちも吊るしちゃおうか
ぎゃ

レヴィお願いーー！
きゅっ！
数分後
ぽた
ぽーた
よしよし
上出来かな

アイテムボックスへ
転送しました
アイテムを収納してっ…
じゃあレヴィ取り分は私たちそれぞれ1で残りは売っちゃうってことでいいよね？
キュゥ！
じゃあ街へ戻ろっか！
きゅうっ！

今日のご飯は
どうしよっか？
熊鍋？
焼肉？
どっちも
食べたいね！

これはVRMMORPG
-Nostalgia
world online-
において

【首狩り姫】と呼ばれる
少女の物語である

Nostalgia world online 3
～首狩り姫の突撃！　あなたを晩ご飯！～

2021年12月1日　第1刷発行

著　者　naginagi

発行者　本田武市

発行所　TOブックス
〒150-0002
東京都渋谷区渋谷三丁目1番1号　PMO渋谷Ⅱ　11階
TEL 0120-933-772（営業フリーダイヤル）
FAX 050-3156-0508

印刷・製本　中央精版印刷株式会社

ISBN978-4-86699-378-2